C000082645

LA SOMBRA DE CLYDE

HEROLEAKS#2

H. de Mendoza

La sombra de Clyde
Heroleaks #2

1.ª edición, noviembre de 2021
N° de registro: O21jbulI-2021-07-12T11:41:39.162

© ***Autor:*** *H. de Mendoza*
(Emilio González González. hdemendoza17@gmail.com)
© ***Revisión y corrección:***
Aida Blanco Sánchez (www.blancosanchez.de)
© ***Diseño de portada:***
Emilio González González

Imagen de portada: Matryx, Pixabay

Todos los derechos reservados. No se permite la reproducción total o parcial de este libro sin autorización escrita del autor y propietario del copyright, por cualquier medio o procedimiento, incluyendo la reprografía y el tratamiento informático, así como la distribución de ejemplares mediante alquiler o préstamo público.

A todos aquellos que han participado de alguna manera en que este libro vea la luz, a Aida por su paciente corrección, a Victor por sus clases de orientación en ciberdelincuencia, y a todos los lectores de la primera parte, en especial a aquellos que me animaron a seguir, a sus sabios consejos y a sus críticas constructivas.

Afortunadamente, los hechos descritos en esta novela son ficticios, ¿o puede que no tanto?

PREFACIO

Nueva York
Septiembre de 2019

11 días para el final de la oferta

Steve Bauchman siempre había soñado con volar. Tal vez, algún día, cogería un avión o, al menos, montaría en globo. Incluso podría tirarse desde un balcón como último recurso. Pero volar de la manera como lo estaba haciendo en ese instante no era precisamente lo que deseaba. Voló tan alto que su nariz quedó tan solo a unos centímetros del techo. Lo que le gustó menos fue la caída sobre el borde de aquella dura litera de tubo y, menos aún, el trompazo posterior contra el suelo. Steve se alejó hacia una de las esquinas de la celda. Su compañero, el que acababa de propinar una tremenda patada a dos piernas sobre la litera superior donde descansaba plácidamente Steve, estaba muy alterado y siguió golpeando el catre de arriba con los puños hasta dejarlos en carne viva. No tardaron en aparecer los vigilantes, que entraron en la celda e intentaron calmar a aquella bestia albina. Steve no había conversado mucho con su compañero, parecía un tipo solitario, sin grandes cosas que contar. Tan solo había visto alguna vez la foto de su novia coreana que, de vez en cuando, venía a visitarle y le escribía mensajes cortos en tarjetas que envolvía en pequeños sobres anaranjados. Resultaba irritante ver aquellos gruesos dedos intentando desatar, sin romper, el cordel de lino que adornaba el sobre. Dentro se podían leer dos o tres frases, no más. Lo justo y necesario para hacer que aquel diablo blanco sacara su lado angelical, se portara bien y pudiera salir lo antes posible de aquella aburrida prisión. Steve se mantenía al margen. A él tampoco le iban las largas conversaciones.

Los guardias lograron calmar a Erik y lo llevaron a otra estancia, dejando al asustado Steve reorganizando los destrozos del cuarto. Entre los diferentes objetos esparcidos entre la ropa de cama pudo distinguir la radio Sony SRF-39FP de bolsillo y la nota que acababa de recibir su compañero recluso.

Steve subió de nuevo a su litera y se colocó los cascos de su compañero, en los que sonaba melancólico el estribillo de «Fantasy Girl» de Jonhy O. Se reclinó en el colchón, se acopló la almohada para incorporarse un poco y cogió la nota que seguía unida al sobre nacarado por un hilo de pegamento casi invisible. En aquella nota manchada por la sangre de los puños del nórdico, tan solo se podía leer el final:

«No me perdonaré jamás si lo pierdo. Prefiero morirme yo y esperarte donde prefieras: en el cielo o en el infierno».

Cinco años antes

El aire acondicionado estaba realmente fuerte y eso era apaciguador. Lola Forcada se había puesto justo enfrente a disfrutar del impacto directo sobre su rostro mientras su corta melena se disparaba hacia atrás como si fuera montada en la parte de atrás de una moto japonesa. El calor sofocante de las calles de Nueva Dheli no era fácil de soportar, por mucho que se pusiera delante del aparato. Sus tripas le advertían de que, con las prisas, aquella mañana no había desayunado y que ya llevaba más de cuatro horas sin comer. Jorge, su marido, pensó que era más apropiado traerla a aquel local, en lugar de tenerla esperando en el hotel, mientras él se ocupaba de las gestiones.

«Cariño, no te preocupes, tú descansa aquí, yo regresaré lo antes posible». Y allí la dejó en, tal vez, el mejor restaurante dentro del Bloque Este del Sector 5. Era un *buffet* libre oriental. La verdad es que todo tenía muy buena pinta y fue sirviéndose un poco de todo hasta tener un plato que parecía un arcoíris de vegetales, especias y aromas. Terminó la comida, el postre y hasta un espumoso café. Un café dio paso a otro y este, a otro. Así, hasta que se hubo tomado cinco cafés y el corazón le latía a tal velocidad que parecía que estuviera corriendo la maratón Día de la Mujer, la única que había llegado a correr después de prepararse a conciencia entrenando

9

todas las tardes después del trabajo. Eso fue antes de su operación. Estaba muy orgullosa de sus pechos, pero eran un engorro para el atletismo, el deporte que siempre había practicado hasta que el peso de su cuerpo se redistribuyó y... ya no disfrutaba tanto del trote. Ahora practicaba algo de *spinning*, yoga y pilates. Oh, sí, el pilates era magnífico para los glúteos y para estilizar las caderas. Esas con las que enloquecía a los cuarentones en las noches de amigas. Lola no hacía más que divagar y divagar en sus pensamientos, pero, al dar las siete de la tarde comenzó a preocuparse por su marido. Más bien, comenzó a preocuparle su propio destino. Abandonada allí, en medio de aquella ciudad. No le gustaba. Prefería mil veces su Barcelona natal. Y Jordi, como le llamaban en su tierra a pesar de que en su DNI se leía Jorge, que no aparecía. ¿Tendría también que cenar sola en ese restaurante? Había salido un par de veces a fumarse un cigarrillo, pero aquello era aún peor. Cuanto más tarde, más pesado se hacía el calor y Lola regresaba gustosa al aire acondicionado. Los empleados del local estaban divirtiéndose con aquella clienta como si de una nueva mascota se tratara. Le habían ofrecido gratis varios licores y ella los había aceptado. Tal vez calmarían sus nervios alborotados con tanta cafeína. A sus cuarenta y tantos años aún tenía un espíritu vivaz y le gustaba salir a bailar ese *reguetón*, mejor si lento, que ponían ahora en todos los sitios de baile. Le encantaba salir por ahí. Sobre todo cuando Jordi la dejaba a su aire y podía ir con sus amigas a desmelenarse. La noche de amigas. A pesar de las múltiples oportunidades que a un *pibón* como ella se le llegaban a presentar en una sola noche, jamás le habría sido infiel. Eso sí, a todos esos hombres que la abordaban a altas horas de la noche los encandilaba con su *meneíto*, sus glúteos redondeados, bien firmes de gimnasio, eran perfectos para el jueguito. Y le encantaba sentir cómo la presión aumentaba debajo de los pantalones de aquellos pardillos. Luego los dejaba allí tirados, se arrojaba a un taxi y regresaba a su marido. Dormido quizás hacía cuatro horas, se despertaba plácidamente al sentir la humedad en su miembro. No eran la típicas erecciones nocturnas, no, esto era una maravilla, y ¿a él qué le importaba lo que pudiera hacer su esposa en sus correrías nocturnas si cada vez que llegaba a casa después de su noche loca lo despertaba de aquella manera? Luego lo cabalgaba hasta caer rendida. Él, medio desvelado, se iba a la *terraza* y encendía su cigarrillo electrónico. *Vapear American* Luxury lo relajaba mucho más que la asquerosa nicotina. Le encantaba fumar después de aquellos encuentros mientras sentía el frescor de la noche sobre su cuerpo sudoroso. Luego regresaba y se ataba a ella como un koala a su árbol. Le gustaba sentir su inmenso pandero presionándole la pelvis y quedarse dormido así. Ella lo sentía allí. Cerca. Le gustaba la fragancia de aquel aparato electrónico pegada a su piel. Dolores Forcada, por la noche Lola, esperaba en la barra de aquel restaurante oriental a su amado. Recogió su bolso de cuero con un estampado dorado de Gucci, se lo colgó dispuesta a salir a echarse otro cigarro, y entonces lo vio entrar. La felicidad en su rostro. Derramaba lágrimas de alegría mientras sujetaba entre sus brazos a aquella miniatura. Lola se acercó a él y retiró la sábana, descubriendo la carita de una hermosa criatura. Habían luchado durante años para adoptar una niña y, en menos de diez días, la habían conseguido a través de un trámite exprés. La niña, eso sí, tenía una pequeña ceguera que le impediría ver con normalidad. Una enfermedad por la que nadie la habría querido. ¿Y qué si se habían saltado todas las normas? ¿Y qué si aquel gobierno tal vez comerciaba con niños abandonados? ¿Y qué si quizás algunas mafias, o algunas familias, se sacaban un dinero vendiendo niños? ¿Y qué? Al diablo con todos esos que por seguir las normas jamás conseguirían lo que ellos sí. Así sería, ellos, Lola y Jorge, Jorge y Lola, podrían darle una vida mejor que la que cualquier otro niño de aquel país pudiera soñar. Si es que llegaban a soñar, pues, era bien conocido el destino mortal de algunas bebes en diversas partes del país. A Lola se le saltaban las lágrimas. Habían ido a todo tipo de centros de planificación familiar y sufrido los más variados tratamientos. Pero la conclusión final era que sus óvulos jamás se convertirían en un ser vivo. Y luego los malditos trámites para adoptar.

—Martina. —Y con su voz calmada y fría le puso nombre allí mismo.

Y lo celebraron a lo grande en aquel restaurante cercano a la Autoridad Central para Adopciones, y en el hotel, y en el avión, y fueron recibidos por todos sus familiares al llegar a Barcelona, y todo fueron fiestas y presentaciones en sociedad. Martina Fernández Forcada accedía a una vida de ensueño. Jamás le faltaría nada. Así lo decidieron sus padres.

PRIMERA PARTE

Septiembre de 2019. Inicia la cuenta atrás.

Bonnie se sobresaltó con el maldito tembleque de su teléfono móvil, que anunciaba la hora de despertarse. Su reloj de muñeca, que controlaba en cada instante sus pulsaciones, su respiración, lo bien que había dormido y hasta con quién había soñado, le anunciaba que casi había sufrido un ataque al corazón. Madrugar era algo insano y debía estar prohibido. Se preguntaba cuándo comenzarían a atacar semejante salvajada contra la salud humana. Ya habían atacado al tabaco, al alcohol, al humo de los coches, a la contaminación en general, a las partículas de plástico procedentes de los envases, de las cremas y de la propia ropa, a la grasa, al azúcar… Al menos esas cosas permitían que uno tuviera un momento de gozo. Deberían inventar una máquina que midiera la intensidad de gozo de cada momento en la vida. Si la salud se valorara por el número de gozos que una persona acumula a lo largo de su vida y por su intensidad, no se le daría tanta importancia a alcanzar los cien años. La tasa acumulada de gozo debería ser un índice mejor para evaluar el éxito en la vida. ¿Por qué un momento de gozo no era considerado positivo para la salud? Y, sin embargo, que te levantaran de un maldito ataque al corazón sí lo estaba. Porque claro, ¡madrugar es sanísimo! Si quieres la ayuda de Dios, claro. Pero Bonnie no pensaba precisamente en ese Dios.

Bonnie se preparó un té amargo, le dio un primer sorbo y desnuda frente al colosal ventanal de la habitación de su hotel disfrutó de las impresionantes vistas: las millones de luces que como fuegos fatuos iluminaban a aquellas horas de la mañana la ciudad de Nueva York. El lugar donde hace algo más de un año se encontró entre la vida y la muerte. Aquel reloj que lucía en la muñeca, y que le controlaba la salud, fue una recomendación del cirujano que la atendió. Si bien no tuvo problemas para sobrevivir, aún le quedaban puntos internos que podrían dar algún problema. Requerían de ciertos cuidados y aquel reloj inteligente podría dar aviso si algo fallaba. Además, también tenía toda una colección de instrumentos de medición. Su salud estaba controlada, pero a la vez sentía que su intimidad era invadida. El reloj le indicaba: revuelto de beicon, zumo de sandía natural y plátano con nueces y avena. No tenía ganas de seguir al pie de la letra las instrucciones de aquel maldito artefacto.

Sin terminar el té se dirigió al baño, dónde aprovechó para ver las últimas noticias en su teléfono móvil mientras hacía sus necesidades matinales. Tenía múltiples mensajes de

JJ. Pero hoy no era el día. Hoy no. Hoy había madrugado, sí, pero no para atender a aquellos pesados europeos. Sus compañeros de trabajo podían esperar. Hoy tenía una misión mucho más importante, y además, aún seguía de baja. Así que optó por ignorar a JJ. Se dio una ducha y disfrutó de cada gota de agua caliente que resbalaba por su cuerpo. Se curó las heridas como si aún no hubieran cicatrizado y se secó con las toallas calentadas en el radiador toallero.

Se puso un vestido amarillo ajustado con un cinturón rojo. Hoy quería que la vieran bien. Sus botas altas negras de cremallera resaltaban sobre unas medias de rejilla, y encima su capa para esquivar el frío de las calles que amanecían heladas después de una noche en la que no se subió del cero centígrado. Salió del hotel acompañando las sonrisas de los trabajadores y otros huéspedes. Hoy todo eran sonrisas. Sí, se había levantado de mal humor y con taquicardia, pero su intención no era ir a más. Se dirigió al primer taxi que esperaba en la puerta del hotel y le comunicó su destino al taxista.

—*Fishkill Correctional Facility, please.*

Las vistas desde la sede de HeroLeaks en Reikiavik eran impresionantes. Una extensión de campos verdes decorados con escarcha y unos pocos árboles dispersos que daban a aquel paraje el aspecto de una tierra inhóspita, ideal para alejarse de miradas incómodas. Se veía también algún que otro edificio similar al que alojaba la empresa; tres plantas y una estructura diseñada para lograr la mayor eficiencia energética. JJ se paró a disfrutar de aquella belleza que le proporcionaba el gran ventanal de su nueva oficina. Atrás quedaba La Guarida. Ya no soportaba los espacios cerrados y Olgeir le ofreció la mejor oficina en el ático acristalado que coronaba el pequeño edificio. Sin muros que impidieran una perfecta visión del exterior, en un acogedor ambiente gracias a la gruesa capa de vidrio de aislamiento térmico reforzado. Era un placer trabajar en aquella oficina. Y, además, en el despacho de enfrente estaba Ozú. Codo con codo, los dos amigos trabajaban sin descanso para la empresa por la que hacía no tanto tiempo casi dieron la vida. No podía ser más feliz. Se ayudaron mutuamente para salir de aquel terror psicológico al que habían sido sometidos. Las pesadillas persistían y, para ellos, era un consuelo tenerse el uno al otro y poder hablar sin rodeos de todo lo que les pasó. Aún se levantaba empapado en sudor tras una noche agitada. Pero el placer de descubrir que solo se trataba de un sueño se había convertido en algo agradable. Se juró a sí mismo que no se volvería a meter en líos. Allí donde estaban ahora no tenían que preocuparse de nada. No tenían que esconderse más. Ahora eran otros los que habían tomado el relevo. Ellos en Islandia estaban a salvo. En aquel país eran héroes nacionales y su trabajo era apreciado.

—«Y no sé lo que hacer, y en una de las dos me perderé...». —Tener a Ozú al lado era mejor que un sueño, aunque distraía a media plantilla con sus repentinos cánticos. Además de que JJ se llevaba algún que otro susto cuando Ozú hacía una de sus repentinas entradas en su despacho—. *Pisha*, ¿un descansito? —Aquello solo significaba una cosa, ir a matar zombis a la supertele de 66 pulgadas.

—Genial. —Ambos echaron a correr como si fueran chavales para coger el mejor mando y desconectar durante una horita de descanso. Aquello les liberaba la tensión y volvían al trabajo frescos. No les importaba tardar una hora más en salir. Tras la partida cada uno se dirigió hacia su despacho, pero, en el *hall* común, les esperaba Olgeir.

—Chicos, Ingimar quiere juntarnos a todos. Revisión mensual de cada programa de trabajo y nuevas entradas. Tenemos un chivato nuevo.

El corazón de los chicos se aceleró. Se miraron con complicidad y entraron corriendo a sus despachos a coger las tabletas para tomar notas. Bajaron a la planta baja y adelantaron a Olgeir, que sonrió al ver tanto entusiasmo. Entraron en la salita de reuniones, donde ya esperaban varios de los miembros del equipo de HeroLeaks. Los que ya estaban en la habitación eran *hackers* y miembros directivos, o ambas cosas. Un total de nueve personas más Ingimar, que estaba sentado en un lateral de la mesa de reuniones. Un joven asiático abría en ese preciso momento la bandeja de entrada del correo comercial de la empresa. Se descargaron los últimos mensajes recibidos, que iban a un servidor separado del resto de equipos informáticos, pero instalado en aquel mismo edificio. Dawa, el tibetano, un refugiado huido de la justicia china con una historia de aventuras detrás que ni el mismo Dersu Uzala podría igualar, se encargaba del control de la información que iba llegando a los servidores y hacía las primeras evaluaciones y labores de desencriptado. HeroLeaks había decidido integrar en su base en Islandia a la mayor parte de sus trabajadores para controlar mejor su seguridad. Solo hacía excepciones para agentes especiales de campo que no pudieran hacer su trabajo en remoto por el riesgo que entrañaba.

Eso sí, toda la información era transferida a la nube propia de la empresa como medida de seguridad en caso de ataque informático. Su mano derecha era Zask, un jovencísimo finlandés de apenas 18 años, pero con una habilidad especial para aprender y redactar código. Zask se encargaba del proceso inverso: el nuevo encriptado de la información obtenida de los chivatos y de la nueva información transferida. Era especialista en seguir las operaciones en vivo por su especial habilidad para captar detalles importantes con rapidez. Su pelo lacio y castaño peinado con una raya que parecía de otro siglo, y su ropa clásica de recién empleado que no quiere perder el trabajo por no llevar chaqueta y corbata, contrastaba con el aspecto mucho más informal que mostraban el resto de empleados.

El tibetano lucía un corte de pelo japonés, abultado en la parte superior y que caía como olas puntiagudas que le tapaban desordenadamente la frente y las orejas, perfecto para el invierno islandés. Alargó el brazo cubierto por una parca de estilo militar a medio remangar y, en su mano, apareció una memoria USB que contenía la información del correo, pasada por el antivirus y descodificada, que entregó a Ingimar. Este la acopló al ordenador y comenzó a descargar archivos mientras el resto de asistentes se iba sentando en la sala.

—¡Al abordaje! —Ingimar hacía siempre esa gracia antes de entrar en materia. Como miembro del Partido Pirata de Islandia le encantaba mostrar su logo, la vela vikinga negra colgando de un mástil sobre un fondo blanco, que tenía como fondo de pantalla de su computadora—. Gracias, amigos y amigas, por formar parte, un día más, de nuestro equipo. Bien sabéis que sin vosotros este proyecto sería imposible. Tenemos varios casos abiertos y acaban de entrarnos algunos nuevos. Entre ellos una nueva filtración sobre paraísos fiscales. Esto empieza a ser un constante y Tanya está desbordada. —Ingimar miraba a Tanya Khare, quien mostró su agobio al ver el torrente de nuevos datos que se le venían encima—. Te ayudará Eyla, las dos sois las que más conocimientos financieros tenéis, y podéis hacer un buen trabajo. ¡Saquemos nombres a la luz! —Tanya sonrió a Eyla Pasha, que le devolvió la sonrisa. Era una suerte que se llevaran bien, a pesar de que sus países de origen: India y Pakistán, estuvieran en un conflicto constante. Ellas, las dos con títulos universitarios en estudios financieros, se compenetraban a la perfección.

—Sigamos remando, damas y caballeros. Como ya habréis oído, tenemos un nuevo chivato que ha entrado a través del enlace que hemos metido en la red oculta.

La *darknet* era el sitio donde se movían todos los fuera de la ley, y aquellos que no querían ser controlados por Google y los suyos. HeroLeaks siempre había trabajado en la red oculta. Desde sus inicios, sus sitios de hospedaje estaban allí y los cambiaban con frecuencia por seguridad. Para este trabajo tenían a dos chicos trabajando en exclusiva.

—Nuestro nuevo chivato se hace llamar La Sombra de Clyde. —Ingimar hizo una pausa tras el revuelo organizado entre los asistentes, que no sabían si tomarse como un halago o como un insulto el que alguien estuviera utilizando el nombre de Clyde. Durante la breve interrupción, Ingimar se había sentado en la esquina de la mesa y jugaba con el rotulador con el que había dibujado y organizado los equipos de trabajo—. La Sombra no nos ha enviado mucha información, pero su manera de presentarse es intrigante, y ha conseguido captar nuestra atención. Dawa ha hecho las primeras labores de desencriptado de la información que nos envió. Por el tamaño del archivo no parece mucho, por eso creemos que debe de ser algún tipo de acceso al grueso de la información. JJ, tú te vas a ocupar de encontrar los documentos, si los hay. Ozú, necesito que cabes a fondo en la *darknet* para encontrar algún rastro del filtrador, aunque es más que probable que esta sea la primera vez que use ese seudónimo.

—Ingimar —JJ interrumpió al jefe, algo que no estaba mal visto en ese tipo de reuniones, donde se buscaba al máximo la interacción entre los asistentes—, creo que tengo una idea.

Se acercó al ordenador mientras el CEO, mostrando un semblante de político calmado, lo dejaba actuar; atento a los tejemanejes de uno de sus mejores empleados. Abrió el archivo y al instante apareció el campo de texto donde introducir la contraseña.

—¿Para qué nos iba a mandar un archivo cifrado sin dejar alguna pista de cómo desencriptarlo?

JJ eliminó aquella ventana. Sacó de su bolsillo un pequeño *pendrive* que introdujo en el ordenador de Ingimar, quien ya se había acomodado en su silla para gozar de ver a JJ en su salsa. Desde que los reclutó en el sur de España, tanto al germano como a Ozú, nunca había dejado de asombrarse de su talento como reclutador. Desde el *pendrive* instaló el *software* de acceso a TOR, una de las formas de acceder a la *darknet*. Allí navegó por unos pocos buscadores que imitaban a Google, pero que trabajaban en la web oculta de TOR.

Primero probó en Torfind tecleando:

http://ndj6p3asftxboa7j.onion/

A continuación escribió el nombre del archivo: *hgfnd75hytds*. Nada.

Luego probó en el buscador Yacy:

http://yacy2tp5a2dhywmx.onion

Volvió a teclear: *hgfnd75hytds* La búsqueda fue en vano.

—Está bien, JJ, puedes seguir desde tu despacho, no tenemos prisa. —Pero sí tenía prisa por ir a la reunión de su partido. Las arrugas, cada vez más abundantes en su cara, comenzaban a marcarse eliminando el efecto del maquillaje que se aplicaba desde que era una persona pública. Sus asesores le habían advertido de que su aspecto desaliñado podría condicionar a algunos votantes.

Pero JJ estaba concentrado y no podía parar en ese momento. Por fin, probó en Privatebin:

Privatebin.net:

Privatebin es un servicio en línea para compartir temporalmente texto, enlaces, o líneas de código en el que se podía añadir contenido autodestruible. En él encontró la respuesta a lo que buscaba. Al teclear el nombre del archivo se desplegó un menú con el mensaje aún cifrado, pero esta vez JJ solo tuvo que escribir el nombre del filtrador: *LaSombradeClyde*, para decodificarlo.

—*Et voilà.*

Se abrió una nota introductoria escrita por el propio filtrador, que JJ no tardó en fotografiar ya que, en la esquina superior izquierda, un reloj indicaba en una cuenta atrás que quedaban cinco minutos para que el mensaje fuera eliminado. El mensaje era bastante sencillo, La Sombra se presentaba:

Estimados miembros de HeroLeaks:

Admiro su trabajo y he encontrado algo que creo que puede ser de su interés. Siempre alerta. Siempre a su servicio. Abajo la impunidad. Viva la verdadera libertad.

La Sombra de Clyde

Debajo del mensaje, JJ vio otro enlace. Lo copió y, segundos después, el mensaje desapareció. Miró de soslayo a Ozú y vio el gesto de desesperación de su amigo, pues su labor sería seguir la pista a aquel tipo del que se acababa de borrar la huella.

JJ volvió sobre Torfind y pegó el enlace, que esta vez sí le llevó a una dirección web diferente. La web en cuestión se denominaba Hithunt. JJ clicó sobre el enlace y se abrió una ventana en la que aparecía una especie de versión de su propia web de empresa.

En la web de HeroLeaks se mostraban las caras de aquellos sobre los que se habían aportado pruebas en relación con asesinatos, estafas y todo tipo de delitos que no eran atendidos por las agencias de protección oficiales, y que HeroLeaks desvelaba de un modo un tanto agresivo. Esto les había hecho ganarse múltiples enemigos, demandas judiciales e incluso algún intento de asesinato o coacción por parte de ciertos gobiernos. Lo que ahora estaban viendo en el ordenador era una réplica de esa parte de la web de HeroLeaks, pero en este caso, las caras sobre las que se había escrito *WANTED DEAD, NOT ALIVE*, eran las suyas. Se buscan muertos, no vivos. Las caras de Ingimar y Olgeir estaban las primeras, y debajo, el precio que cobraría el sicario que estuviera dispuesto a cometer el crimen: 2 millones de euros por cabeza. No era tan raro que las caras de Ingimar y Olgeir salieran allí, pues eran personajes públicos. De hecho, Ingimar era representante del partido pirata islandés. Iba en sexto lugar en las listas y se quedó a punto de entrar en el congreso en las pasadas elecciones. Pero también había otras personas con la marca de una diana en rojo sobre sus rostros: JJ, Ozú, Bonnie, Osk, Palmar y Celeste. Por cada uno se ofrecía una recompensa de dos millones de euros. En total, un botín de 16 millones de euros que cada día que pasara disminuiría en 200 mil euros. Lo más pertubador era que todas las caras aparecían con una marca de verificación verde en la parte superior, lo que significaba que alguien ya había recogido el encargo. Todos en la habitación estaban realmente asustados. Ozú,

23

escondido en la parte más alejada y oscura del cuarto, estaba temblando. Aquel trabajo le había causado la pérdida de la visión de un ojo, y en el otro no había recuperado el cien por cien. Eyla le pasó el brazo por encima del hombro para intentar calmarlo.

—Olvidad los encargos anteriores. Esto tiene máxima prioridad. Palmar, ocúpate de avisar a los que no están aquí. Sigfredur, activa la fase H.

Bonnie se había convertido, de la noche a la mañana, en la jefa de operaciones en sustitución de Celeste, que se había dado de baja permanente por daños psicológicos. Bonnie se coordinaba a la perfección con JJ y, aunque su papel había sido menor desde el caso de SK, el filtrador y asesino que llevó su vida hasta el límite, seguía al día la evolución de los nuevos casos que llegaban a HeroLeaks. Osk era su lugarteniente y destacaba por su gran habilidad para adentrarse hasta las entrañas de cualquier organización, por peligrosa que fuera, y salir de allí con un reportaje fotográfico que hiciese las delicias de los lectores de HeroLeaks. De momento, era Osk quien se encargaba de todo mientras Bonnie tan solo la instruía y ayudaba con los trucos que había aprendido, tanto por ella misma como gracias a su hermano Clyde. Tampoco se habían enfrentado a nada tan peligroso como lo que habían tenido que afrontar hacía poco más de un año. Últimamente, recibían información en abundancia, pero la mayor parte no eran más que denuncias falsas o personas que trataban de arruinar la vida a otros. Para eso estaban Ozú y JJ, para distinguir los casos verdaderos de falsas acusaciones.

Pero aquel día, Bonnie no quería saber nada de Hero-Leaks y le molestaba que intentaran contactar con ella con tanta insistencia. Hoy iba a visitar a su verdadero héroe. Erik Hietala. Antes conocido como White Demon. Le quedaban dos noches en Nueva York y quería despedirse de Erik. Cuando empezó a conocerlo más a fondo, descubrió que era un tipo tierno y necesitado de cariño. Es cierto que a veces le inundaban todos esos pensamientos de reunirse con el más allá, pero ella quería disfrutarlo aquí y ahora. Y, por el momento, lo tenía convencido de que se podía disfrutar de la vida. Para irse al otro lado siempre habría tiempo. Bonnie, junto con los abogados de HeroLeaks, se había ocupado de conseguir todos los permisos y acelerar el proceso para que a Erik le permitieran la visita. Él tuvo que pasar el ART, o entrenamiento para el reemplazo de la agresividad indispensable para recibir visitas en intimidad. Pero para que todo fuera aún más rápido habían hecho los papeles para casarse, y eso había acelerado ese primer encuentro. La coreana pasó todos los incómodos sistemas de seguridad. Algunos, realmente impertinentes. Sus nervios se fueron relajando cuando llegó a la pequeña barraca donde debía encontrarse con Erik. Por fin, la condujeron a una habitación designada para las reuniones familiares. Minutos después llegó Erik. Le quitaron las esposas y ambos se fusionaron en un abrazo seguido de un intenso beso. No era la primera vez que lo besaba, pero sí la primera que lo hacía sin estar bajo la mirada incómoda de otros prisioneros y guardias.

—Espera. —Erik la apartó medio metro y la observó con detenimiento para cerciorarse de que no estaba soñando. Bonnie le sonrió y le pellizcó—. Auch.

Y siguieron varias risas y juegos que acabaron en la cama. Enseguida, ambos yacían desnudos aprovechando cada segundo de aquella corta visita de tres horas. Envueltos en sudor y entre jadeos Erik quiso hacer otra pausa. Con su dedo encallecido de tocar el bajo acarició las heridas de Bonnie, que aún no se habían terminado de curar, tratando de sacar algún sonido de aquellas células muertas. De hecho, todavía le quedaba algún punto de la segunda operación.

—No importa cuanto tiempo pase en esta prisión. Lo volvería a hacer, y mataría a todos los idiotas que quisieran hacerte daño. Pero también mataría por poder estar contigo cada minuto de nuestras vidas. Hasta la muerte.

—¿No ha funcionado tan bien el programa ART? Erik, es importante que te calmes y no te muestres violento. Eres corpulento. A pesar de estar en una prisión estatal no creo que corras peligro. Intimidas a cualquiera.

—No te preocupes. Por ti también dejaría de matar. Por ti hasta deseo no morir por primera vez en mi vida. Solo cuento los minutos para salir de esta prisión.

—Fue una suerte que los federales retiraran sus acusaciones contra ti. Después de toda la información que les pasamos, no era para menos.

—Bonnie, ese trabajo tuyo…

—Tranquilo. No me meteré en líos. Yo también he aprendido a vivir mi vida. ¿Sabes? Antes nunca me habría imaginado una vida sin mi hermano. Ahora, creo que él estaría contento al ver en quién me he convertido. No pienso renunciar a ti. Y en un mes…

—Bonnie cogió las sábanas blancas, se hizo un improvisado traje de novia y se puso a tararear la marcha nupcial—. Aunque creo que una boda coreana sería mucho más bonita. Cuando salgas de aquí, nos volveremos a casar. Pero en Corea. ¿Te gustaría?

—Me encantaría.

La conversación fue interrumpida por los golpes de un oficial, quien les recordó que les quedaban quince minutos. Bonnie cogió sus bragas, que estaban tiradas en el suelo junto a su llamativo vestido, y se las puso. Pero Erik tenía otra idea, y volvió a quitárselas mientras sus musculosos brazos la asían con fuerza y la estrujaban contra la pared de aquel cuartucho que, para ellos, era mejor que cualquier suite nupcial. Su reloj de muñeca empezó a pitar con insistencia y Bonnie pensó en quitárselo y lanzarlo contra la pared, pero Erik no estaba dispuesto a hacer una pausa. Les sobraron diez minutos. La despedida fue dolorosa.

—Buen viaje, Bonnie. No lo olvides; por ti cruzaré al más allá y hasta el diablo se arrepentirá. —Bonnie estalló en una carcajada y le respondió:

—Claro, mi *Hell Boy*.

—JJ. —Ozú se había colado en el despacho de JJ sin llamar a la puerta, algo habitual en él—. ¿Qué piensas de todo esto? ¿Crees que estamos a salvo aquí, en Islandia?

—No sé. Llevo muchos años navegando por la *darknet*. Siempre he escuchado todo tipo de mitos, que si tráfico de órganos, que si cazadores de recompensas o asesinos a sueldo, hasta si quieres vender tu alma al diablo podrías encontrar a alguien que tuviera conexión directa con él. Tal vez algún amiguito del novio de Bonnie te la pueda conseguir. La *darknet* está llena de bulos y de todo tipo de estafadores. Sin embargo, con esto no sé qué pensar. Esa página parece haber sido creada *ex profeso* para encontrar a alguien que nos liquide. Y ya sabes que no atamos todos los cabos sueltos en el asunto de SK. Ese tal Laurent podría seguir con ganas de venganza. O el mismo Gulliver desde prisión podría haber planeado algo.

—¿Has encontrado alguna pista sobre quién ha podido publicar nuestras fotos en esa página?

—No, aún no. Estoy intentando contactar con los dueños de la página, pero creo que no tardarán mucho en hacerla desaparecer. ¿Y tú? ¿Cómo vas con La Sombra de Clyde?

—Nada de momento. El tipo sabe lo que hace y no ha dejado rastro. No debería usar el nombre de Clyde. ¿Quién se cree que es?

—Tal vez sea un admirador de HeroLeaks de verdad y solo trate de honrar a Clyde.

—¿Haciéndose pasar por su espíritu? No sé, JJ. A mí no me gusta que jueguen con el nombre de los muertos. Si Bonnie se llega a enterar, lo liquida.

La puerta del despacho se abrió de sopetón e Ingimar asomó la cabeza.

—Chicos. Levad el ancla que tenemos visita.

La plantilla al completo de HeroLeaks había acudido a la reunión. Enfrente, conversando con Ingimar, se encontraban un hombre y una mujer vestidos de uniforme. Una vez que todos se hubieron sentado Ingimar procedió a las presentaciones:

—Os presento a Silfa Frarsdottir, inspectora de la policía metropolitana de Reikiavik; y a Halfdan Annthorsson, de la brigada de investigación tecnológica y cibercrimen de la Interpol. Silfa nos ayudó durante el caso de SK, coordinando nuestras averiguaciones con la gendarmería y otras agencias. Halfdan es además inspector jefe de la policía islandesa. Les hemos mostrado lo que descubrimos ayer, y han sido tan amables de venir a darnos unas explicaciones y consejos de cómo llevar la situación. Por favor, Halfdan, ¿quieres decirnos algo?

El tipo, vestido con el uniforme oscuro de la policía islandesa, se levantó y se dirigió a la asustada audiencia:

—Buenos días, señoras, señores. Es siempre desagradable ver la imagen de uno mancillada en internet y puedo imaginar la angustia que algunos de ustedes estarán pasando al creer que han puesto precio a su cabeza. Ya sé que esto asusta bastante. Pero son muy raros los casos en los que alguien ha intentado contratar a un sicario por la red. Aunque sí ha ocurrido en alguna ocasión y, por tanto, no he venido aquí para tomármelo a broma. La mayor parte de las veces estos sicarios son estafadores. Lo que quieren es el dinero y luego ni hay muerto, ni torturas, ni nada. Pero comprendo que han sufrido en sus propias carnes, no hace mucho tiempo, auténticas torturas, y les debo advertir que debemos, todos, tomar este asunto con preocupación y cautela. Lo primero que deben hacer es aumentar al máximo las precauciones sobre su seguridad. Hoy, Silfa les dará un curso de todo lo que deben tener en cuenta a la hora de enfrentarse a un acoso como el que están sufriendo. También se les enseñará una serie de medidas que deben tomar, por si las amenazas vertidas en esa web tuvieran algo de real. Como todos ustedes saben, Islandia tiene el índice de crimen más bajo del mundo. Tal vez, por ello, ustedes se sienten más seguros aquí, pero no podemos bajar la guardia. Entonces seríamos vulnerables. Si tienen alguna pregunta, estaré encantado de contestarla.

—¿No pueden proporcionarnos algún tipo de seguridad? No sé, tal vez ¿un coche de policía que vigile nuestro edificio?

—Ozú atrapaba su largo flequillo rizado entre los dedos, que deslizaba desde la raíz hasta las puntas con la suficiente fuerza como para sentir el tirón y luego volver a relajarlos. Repetía una y otra vez el ritual de manera inconsciente. Con ello ponía de manifiesto su intranquilidad, que ya era evidente para alguno de los presentes.

—Puedo asegurarle que pasaremos con mayor asiduidad por aquí, pero lo que usted nos pide es seguridad privada. En todo caso, si alguno de ustedes fuese parlamentario... —y dirigió la mirada a Ingimar—, tal vez podría acceder a algún tipo de seguridad personal. Yo no me preocuparía demasiado. Probablemente solo tratan de asustarles. Ya sabe, su trabajo es un poco conflictivo. Afecta a demasiada gente y, hoy en día, es más fácil pagar por hacer una campaña de desprestigio, o de acoso, que realmente pagar a un sicario para asesinar a alguien. Yo que ustedes tampoco me fiaría mucho de la fuente que les pasó esta información. Es extraño que se encontrara con la web. Hay que ser muy curioso para meter tus narices en webs extrañas de la *darknet*. Te puedes jugar el pellejo. ¿Alguna pregunta más?

Aquella afirmación enmudeció a los miembros de Hero-Leaks. Estaban acostumbrados a juguetear hábilmente en la *darknet* desde la preadolescencia y, viniendo de un responsable del propio servicio de cibercrimen, parecía un poco irónico. Nadie sabía cómo tomarse aquellas amenazas y, desde luego, aquel tipo uniformado no les había tranquilizado.

—Entonces les dejo con Silfa —terminó Halfdan.

La islandesa, de aspecto rudo, exjugadora de rugby, iba vestida con el traje oficial, más vistoso y amable que el de Halfdan. Instruyó a todos los presentes en tácticas de evasión por si se daba el caso de que pudieran encontrarse con alguien que pudiera atentar contra su vida. Además, les enseñó a interpretar señales que pudieran indicar vigilancia o seguimiento, como la comprobación de que sus aparatos electrónicos no estaban siendo vigilados. Era como explicarle a un piloto de carreras cómo conducir un coche automático utilitario. La primera clase terminó, pero el grado de preocupación entre los miembros de HeroLeaks solo iba en aumento. Salieron de la sala y dejaron a Olgeir e Ingimar, que se quedaron reunidos con los policías.

—JJ. —Ozú le seguía por el pasillo enmoquetado que les conducía a su doble despacho. Algo inquieto, se acariciaba los rizos oscuros creciditos para tapar algunas de las cicatrices que le habían quedado de la tortura a la que fue sometido—. Estoy acojonado. Tío, quiero largarme. ¿Por qué coño he seguido en esta empresa?

—Tranquilo, no te preocupes, seguro que Ingimar lo tiene todo planeado. Silfa nos ha ayudado bastante, debemos seguir todas sus instrucciones y no nos pasará nada. Son sensatas, ¿no?

—Instalarme un antivirus. No me jodas.

—Venga, Ozú, hay serias posibilidades de que todo sea una farsa.

—Suenas a alguien que nunca ha sufrido un secuestro, una tortura, una persecución. No sé, tío. Yo ya no creo en nadie. Los malos existen. Tú lo sabes. Sí, sí, que ahora está muy de moda eso de que el malo no es tan malo y los buenos no son tan buenos. Ya hasta los personajes de videojuegos tienen esa dualidad. Pero tú sabes muy bien que los malos existen. Los malos muy malos existen. Tú y otros millones de personas lo sabéis. Pregúntales a los que han aparecido sin cabeza colgados de un puente en México esta semana. O a las niñas secuestradas por Boko Haram. Claro, estos no son tan malos. Pobrecitos, habrán nacido en una familia disfuncional, en un país disfuncional, en una religión disfuncional. ¡Ja! Tan solo quieren echar un polvo de vez en cuando. O a los cristianos yihadíes que fueron degollados en vídeo directo por el ISIS, o a...

—¡Vale, Ozú! ¡Para! Lo sé. Yo también estoy acojonado. Pero no vamos a solucionar nada explorando todo el mal que nos rodea. La gente perversa existe. Pero todos tenemos que tener nuestra oportunidad de hacer el bien, y nosotros estamos aquí para eso, ¿no crees?

—Yo no sé nada. Dudo que nos merezcamos algo mejor. El puñetero ser humano es así, no tiene solución, ¿por qué creemos nosotros que vamos a cambiar las cosas?

—Tal vez tengas razón.

—¿Entonces? ¿Nos largamos? ¡Vámonos de aquí, tío!

—Tal vez tengas razón, pero a mí me gusta pensar que estoy ayudando a gente indefensa.

—JJ, ¡mírame, coño! —Era raro ver a Ozú tan serio—. Tenemos que desaparecer antes de que esto nos vuelva a explotar.

—¡Joder! Me estás poniendo mucho más nervioso de lo que estaba.

—Lo siento, tío. Es que no quiero volver a pasar por aquello. Otra vez no. —Ozú sollozaba junto a la puerta de entrada al despacho, sentado en una de las sillas de la salita de espera.

—Venga, tío, tenemos que seguir trabajando. Silfa ya nos ha dicho que es muy raro que se contraten matones por internet y, si fuera cierto, ellos ya trabajan para detenerlos. Seguro que es solo para asustarnos. Venga, entremos y sigamos trabajando.

JJ entró en su despacho dejando a Ozú en la silla de la salita de espera que compartían sus despachos con los ojos enrojecidos y la mirada perdida. JJ se quedó pensativo oteando los campos verdes que les rodeaban a través de aquel inmenso ventanal que le daba una placentera sensación de libertad y calma. Observaba a unos puretas que como ellos jugaban al fútbol en la liguilla de empresas del polígono industrial en el que se ubicaba la sede de HeroLeaks. Él se ofreció de portero para el equipo más por sus dimensiones que por su agilidad y por insistencia de Palmar, la estrella del equipo HL. Trató de serenarse, pero antes de que le diera tiempo a apartar la vista del ventanal vio con estupor cómo este se hacía añicos tras una potente detonación. JJ fue impulsado contra su propio escritorio, sobre el que rodó llevándose consigo todo lo que había sobre la mesa. El edificio tembló de tal manera que pensó que se hundía. Y en parte lo hizo. JJ no escuchaba nada, en sus oídos tan solo retumbaba un zumbido constante. Al principio su cuerpo no respondía, su cerebro luchaba entre incorporarse a la realidad o sumirse en un sueño comatoso. Por un momento pensó que le faltaba algún miembro, pero pronto se cercioró de que seguía teniendo los dos brazos y las dos piernas. Vio sus manos manchadas de sangre por lo que, entre asustado y desesperado, trató buscar en su cuerpo alguna herida profunda, pero, tan solo encontró rasguños, trozos pequeños de cristal incrustados en su piel y la dolorosa contusión en su cadera por el golpe contra la mesa. Cuando intentó levantarse, notó que alguien lo asía por las axilas y lo ayudaba a incorporarse. Cómo no. Ozú estaba allí. A su lado. Y él había sido un idiota que había ignorado el peligro que Ozú sí había identificado. Se abrazó a su amigo y fue como si levantaran la compuerta de la presa que contenía sus lágrimas. Vio movimientos erráticos de otros compañeros alrededor, pero el gaditano se había pegado a él como el imán al metal. Le costaba hablar porque no se escuchaba a sí mismo. Tampoco oía la voz de Ozú que trataba de consolarlo.

JJ separó su cabeza del hombro de su amigo y levantó la mirada para encontrarse con la de Ozú. Tan solo veía como se movían sus labios y aquello lo asustó aún más. Miró las manos del español sujetando firmemente sus brazos, los rastros de su propia sangre que pintaban la piel de su amigo le ayudaron a volver a la realidad, ignorando a los otros miembros de HeroLeaks que, a pesar del gran susto, se habían atrevido a acercarse a su despacho y se agolpaban ahora a su alrededor, le dijo:

—Tú y yo. Esta vez le vamos a pillar antes de que nos pille a nosotros.

Tal vez fue un delirio. Tal vez se le pasaría en cuanto fuera consciente de que aquello no era una broma. Pero, en ese momento, tan solo sentía unas terribles ganas de atrapar al que acababa de poner una bomba en la misma sede de Hero-Leaks.

Silfa entró en la pequeña sala en la que aún trataban de recomponerse varios de los miembros de HeroLeaks, aquellos cuyas caras habían sido mostradas como si de forajidos se tratara, pero también aquellos que aún no habían sufrido una amenaza directa, o que seguían pensando que su trabajo era como jugar a ser *hackers,* sin consecuencias sobre su vida personal. Una filtración a la prensa los había llevado a la portada de los principales periódicos, sobre todo a la de aquellos que no se llevaban bien con HeroLeaks. «De alguaciles a forajidos» rezaba uno de los titulares que intentaban hacer sangre de su rival profesional, y que Silfa releía mientras esperaba a que todos tomaran asiento. ¿Quién habría filtrado las imágenes con nombre y apellidos de estos héroes desconocidos? Era cierto que todo el mundo conocía a Ingimar, pero el resto de miembros, así como su sede, se suponían secretos. ¿Quién más podía tener acceso a sus nombres? ¿Tendrían un topo? Aquello era preocupante, pero más preocupante era no saber quién era su cazarrecompensas que, ahora sí, no cabía duda, había tratado de eliminarlos.

—Estamos analizando los restos del explosivo utilizado. No es muy habitual utilizarlos en nuestro país, por lo que intentaremos seguir esa pista. Por otro lado, nuestras investigaciones avanzan rápido y ya tenemos localizado al dueño del coche que utilizaron para contener el explosivo. Denunció su robo hace dos días. Revisaremos las imágenes de las cámaras que vigilan las carreteras por las que pudo pasar el coche. Tenemos 48 horas de diferencia entre el robo del vehículo y la explosión. ¿Alguno de vosotros recuerda desde cuándo podía llevar aparcado ese Opel ahí afuera?

—Creo que al menos desde ayer, porque le quitaba el sitio de aparcamiento a Dawa, que siempre solía aparcar ahí. Dawa me lo quitó a mí, así que tuve que moverme a otro lado —explicó JJ mientras Dawa asentía corroborando el comentario de JJ.

—Entonces nos centraremos en las primeras 24 horas tras el robo. Parece que debieron aparcarlo en ese periodo. Deberíamos ser capaces de tener un retrato robot del conductor en los próximos días.

Por ahora, solo podemos recomendarles que se mantengan fuera de los focos —y dijo esto mirando a Ingimar, que justo en ese momento pensaba en la rueda de prensa que tendría lugar en menos de una hora en la sede de su partido—. Además, les podemos proporcionar un lugar seguro y vigilado donde pueden pasar las próximas horas.

—No se preocupe, inspectora, de eso ya me he ocupado.

—Ingimar hablaba desde el fondo del cuarto. Sus ojos enrojecidos, escondidos bajo unas gruesas ojeras, y su aspecto desaliñado con la barba canosa de más de un día le daban el aspecto de un borrachín tras tres días en el calabozo por infringir alguna norma de tráfico.

—Entonces comprenderán que están bajo su propia responsabilidad. De todas formas, les proporcionaremos unos números de contacto directo y pueden llamarnos si nos necesitan. Son como los que tienen los testigos protegidos; parece que ahora sí tenemos una prueba firme de que quieren atentar contra ustedes. No dejen de estar vigilantes ni un instante.

—Gracias, inspectora. Realmente le agradecemos todo su apoyo y nos comunicaremos con usted en caso de que encontremos alguna pista. Varios de nuestros chicos se están encargando de ciertas averiguaciones.

—Es de interés para todos tener una buena comunicación. Si nos escondemos información unos a otros enlenteceremos el avance de las investigaciones —apostilló Silfa.

—Lo tendremos en cuenta. Si no le importa, nos marchamos ya de este lugar, tenemos que empezar cuanto antes.

—Perfecto.

Ingimar miró a JJ y a Ozú, que no se habían enterado de la mitad de la conversación. Ambos estaban metidos en la red oscura con sus ordenadores y hablaban en un lenguaje que solo ellos conocían. Al parecer, La Sombra volvía a aparecer con un segundo mensaje.

Septiembre de 2019
19 días para el final de la oferta
15,2 millones de euros

Palmeras, arena fina, el mar azul, sol, juventud a raudales y, sin embargo, Bonnie no podía estar menos contenta. Se dirigía a un pequeño pueblo cerca de Santa Bárbara en un coche recién alquilado. Se moría de sueño ya que en el avión no había tenido tiempo de dormir tratando de ponerse al día. JJ le había enviado un montón de trabajo. Nuevas direcciones que inspeccionar, vídeos que desencriptar... No sabía muy bien qué tramaban desde Islandia. Pero la noticia de la bomba en la sede de HeroLeaks le había afectado de tal manera, que no había pegado ojo. Sobre todo, después de pasar el mejor día en mucho tiempo. Erik la hacía vibrar, y había una conexión tan fuerte entre ellos que se llenaban de vitalidad mutuamente. Algo curioso para un tipo como Erik, que había pasado de ser un fiel aliado del diablo a un inofensivo agapornis enamorado. Había salido exhausta de su visita a la prisión y, sin embargo, con las fuerzas recuperadas para volver al trabajo. Si se lo hubieran dicho meses atrás, cuando trataba de recuperarse de sus heridas en el hospital, jamás habría pensado que podría querer volver, y menos aún a ser una agente de campo. Ella era la única de la vieja guardia que no quería

recluirse en Islandia. Le apasionaba lo que hacía. Su paso-
tismo se había transformado en pasión y deber. La pasión que
Clyde tenía por este trabajo la había hecho suya, como si su
mellizo, así, perviviera en ella.

Pero fue llegar al JFK y recibir la noticia BOMBA. Todos
los que habían aparecido en aquellas fotos debían ser adverti-
dos. Todos debían tomar precauciones, incluida ella misma. Y
a ella, por cercanía, le había tocado hacer un trabajito que
para nada era de su agrado. Y su subidón se había convertido
en un bajonazo de escándalo. Se adentró por las callejuelas
siguiendo las indicaciones del GPS del coche alquilado, y llegó
junto a una casita escondida en una de las calles altas del pueblo. Se apeó del coche y se dirigió a la puerta. Por el camino
hacia lo que podría haber sido una linda casa, observó el
pequeño jardín de la entrada, convertido en una especie de
miniselva.

Descuidado y lleno de hierbajos que apenas dejaban sitio
a las baldosas anaranjadas. En alguna década pasada alguien
debió de tener buen gusto por la decoración, pero ahora
mismo aquello era un desastre. Llamó a la puerta y nadie contestó. Intentó ver algo a través de una de las sucias ventanas,
pero estaba demasiado oscuro. Por fin, se decidió a entrar for-
zando la puerta con una tarjeta. Golpeó fuerte en dos
ocasiones hasta que cedió. Entró, apenas podía ver nada. La
casa solo tenía un piso, así que no fue difícil percibir la desola-
ción que habitaba dentro de aquellas paredes que parecían
cobijar a un alma en pena que no había encontrado el camino
al más allá. «White podría ayudar, seguro que le sobra un pase
especial para un amigo». La televisión estaba puesta y el volu-

men era atronador. Alguien estaba viendo una película de una época anterior a su nacimiento. Rodeó el sofá y vio el cuerpo tendido de una mujer rodeado de botellas de Blue Light. «¿No había una cerveza peor?». Bonnie dio una patada a uno de los cojines sobre el que reposaba la mujer de cabello oscuro que había rendido cuenta de al menos veinte cervezas.

—¡Despierta! Tengo noticias para ti.

Celeste abrió los ojos como pudo y su visión no pudo ser más amarga. Entre todas las personas que habría deseado encontrar en ese preciso instante, Bonnie no era una de ellas. De hecho, su lista estaba llena de muertos a los que ya nunca podría ver. Su vida era una auténtica mierda.

—No tengo todo el día, Cel. —Bonnie la ayudó a incorporarse con bastante esfuerzo y calculó que su excompañera podría haber ganado entre 10 y 15 kilos desde que no la veía—. Celeste, me han comunicado desde Islandia que estamos en peligro. Tienes que incorporarte, y tienes que venir conmigo. Tengo que ponerte a salvo.

—¿Irme? ¿Contigo? —Celeste cogió otra Blue Light y volvió a tumbarse, la abrió y le dio un buen trago. Se recostó sobre el cojín e intentó ignorar la presencia que tanto la incomodaba, como un fantasma que descansa en su casa tranquilo haría antes de pasar a un estado Poltergeist ante una presencia molesta.

—Al parecer, nuestras caras han sido publicadas en la red y estamos en serio peligro. Han puesto precio a nuestras cabezas.

—¿Nuestras caras? —Celeste se echó a reír y cogió un espejo roto, que reposaba sobre la mesa de cristal cubierta por kilos de mugre, restos de comida basura y el líquido procedente de aquella asquerosa cerveza derramada. Se miró en el espejo y soltó una sarcástica carcajada.

Todo aquello le provocaba arcadas a Bonnie, que cuidó mucho la elección de sus próximas palabras. Celeste estaba borracha y poco se podía hacer. Debía tratar de ser más comprensiva, más persuasiva.

—Vamos, Cel, todos lo hemos pasado mal. Tienes que recomponerte. Ven conmigo. Te hemos preparado un escondite, ni siquiera tendrás que volver al trabajo.

—¿Mi cara? —Bonnie comenzó a exasperarse, no estaba preparada para esto—. ¿¡Has visto esta cara!? ¿!Crees que alguien me va a reconocer!? ¿En serio crees que mi vida vale un solo dólar? ¡Lárgate de aquí! ¡O te acusaré por allanamiento! —Celeste comenzó a tirarle latas y botellines de cerveza vacías, en modo fantasma cabreado, mientras Bonnie trataba de esquivarlas, no siempre con éxito. Eso sí que no iba a permitirlo. Claro que se largaba. ¿Qué le importaba Celeste?

—¿¡Piensas que eres la única que ha perdido a alguien!? ¡Vieja borracha! ¡Quédate aquí y ahógate en cerveza!

—¡Lárgate de mi casa y sigue jugando a ser la heroína! ¿¡Te crees Catwoman!?

Y volvieron a sonar las carcajadas de Celeste, ya casi silenciadas por la música del coche, pero aún le dio tiempo a lanzarle una última botella que impactó contra el faro trasero. En la radio sonaban Violent Femmes y los primeros acordes de *Blister in the sun* la excitaron aún más. Bonnie pisó el acelerador e hizo caso omiso de las señales de tráfico.

—¡Mierda! ¡Está loca! —Pulsó un número de teléfono sobre la pantalla del coche y sonaron dos tonos de llamada hasta que alguién respondió al otro lado de la línea.

—¿Bonnie?

—No viene. Está como una cuba. Y loca de atar. ¿Por qué narices me ha tocado a mí venir a buscarla? Sabes que no nos soportamos.

—Estabas más cerca que nadie.

—Pues haberla localizado por teléfono, o por carta. Es una alcohólica, nadie la va a venir a buscar. Tiene razón.

—Bonnie, lo has intentado. No te preocupes. Te envío unos billetes de avión. Vuelo directo dentro de cuatro horas. No lo pierdas. Te vas a reunir con Osk. Te diremos dónde cuando aterrices en Nueva York.

—¿No se supone que me tengo que esconder?

—Tienes que tomar todas la medidas de seguridad adecuadas. Bonnie, hemos enviado a todos los agentes una serie de normas. Si las sigues, no tienes que preocuparte.

—Ya. Encárgate también del faro que se acaba de cargar la pirada esta.

Y antes de que Palmar hubiera podido decir algo, Bonnie ya había lanzado el teléfono por el acantilado que tenía a su derecha.

Un correo electrónico, similar al anterior, había dejado un enlace directo a otro sitio de la red oscura. El mensaje estaba firmado de nuevo por La Sombra de Clyde. La web a la que esta vez habían sido conducidos se trataba de una especie de Amazon, o mercadillo ambulante virtual, en el que aparecían y desaparecían constantemente ofertas de los productos más variopintos. Aceites vegetales, jabones naturales, sal del Himalaya, champús hechos con productos de la huerta murciana. Ozú y JJ estaban desconcertados. El mensaje de La Sombra ya había desaparecido, pero Ozú había anotado con rapidez una secuencia alfanumérica.

—Pincha en cualquier enlace y ábrelo en una nueva ventana —dijo Ozú.

Acto seguido, JJ pinchaba sobre un enlace cualquiera. En este se veía una foto de un crucero en el mar con el título: «Crucero romántico y ecológico». Fueron reconducidos a otra web. La página parecía utilizar un tipo de *marketing* antiguo, en el cual cientos de imágenes de cruceros, cada una con un titular diferente, llenaban la pantalla del ordenador sin saber muy bien qué los diferenciaba.

—Ahí están los códigos —Ozú señalaba debajo de cada foto donde aparecía un código alfanumérico.

—Tardaríamos días en encontrar el código que nos ha enviado Clyde.

—La Sombra de Clyde.

—Sí, eso, La Sombra de Clyde.

—Intento diferenciarlo de nuestro amigo, no sé cómo no le das importancia.

—Sí le doy importancia, Ozú. Lo que pasa es que…, joder. Lo que pasa es que hace poco que he sobrevivido a un intento de asesinato por segunda vez en mi vida. Entiende que tengo cosas mejores en las que pensar que en no herir tus sentimientos.

—¡Exacto! Tenemos cosas mejores que hacer que estar averiguando de qué van los jueguecitos con los que nos tiene entretenidos este fantasma. Por ejemplo, deberíamos buscar al tipo que casi nos mata, y que ha recogido el encargo de asesinarnos a todos.

—Ya lo hemos intentado, Ozú, no es tan fácil. Pero tarde o temprano daremos con el rastro. Mira, no podemos estar los dos parados enfrente de una pantalla. Encárgate del rastreo del asesino, a ver si encuentras una pista, mientras, yo indago en estos anuncios y en la identidad de La Sombra. Y recemos porque Silfa consiga darnos alguna pista más del supuesto sicario.

—¿Supuesto? Aún te quedan dudas. —JJ miró de soslayo al gaditano, y su mirada, de manera inequívoca, transmitió el mensaje de «me has saturado la paciencia». Apartó la vista de su amigo y la dirigió a su propia pantalla. Sin embargo, su trabajo se vio interrumpido de forma drástica.

Un *email* había aterrizado en su antiguo correo y lo abrió de manera inconsciente. Se quedó petrificado tras leerlo, y dudó si comunicarle la noticia a su compañero, que había captado el mensaje de JJ y se ocupaba de encontrar algún rastro del sicario en la web de Hitmens a regañadientes. Él mismo le había pedido que se encargara de eso y él mismo se había dado cuenta de su error. Era como encerrar a un claustrofóbico en un ascensor sin luz, y cortarle la cuerda para que cayera sin posibilidad de frenada. Antes de que pudiera decidirse a decirle algo, apareció Olgeir gritando:

—Vamos, chicos, nos largamos de aquí.

Los dos amigos salieron corriendo y dejaron atrás todo el material electrónico, que Dawa pasó a recoger tras ellos con el único objetivo de destruirlo. Mientras, JJ seguía rumiando el último mensaje que había leído. ¿Sería un imitador?

PRIMER MENSAJE

Primeras confesiones

Escogí una noche dura en el país del hielo. No hay mejor noche para preparar un asesinato. Poca gente se atreve a abandonar el confort de una calefacción. Conduje el vehículo y aparqué lo suficientemente cerca del edificio. Mi especialidad es no dejar pistas, así que lo hice en una hora en la que no hubiera mucha gente en el aparcamiento. Salí del vehículo y desaparecí como un fantasma. Recuerdo el viento helado y la grata sensación de haber terminado el encargo. Mientras me alejaba de aquel lugar en medio de la nada mi mente se fue a otro invierno, una década atrás, uno de mis primeros encargos. Fue en Bulgaria, a orillas del Danubio. Con ese viento frío y húmedo que te entumece el alma. Otro día para quedarte en casa junto a tu familia pegado a la calefacción, o a una chimenea los más afortunados. Pero yo no soy un tipo que se quede en casa, dándole un masajito en los pies a su mujer o repasando las tareas con sus hijos. A mí me gusta ver la vida pasar, a veces muy rápido. Sentado en un banco observaba la grandeza de ese río, fuente de innumerables creaciones artísticas. Desde allí, pude verla. Se acercaba a buen ritmo para una corredora amateur por la pista que recorría el parque a lo largo del río. Recuerdo a aquella mujer corriendo, con su melena al viento. Otra luchadora que no se pararía por una simple lluvia. Aunque no vio venir el tremendo impacto en la sien. Perdí el palo de metal con el que la golpeé y tuve que recogerlo del suelo. No había nadie alrededor, pero tampoco podía entretenerme. Arrastré el cuerpo de la mujer hasta una zona de arbustos. Aún conmocionada intentó reaccionar, pero volví a golpearla, varias veces y en diferentes puntos del cuerpo. Ante todo, que aquello no pareciera un asesinato contratado. Debía de estar viva cuando la violara. Aquello no me hacía mucha gracia. No me atraían las mujeres, pero menos aun me gustaba torturarlas. Lo mío era matar. Esta vez las instrucciones eran claras. Desnudé a la mujer de cintura para abajo sin quitarle las zapatillas. Extraje de una bolsa de plástico un juguete sexual femenino. Pero este juguete era especial. Tenía un diseño ultrarealista que dejaría una huella que desconcertaría al mejor de los policías forenses. Forcé a la mujer mientras le tapaba la boca con la mano enguantada, y me aseguré de dejar ese rastro epitelial que dirigiera a perfiles genéticos desconocidos a la policía científica. Un pene artificial con piel humana adherida. Sería toda una hazaña para la policía encontrar al ser humano del que procedía ese código genético. Al terminar guardé el juguete en la misma bolsa y rematé mi trabajo con un fuerte impacto en la cabeza. En unas sociedades

48

donde impera la sobreprotección, los niños y las mujeres se guardan de salir por ahí solos, y menos en un día como ese. Por eso, hoy en día, en Occidente solo matan a los valientes; a los que se atreven a desafiar al sistema, a los que buscan la libertad que un día todos sus antepasados disfrutaron. Pero eso los hace más vulnerables, por ser más accesibles para gente como yo. Por suerte, aquel episodio sucedió hace ya muchos años. Ahora tengo otro objetivo. Un grupo de cobardes que no se atreverían ni a salir a comprar el pan. Vosotros.

SEGUNDA PARTE

Silfa apoyó las manos en la silla del oficial Jonasson, un informático de la central de Reikiavik, del cuerpo de Policía de Investigaciones Criminales del Estado. Jonasson miraba a través de sus gafas negras de pasta gruesa, demasiado modernas para un oficial de policía, incluso para Islandia. Silfa no quitaba el ojo de la pantalla mientras Jonasson movía la mano anárquicamente por la mesa, amagando con quitarle el ratón. Pero la exjugadora del equipo de *rugby* nacional placaba una y otra vez sus intenciones. Hija de pescadores, había heredado sus duras facciones, algo acolchadas en las mejillas por su afición al Kjötsúpa. Su semblante embrutecido intimidaba al joven oficial, que bastante tenía con el enorme marrón que le había caído encima.

—No me lo puedo creer, Jonasson. ¿Dónde coño están los vídeos?

—Jefa, siento decirle que no había ningún vídeo grabado en las cámaras de seguridad de la sede de HeroLeaks.

—¿No había ningún vídeo grabado?

—No había ningún vídeo.

—Ni tampoco en ninguna de las cámaras de las carreteras que dan acceso al edificio, ni en las carreteras colindantes.

—¡Mierda!

Jonasson prefirió cerrar la boca. Ni siquiera para comentar que aún le quedaba algún vídeo por comprobar, porque, por ahora, tras más de 40 cámaras analizadas, había fracasado estrepitosamente.

—Ponte en contacto con Tráfico y que te den una explicación. Es muy preocupante que desaparezcan todas las imágenes de un día tan particular. O bien alguien las ha borrado desde dentro, o alguien nos ha *hackeado*, y ninguno de los dos casos es bueno. Yo necesito hablar con Ingimar, pero ahora está desaparecido y tan solo puede contactarme él. Tienen que saber que esto es algo mucho más gordo de lo que piensan. Tanto puritanismo en este país, ¿no tenemos los mejores hackers protegiendo nuestros sistemas? ¡Y nos hackean! ¡Qué viva el partido pirata!

Jonasson asentía tras la observación irónica de Silfa, quien mostraba su enfado deshaciéndose la coleta para volver a colocarse de nuevo la goma aún más cerca del cuero cabelludo, dejando su melena castaña como una fuente danzante. Se dio la vuelta, cogió su teléfono y abandonó la oficina, momento que Jonasson aprovechó para recuperar el ratón e irse a la carpeta que le quedaba por abrir, con los vídeos de varias cámaras de seguridad de un par de edificios cercanos a la sede. Con un poco de suerte, podría ir a darle una grata sorpresa a su jefa. Pero no fue así. Jonasson viajó al poderoso mundo de la nada, absorto en un mundo homeriano. Se levantó de la silla, y se dirigió a la máquina de café y por fin llegó a una conclusión. «Día libre».

La fase H había sido activada. Nadie conocía los detalles salvo Sigfredur. El islandés era uno de lo más antiguos miembros de la empresa de los hermanos Heirmirson. Un tipo solitario dedicado a su trabajo y a su familia, ya que desde hacía más de una década la única tierra que merecía su atención estaba rodeada por agua y ya se encontraba en ella. Se podría decir que pertenecía a un especie en extinción, el islandés de la Islandia profunda.

Aquel sitio parecía perfecto. Aislado. Remoto. En plena naturaleza, pero con autonomía eléctrica suficiente como para convertirse en la base de operaciones desde la que dirigir un ejército, a pesar de tener unas condiciones climáticas extremas. Lo cierto es que ninguno de los presentes, es decir, todos y cada uno de los miembros de HeroLeaks en Islandia, sabía exactamente donde se encontraban. Fueron subidos a un autobús con los ojos vendados y circularon por carretera durante una hora hasta que se apearon. Al llegar, fueron dirigidos en grupos de cuatro por Ingimar, Olgeir y Sigfredur. Cuando llegaron y se quitaron las vendas, comenzaron a relajarse. Ozú se había negado en redondo, incluso protagonizó un escandaloso pataleo cuando quisieron ponerle la venda. Odiaba las vendas, odiaba la oscuridad. En cuanto se sumió en las tinieblas percibió aquella mezcla de olores: orín, sangre, sudor, heces, humedad, y todas las pesadillas se precipitaron luchando por salir de su subconsciente. Cuando vio aquel lugar, se arrepintió del espectáculo que había montado, como si hubiera tenido elección para no ser el protagonista de su propia obra. Al menos, entendió la necesidad de tomar medidas tan estrictas.

Sigfredur se había encargado durante los primeros años en la empresa de buscar escondites a lo largo y ancho del globo terráqueo. Pero, nadie conocía el motivo exacto, en la última década solo se dedicaba a procurar casas en el sitio que mejor conocía: su tierra natal, Islandia. Por eso le habían encargado a él montar la fase H, *Hide*, o *esconder*, en inglés, y esta vez se había esmerado en escoger El Escondite. Uno que no estaba indicado para esconder a chivatos, si no, en este caso, a ellos mismos. A todos los miembros de HeroLeaks en Islandia. Todos tuvieron que dejar sus teléfonos móviles atrás, el artilugio que espía día y noche, sin descanso, y que ayudaría a rastrear su localización. Todos los ordenadores que ahora estaban repartidos por el salón de aquella casita rural eran nuevos. Ese punto tuvo también su momento de discusión. Con todo lo que habían avanzado en sus investigaciones, ahora debían comenzar de nuevo, tan solo con el recuerdo de los mensajes de La Sombra de Clyde. Todo el sistema de correo electrónico y alojamiento web era nuevo. JJ conservaba en la memoria el último mensaje. Imitando a SK, el asesino que los llevó de cabeza al infierno años atrás, el imitador se vanagloriaba de haber puesto la bomba en la sede de Hero-Leaks. Además, les desvelaba uno de sus supuestos últimos asesinatos. ¿Qué pretendía? ¿Aterrorizarles más de lo que ya estaban? Debía contárselo a Olgeir, pero no lo había visto desde que comenzaron a montar los equipos informáticos. La primera misión para todos fue instalar el *software* necesario. Los ordenadores llevaban instalado un nuevo VPN, especialmente diseñado para HeroLeaks por el mismo Dawa. Necesitaban todo tipo de camuflaje para recorrer la web de forma segura. Ahora nadie podía entrar en sus archivos ni saber nada acerca de los movimientos de la organización. Tan solo unos pocos miembros habían quedado en activo repartidos por el mundo. Sus equipos de operaciones, una vez más, eran los que enfrentarían el peligro de manera directa, y todos estaban obligados a cambiar sus aparatos electrónicos, números de teléfono, etc. Una nueva vida para cada uno de sus miembros. Tras varias horas de trabajo, JJ por fin tuvo tiempo para buscar al jefe y transmitirle la última comunicación del nuevo asesino confeso. Quería evitar a toda costa que el resto se enteraran para así no provocar alarmismo, sobre todo en Ozú. Encontró a Olgeir al salir al porche. Lo vio en medio de aquella llanura verde junto a Dawa, con las palmas de las manos sobre las rodillas, los ojos cerrados. Estaban meditando. Otra vez tendría que esperar a un mejor momento, y aquella casa no parecía el mejor sitio para ir a contarse secretos. Volvió a su ordenador y sonrió a Ozú, que ya estaba volcado en su trabajo. El gaditano no tenía ganas de sonreír, por lo que JJ se puso a trabajar sobre las pocas pistas que tenía del fantasma de Clyde.

Tras horas sumidos cada uno en su investigación, JJ había conseguido encontrar el anuncio con el número que había indicado La Sombra. Sin embargo, el anuncio estaba caducado y, por tanto, dirigía a una página que mostraba un mensaje de error. El alemán no se rindió y consiguió infiltrarse en la web de ventas de una manera inteligente. Consiguió publicar su propio anuncio y utilizó el mismo número identificador que había recibido del fantasma. Comenzó a recibir un número de *emails* que no esperaba. Estaban escritos en diferentes idiomas. Entre ellos identificó uno en español y no dudó en pedirle ayuda a su amigo. Quizás así podría reconciliarse con su amigo, y tratar de que Ozú dedicara su atención a algo que fuera menos perturbador que rastrear al tipo que quería meterle una bala en la cabeza.

—Ozú, ¿estás muy ocupado? ¿Podrías ayudarme?

—Creía que preferías que cada uno trabajara en su proyecto.

—Venga, Ozú, pareces mi novia. Tengo un mensaje en español y necesito que me ayudes.

—¿No aprendiste suficiente español durante tu estancia?

—Ah, no seas tan resentido, tío. Más o menos sé lo que dice, y me parece muy interesante, pero quiero asegurarme de entenderlo bien y que me ayudes a responder. Tengo una idea que quizá nos pueda meter dentro. —Ozú finalmente aceptó, no sin antes hacerse de rogar.

El de *Cái* quedó maravillado con lo bien que le había funcionado aquella trampa a JJ, pero algo le intranquilizaba.

—¿Le has puesto un activador de autodestrucción?

—Sí, no te preocupes. En veinticuatro horas habrá desaparecido. Si nos damos prisa, podemos meternos en sus entrañas.

Tuvieron suerte. Aquel mensaje en español era de alguien que contactaba para presentar una queja sobre el desarrollo de la operación, sin especificar de qué se trataba. En concreto, sobre el pago de una cantidad: tres mil euros, los cuales habían sido ingresados en la cuenta indicada, pero mostraba cierta preocupación sobre el cierre del contrato. Además, hacía referencia a intentos de contacto telefónico fallidos. Quizás aquella persona había sido estafada, y en ese caso, JJ no entendía muy bien por qué intentaba contactar de nuevo. JJ le explicó su idea a Ozú, y este escribió un mensaje pidiendo una prueba del pago de la cantidad establecida. Era una idea arriesgada, pero al cabo de unos minutos recibieron la contestación que esperaban.

«Estimados:

Les reenvío copia del *email* de la orden de transferencia de 3000 euros a la cuenta que nos indicaron. Como no dejaron un *email*, y su contacto desapareció, no pudimos reenviarles el mensaje. Desconocemos los trámites necesarios para iniciar el proceso y, si no fuera porque la persona que nos ha puesto en contacto es de gran confianza, pensaríamos que ustedes solo tratan de estafarnos. Esperamos su llamada al teléfono que se les proporcionó en el contacto anterior.

Un cordial saludo».

Adjunto había un archivo, al que pasaron un antivirus y después descargaron. BINGO. Contenía los datos de la cuenta bancaria. Ahora tenían que localizar a los dueños de esa cuenta, y tenían muchas pistas.

—¡Los tenemos! —Y ambos se fundieron en abrazos y saltos de celebración, que animaron al resto de compañeros a unirse como si acabara de meter un gol su equipo de fútbol. Lo más curioso es que la mayoría saltaba y gritaba sin ni siquiera saber qué era lo que se celebraba. Cualquier cosa era bienvenida con tal de que les sacara de aquel ambiente aislado, un cementerio de almas jóvenes encerradas en vida junto a su faraón.

Septiembre de 2019
18 días para el final de la oferta
14,4 millones de euros

No había sido difícil dar con el dueño de la cuenta bancaria, aunque había muchas personas que compartían el nombre y apellidos del firmante de la transferencia. Aquello, junto con el número de cuenta y la dirección de *email*, todo junto en Google, era más que suficiente para Eyla. De origen familiar Paquistaní, se había educado en los mejores colegios y universidades de Inglaterra, y en lo práctico era una subdita británica. Su educación en temas económicos la diferenciaba de la mayor parte de integrantes de HeroLeaks. Tenía un don especial para utilizar datos financieros y bancarios, y convertirlos en información relevante. Podría escribir una biografía completa a partir de cuatro series numéricas. La identificación del emisor español que había contestado al email trampa de JJ y Ozú estaba en marcha. Más difícil sería dar con el dueño de la cuenta receptora, a la que se transfirió el depósito, y Tanya se ocupaba de ello. Además de sus conocimientos financieros, desplegaba un encanto inusual a través del teléfono, con una cándida voz, y un exótico acento hindú, que podía expresarse en multitud de idiomas. La cuenta pertenecía a un banco tailandés del que no habían oído hablar. El nombre del destinatario también parecía tailandés, y bien podría ser falso. Tanya era una detective financiera que había ayudado a organizar toda la información que el mismísimo Edward Snowden desveló en su momento. Esto ocurrió años atrás, cuando trabajaba para un periódico de tirada nacional francés. Pero ella se especializó en este tipo de trabajo: sacar a evasores fiscales de sus escondites. Ahora debía encontrar al dueño de la cuenta bancaria.

Ozú se centraba en la trama española, ya fuera distracción o alivio, era lo mejor que le podía pasar, dejar el asedio al sicario para otros guerreros más valientes que él. El resto de clientes de aquella web de falsos cruceros que habían caído en el mismo email trampa pertenecían a distintas nacionalidades y habían sido repartidos entre los demás miembros que estaban confinados en la oficina rural. El gaditano volcaba toda la información que con la ayuda de Eyla había conseguido sobre el firmante de la transferencia: Jorge Fernández Cascante; casado con Dolores Forcada Ribera. Padres de una niña adoptada: Martina Fernández Forcada. Había conseguido sacar fotos de los tres de sus perfiles de redes sociales, sus números de teléfono, su dirección en Barcelona y hasta la dirección del colegio de su hija. Toda esa información era necesaria para armar un caso con el que pudieran trabajar los empleados de campo. ¿Cuál sería el motivo por el cual La Sombra de Clyde quería que indagaran en aquella dirección? y, ¿qué tenía que ver con que sus cabezas ahora tuvieran un precio en el mercado de los buscadores de recompensas? Esto parecía una distracción más en vez de estar haciendo lo que debería en ese instante: buscar al asesino a sueldo y a La Sombra, si es que no eran la misma persona. Nadie en la red es tan perfecto como para no dejar un mínimo rastro y, de alguna manera, llegaría hasta él. Olgeir interrumpió sus pensamientos entrando en la habitación de sopetón.

—Palmar, necesito que compres un billete a Barcelona para Bonnie. Chicos, no faltéis esta tarde a la reunión en el porche. Saldré a por víveres.

Bonnie llegó a Barcelona a las 11 de la mañana. Osk la esperaba a la salida del aeropuerto del Prat. Ambas se fundieron en un abrazo. Si bien Bonnie quería imponer cierta autoridad sobre Osk, la historia vivida por ambas en los últimos tiempos las había unido en sincera camaradería. La corenana ya incluso empezaba a apreciar su gusto por los coches. Esta vez se trataba de un Smart EQ Gold Beige. Muy práctico para la ciudad, pero ¿qué problema tenía Osk en la cabeza para elegir esos colores? Ambas se introdujeron en el coche y se dirigieron al centro de la ciudad condal. Osk había reservado un lugar especial para comer. Bonnie no tenía mucha hambre. Más bien estaba mareada y su reloj inteligente le decía que su pulso estaba algo alterado y que debía descansar. Dejó el modo avión en activo y eliminó cualquier tipo de transferencia de información, así, si surgía cualquier problema de salud, solo lo conocería ella. Debía hacer desaparecer todos los aparatos electrónicos, y este era del que más ganas tenía de deshacerse, pero Ingimar insistió en que lo bloqueara y lo llevara al menos unos días más para asegurarse de que todo en su organismo iba reajustándose de manera correcta. Las suturas internas de las múltiples operaciones a las que se sometió tras el brutal ataque a cuchilladas ya debían

61

haberse absorbido, pero no podían correr riesgos. No había descansado decentemente desde hacía 48 horas. Aún así, aceptó la invitación a unas tapas y una copa de vino. Eso la ayudaría a olvidar. Aún no sabía por qué se había prestado a llevar aquel maldito reloj que le advertía, entre otras cosas, del inadecuado consumo de alcohol, contraindicado por su medicación. Tras abandonar el aeropuerto se dirigieron al centro de Barcelona. En una de las múltiples bocacalles que desembocan en Las Ramblas encontraron la pequeña taberna. Era algo pronto para los españoles, pero no para los miles de guiris que, como ellas, invadían cual marabunta las calles más turísticas. Ninguna de las dos desentonaba en aquel ambiente multicultural y algo bohemio.

—Lo primero, vamos a brindar porque estamos aquí vivas —dijo Bonnie sonriente, y ambas chocaron las copas de vino, revolviendo un poco el agridulce recuerdo del rescate de Ozú, en el que ambas estuvieron a punto de ser asesinadas—. Lo segundo, un nuevo brindis por tus últimos éxitos. —Bonnie estaba orgullosa de lo independiente que se había vuelto Osk y de cómo había podido resolver unas cuantas misiones ella sola.

—Ja, ja. Gracias, pero no he sido yo sola. Zask es un encanto. Me ha estado ayudando mucho. Allá donde me envían, suelen enviarlo a él de apoyo. No sé cómo se las apaña para traerme un desayuno diferente cada día.

—¿Un encanto? ¿Te ha ayudado mucho? Cuenta, cuenta.

—No seas tonta. La verdad es que es bien guapetón, pero tú ya sabes que soy más de pescado que de carne. Zask es un animal del código, no hay nada que se le resista. Con lo jovencito que es no sé a qué habrá dedicado su vida, pero desde luego no ha debido de ser al sexo.

—¿Sexo virtual tal vez?

—Basta ya. Hablemos de ti, que eres quien merece una bienvenida. Propongo un brindis por ese superhéroe... ¿Erik?

—Osk estalló en carcajadas y brindaron una vez más, esta vez con los carrillos de Bonnie al rojo vivo mientras su reloj enloquecía, parpadeando en modo alarma desesperada, ahogado por los tragos de libertad de dos amigas que compartían un momento de felicidad.

—Y, ¿qué es lo que nos trae por aquí? Me he leído un informe escueto que me envió JJ, pero desde la bomba no he tenido acceso a más información. Me envían a hacer la misiones más rastreras últimamente.

—No seas tan cruel con Celeste. Fue muy duro para ella también.

—También. Tú lo has dicho. Parece como si ella fuese la única que perdió a alguien. Lo que pasó es que no estuvo a la altura. Pero no removamos más la tierra mojada y empecemos a jugar este nuevo juego. Estoy ansiosa por tener algo de acción.

—Te cuento, pero no puedo asegurarte que sea el tipo de acción que buscabas. Los chicos y chicas de Islandia están indagando en lo de nuestras fotos en esa página web de la red oculta. Al parecer, el nuevo chivato es más bien un guía turístico de esta red, y les ha dirigido hacia una web falsa que esconde algún secreto que ahora nos toca desvelar.

—Primero nos muestra la web de los sicarios, y ahora, ¿nos lleva a otra web diferente? Tiene poco sentido, pero sigue adelante, no quiero interrumpir.

—A través de esa web se han identificado varias personas que han tratado de contratar algún tipo de servicio. Al parecer simulaba un mercadillo turístico. En concreto se ofertaban cruceros.

—¿Venta ilegal de paquetes turísticos? —A punto estuvo de espurrear el vino, que se le había subido hasta la azotea de sus neuronas, pero se contuvo la carcajada.

Osk se armó de paciencia, y continuó:

—A través de esta web, que obviamente no debe de dedicarse al tráfico de cruceros, se han identificado varias familias con algo en común. Parece que varias de ellas han adoptado a algún pequeño en los últimos años. —Bonnie comenzó a tomarse en serio la conversación, si había algo que le revolvía el estómago era que se le pudieran hacer cosas crueles a los niños. —Y a nosotras, nos ha tocado seguir a los primeros identificados. Se trata de una familia catalana. La peque es de origen hindú. Adoptada. Y, por lo que han podido averiguar en las últimas horas, resultó una adopción bastante singular.

—¿Singular?

—Se hizo de un modo exprés, saltándose todos los procesos que normalmente se requieren.

—Vale, entonces nuestro objetivo ¿es averiguar qué hay detrás de algún oscuro negocio relacionado con la adopción infantil? No parece algo muy novedoso. Pero si hay alguna organización detrás de cualquier tipo de comercialización de seres humanos, parece lógico denunciarlo. Está bien. ¿Qué más tenemos?

—Al parecer la niña tiene un tipo de ceguera congénita. Esto es lo que también debió de ayudar a la hora de adoptarla. He conseguido seguir a la madre española, el padre es mucho más cauto. Sé a qué colegio llevan a la niña. Podemos empezar por ahí.

Con un gesto de asentimiento Bonnie dio un último trago al vino y, mirando de reojo su reloj inteligente, que había llegado al límite de tolerancia a la desobediencia, le hizo un gesto a Osk para salir del restaurante.

—Pues no esperemos más. ¿Nos da tiempo a llegar a la salida del colegio?

—Nos viene de perlas.

Los chicos de HeroLeaks se distribuían en sillas de formas y colores variados. La mayoría estaba con las manos en los bolsillos de los abrigos, para resguardarse del frío, que ya empezaba a ser intenso a medida que el sol desaparecía por el horizonte. Discutían sobre los primeros habitantes de ese inhóspito lugar, los primeros vikingos que llegaron a aquella tierra. Aunque la discusión se había torcido por las sandeces del gaditano.

—Entonces, ¿todos aquí sois hijos de Floki y de los cuatro locos que se mudaron con él? Así estáis todos igual de majaretas. —Todos rieron mientras bebían una cerveza local.

—Ves mucha televisión, Ozú. Dinos, ¿qué tal se te daba la caza del impala antes de cruzar los Pirineos? —Todos rieron ante la pulla.

—Pues, curiosamente, los de ahí abajo compartimos más genes con vosotros de lo que imagináis. Sin embargo, nuestra huella genética africana es escasa.

—¿Quién lo diría? —La mayoría islandesa, liderada por Palmar Willumsson, disfrutaba con cada salida del que era el mejor *hacker* de toda
Islandia.

—No os imaginaba racistas.

—No soy yo el que trata de huir de su huella africana.

—Tienes razón, era una estupidez. Pero en serio, es alucinante el origen de vuestro país, aunque no tanto como el del continente africano, con todos mis respetos a los dioses vikingos. Este debió de ser un país forjado por los tíos más locos, que se lanzaban al mar hace más de mil años en barcos que hoy nos parecerían de juguete para conquistar una tierra congelada como esta… ¿Cómo podéis tener uno de los índices de criminalidad más bajos del mundo? Lo lógico sería que el rastro genético del gen de la búsqueda de aventura os hubiera derivado hacia algo parecido a lo que es Estados Unidos; un país en guerra permanente y con los mayores índices de criminalidad del mundo. Pero, de alguna manera, esos emigrantes no tenían el componente guerrero en su genética o, al menos, no tanto como los de su raza y por eso hoy en día disfrutáis de tan baja criminalidad.

—Hasta que llegaste tú.

Todos miraron a Sigfredur, que no había intervenido hasta ahora. Llevaba unos días apático. No parecía disfrutar de estar lejos de su familia y, menos aún, de no poder contactar con ellos siquiera para decirles que estaba bien. No aguantaba el trabajo de campo, había decidido hace tiempo quedarse en HeroLeaks con la condición de no moverse de Islandia. Y ahora se encontraba contra su voluntad encerrado con sus compañeros de trabajo por un tiempo indefinido. Una cosa había sido encargarse de organizar alojamientos para sus protegidos, lo que le había permitido estar cerca de su familia, y otra, muy distinta, era tener que hacer uso de uno de esos refugios y convertirse él en el escondido.

Ozú bajó la mirada. Aquel golpe bajo había sido doloroso y él no estaba para grandes batallas. Parecía en verdad que la mala suerte le acompañaba incluso al lugar más seguro de la tierra. Allá donde iba le acompañaba la muerte, a la que ya se había enfrentado, por no decir que estuvo muy cerca de ella o casi entre sus fauces. Pero lo peor es que se sentía un cobarde. Un chasquido en la maleza de su mente le devolvería a esa posición fetal, de la que realmente nunca logró salir. Tanto Eyla como JJ echaron sendas miradas de desaprobación a Sigfredur. Palmar trató de apaciguar el ambiente.

—Tienes razón en parte. En su mayor parte la isla fue fundada por gente que venía a trabajar la tierra y por gente muy religiosa, o que simplemente huían de la guerra. Es más, en los primeros escritos se cuenta que cuando llegaron aquí los primeros vikingos se encontraron con unos monjes irlandeses. Sin embargo, no es la genética lo que nos hace menos violentos, sino la educación. ¿Sabes que uno de cada tres islandeses tiene permiso de armas y, sin embargo, hace más de 12 años que nadie muere en este país por un disparo?

—¡Ostras! Ese porcentaje de posesión de armas es parecido al de Estados Unidos. —JJ entró en la conversación para compensar la pérdida de atención de su amigo, que otra vez volvía a esconderse en la oscuridad de su capucha. Justo ahora que parecía animarse un poco.

JJ se percató de la llegada de los dos hermanos fundadores que parecían discutir sobre algún tema de la forma sosegada que los caracterizaba. Parecía que por sus venas corría horchata en vez de sangre. Su mente se fue al *email* que había compartido con ellos sobre el posible asesino; habían acordado no decírselo a los demás para no generar más alarma, pero por un instante pensó que quizá podrían sacar el tema y su mirada se fue a Ozú.

—Sí. Pero aquí no vendemos rifles semiautomáticos, menos aún a adolescentes, y los que los tienen han debido pasar un estricto control médico y mental. —Todos asintieron ante semejante comparativa, salvo JJ y Ozú, el primero fijándose en el segundo, y este luchando contra algún demonio interno—. Ni siquiera tenemos ejército y, en los últimos veinte años, la policía solo ha matado a una persona de un disparo.

—¡Hola, bucaneros! —Ingimar interrumpió el sermón de Palmar para tratar de echar tierra sobre la conversación anterior. Todos agradecieron la aparición de su jefe, salvo por la forma de referirse a ellos—. Lo primero, ante todo, quiero agradeceros vuestro trabajo, que una vez más está dando sus frutos. En segundo lugar, quiero pediros perdón. No debimos bajar la guardia. Ahora mismo, esto es lo mejor que podemos hacer. No debemos salir de aquí bajo ningún concepto, tenemos que extremar nuestras medidas de protección informática y no dejar ningún rastro en la red. Antes de continuar, ¿tenéis alguna pregunta?

—Sí. ¿Cuándo podremos volver a casa? —Sigfredur fue el primero en interrumpir—. Algunos de nosotros no hemos sido identificados.

—Que vuestras caras no estén en la página web con un precio sobre vuestras cabezas no quiere decir que no tengan datos de quiénes sois. Podría ser arriesgado. Y no solo para vosotros. Hemos visto como aquellos que nos ponen en el centro de una diana son capaces de cosas atroces y, te puedo asegurar, Sig, que si te cogen, ni con todos esos músculos tan trabajados que luces podrás aguantar semejante tortura. Y acabarás por delatar nuestra ubicación. Y eso, no puedo permitirlo. Sin embargo, sí puedo hacer algo por ti. Enviarte lejos con algún equipo del que nadie tenga constancia.

¿Alguna pregunta más?

Ninguno tenía ganas de calentar más la reunión. Tenían por delante días, semanas o meses de aislamiento, y lo último que necesitaban es que comenzaran a crisparse los ánimos tan pronto. Sigfredur fue el único que amagó con protestar, pero prefirió no abrir la boca para no provocar más a su jefe, capaz de cumplir su amenaza.

—Hemos avanzado en todos los frentes. Enhorabuena por el trabajo. Por un lado, con la lista de individuos de diferentes nacionalidades que se pusieron en contacto con JJ a través del anuncio que publicó en la web-mercadillo. Desconocíamos la relación entre ellos, por lo que Dawa ha utilizado un *software* de análisis masivo de datos para descifrar el rompecabezas. Como ya sabréis, lo más curioso es que al menos la mitad de las personas identificadas tienen algo en común: han adoptado un niño o una niña recientemente. —Por primera vez desde que comenzó la charla, la cara de los asistentes había cambiado y ahora prestaban más atención—. Otra cosa que hemos podido identificar, gracias a Eyla, es que al menos en cuatro o cinco de las familias existe un gasto médico pediátrico fuera de lo normal. Y la mayor parte de los pequeños han sido adoptados en países asiáticos. Creo que tenemos una pista que tenemos que seguir. Bonnie y Osk están sobre el terreno. Me ocupé de que Zask se desplazara a Barcelona para darles apoyo, pero tendremos que poner en funcionamiento otras células porque el fenómeno se extiende por todo el planeta y tenemos varias familias implicadas en casos similares. Uno de los casos cuya investigación está más avanzada está en otra ciudad europea, así que, ya que te has presentado voluntario, Sig, ¿por qué no eres tú el que lidera la operación de rastreo, seguimiento y entrevista a esta familia? Esto te liberará de estar encerrado en este zulo.

—Sí, pero me mantendrá lejos de mi familia igualmente. Y, como tú dices, podrían localizarme y sacarme todo sobre vuestros escondites. Al fin y al cabo, yo soy el único que los conoce todos.

—Razón de más para mantenerte alejado de todo esto. Se formará una célula nueva y nadie sabrá de su existencia, así no estarás pegado a los que sí tenemos un precio por nuestras cabezas. También puedes cambiar de trabajo, Sig. Pero, si estás dispuesto a seguir con nosotros, este será tu encargo. Allí tendrás más gente de apoyo que te ayudará a integrarte en el lugar. De todas formas, antes de irte, pondrás al día a Olgeir sobre otras localizaciones que pudiéramos usar en caso de ser descubiertos. Y ayudarás a trazar un plan de huida de esta misma localización. Mañana por la mañana saldré hacia Reikiavik y te dejaré en el aeropuerto. Espero que disfrutes de Holanda.

Lola Forcada había ido a espiar a su hija desde la verja del colegio. Le encantaba ver como se relacionaba con sus compañeros y compañeras. La pequeña, de origen hindú, era una más en un colegio en el que abundaban niños de varias decenas de países. Ella había entablado especial amistad con un pequeño marroquí cuyos padres acababan de llegar a España. Por algún motivo que ella desconocía ambos se habían apartado del grupo y estaban sentados en una esquina del patio, y se lo estaban pasando en grande. No paraban de reír. Algo asombroso teniendo en cuenta que Martina aún no se defendía bien en catalán, mientras que Säid no sabía ni media palabra tanto de castellano como de catalán. Así, cada uno en su lengua, se comunicaban a la perfección. Lola se estaba partiendo de risa con la escena cuando fue interrumpida por una chica de cabello albino, rapado por los lados y solo alterado por un mechón rosa que le caía por la frente. La miraba por encima de unas gafas de sol moradas. Con un castellano bastante deficiente le preguntó por el colegio:

—Hola, buenos días. Estoy buscando un colegio para mi hija. Venimos de Islandia y hemos leído en internet, mi pareja

71

y yo —dijo mientras señalaba hacia su Smart, en cuyo asiento de copiloto se sentaba una joven coreana de rasgos atractivos que jugueteaba con su teléfono—, acerca de este colegio. Verá, en Islandia tenemos una de las mejores educaciones del planeta y buscamos algo similar aquí, donde nos hemos mudado por motivos laborales. El estilo de enseñanza que creemos más apropiado para nuestra hija es que ella pueda explorar sus habilidades y desarrollarse por sí misma, y no solo bajo la influencia del profesor. Ya sabe, sentada durante horas en una silla mientras escucha una clase magistral. —Lola pensó, al ver a aquella pareja tan singular, que ella se había quedado anclada en el siglo pasado al menos en algunos temas, aunque en otros estaba en la vanguardia—. ¿No piensa usted igual?

Le pareció simpática aquella pareja, simuló no interesarse por las inclinaciones sexuales de cada uno y decidió mostrarle aquel colegio del que tan orgullosa estaba.

—Quizás este sea el colegio ideal para su hija.

Tiene un aprendizaje basado en el funcionamiento del cerebro de los niños partiendo de la base de que cada niño es diferente. Tiene en consideración las habilidades humanas que implican desarrollar al máximo las capacidades individuales. Por ejemplo, ¿sabe que no se suelen dar más de 1 hora de clase seguida en el interior de un aula? Los niños necesitan estar en movimiento. El ser humano no está hecho para pasarse horas sentado en una silla y atado a un pupitre. Aquí combinan las matemáticas y el lenguaje con paseos por la naturaleza, o por un mercadillo. De hecho, hacen su propio mercadillo cada primavera con objetos que han ido elaborando a lo largo del año, y con lo que sacan se hacen donaciones a instituciones científicas del país. Le aconsejo que hable con la directora, ella y la profesora de Matemáticas son simpatiquísimas y... —Lola hizo una pausa para no decir que también eran pareja.

—¡Qué bien! Sí, por supuesto, eso haremos. Entonces, ¿nos recomienda este colegio? ¿Está usted contenta?

—Si no, no tendría aquí a mi hija —y Lola se quedó mirando a su pequeña.

—¿Es esa su pequeña? Es monísima. ¿Cuántos años tiene?

—Va a hacer cinco en unos meses.

—¿Qué le pasa en los ojos? —La niña llevaba unas gafas gruesas y tenía un ojo vendado.

—Oh, una enfermedad genética un poco complicada.

—¿No tiene cura?

Lola miró a Osk durante diez eternos segundos. Parecía querer leer en su interior algún tipo de mensaje oculto. Luego volteó la cabeza y sin volver a mirarla respondió:

—Es complicado.

—Perdone si he sido impertinente, disculpe. Muchas gracias por la información, creo que definitivamente concertaré una cita con la directora. Disfrute de esta linda mañana.

Y se dirigió a su coche sin mirar atrás y sin recibir respuesta de su interlocutora, aunque notaba el peso de su mirada en el cogote. Entró en el coche, y sin que Bonnie tuviera tiempo de reaccionar, la besó en la boca, largo, profundo y sonriente. Mientras encendía el motor del coche le dio la impactante noticia a su compañera:

—Ya tenemos colegio para nuestra hija. —Arrancó, y salió huyendo de aquel lugar, mientras Bonnie trataba de asimilar lo sucedido.

Septiembre de 2019
17 días para el final de la oferta
13,6 millones de euros

La luz anaranjada de una farola en una calle solitaria en los suburbios de Reikiavik parpadeaba y se reflejaba, de manera intermitente, sobre el rostro pálido de una mujer. Mostraba a fogonazos sus rasgos mortecinos, más por la ausencia de comunicación con el astro rey que por su relación con los no muertos. A pesar de su corpulencia se mostraba inquieta. Como un animal del ártico, su sangre fluía en las profundidades, lejos de la piel. Por eso no era fácil captar la actividad volcánica que bullía en su interior. Su impaciencia se vio apaciguada al ver la luz de la farola reflectada en los faros apagados de un coche que se aproximaba en la oscuridad. Aparcó a unos metros de ella, quizá para cerciorarse de que estaban solos. El tipo se colocó el gorro peludo de la parca, se subió la braga militar negra hasta tapar la nariz por completo y ajustó la hebilla para evitar que el frío traspasara ni un centímetro hacia su cuerpo. Embutido en negro, salió del coche y se acercó hacia donde Silfa le esperaba. Su aspecto desabrigado contrastaba con el de Ingimar. Ella parecía hasta acalorada y dejaba ver su región carotídea latiendo de manera incesante. No estaba acostumbrada a que le hicieran esperar y estaba ansiosa por transmitir la información al CEO. Entendía que aquella exageración del islandés con el abrigo, a 8 grados centígrados, era más bien por esconderse que por la temperatura, que para ella era casi primaveral.

—¿Estáis todos bien?

—Sí, dentro de lo que cabe, dada la situación. Gracias por preocuparte. ¿Tienes alguna noticia para nosotros?

—Tenemos un problema serio. Alguien ha *hackeado* todos nuestros sistemas. No queda ni una imagen ni un solo vídeo del día del atentado. Es demasiado sospechoso, por eso te he citado así, a escondidas, no me puedo fiar de nadie.

—Lo que comentas tiene muy mala pinta. He visto cosas a lo largo de mi carrera que me ponen en alerta, y desde luego esta es una. La policía islandesa *hackeada*. ¿No sois la policía con los mejores *hackers* del mundo?

—Deberíamos, la mayor parte de nuestros cuerpos de seguridad informática formaron parte de los movimientos de resistencia de la primera crisis económica del nuevo siglo. No sé si eso es bueno o malo. Les dimos trabajo para que ayudaran a su país.

—Entonces puede que tengáis un topo.

—Eso es lo que yo creo. O bien un topo o bien alguna potencia extranjera ha tomado el control de nuestros sistemas informáticos sin que nos diéramos cuenta. Si tengo que elegir, me quedaría con la primera opción.

—¿Y las imágenes de satélite? ¿Habéis revisado por si hubiera coincidencias?

—No. Tengo aún a mi equipo trabajando, pero dudo que encontremos algo útil. Todo ha sido borrado a conciencia.

Este es un ataque muy serio. He tenido que informar a mis superiores y no te puedes imaginar el cabreo. Quieren que demos con los responsables. Si tenemos un topo, no somos los mejores para ayudaros. Me he comprado un teléfono y una tarjeta nuevos.

—Extendió la mano desnuda y le ofreció una tarjeta con un número apuntado en ella, que Ingimar recogió con su mano enguantada—. Este es mi número. Avisadme si algo va mal.

—Lo haremos. Muchas gracias por la información. Tengo que regresar a avisar a los chicos. No sé hasta qué punto pueden estar en peligro. Menos mal que no necesitamos de vuestra protección. Pero está bien poder contar con tu ayuda. —El político guardó a buen recaudo el número de teléfono de la inspectora y le tendió la mano que ella apretó revelando en su mirada la intranquilidad de no poder tener bajo control la situación y por no poder ofrecer una mejor protección.

—Claro. Lo entiendo. Ten mucho cuidado.

Ingimar volvió a perderse en la oscuridad de la noche. Mientras, Silfa seguía con la mirada al que fuera su ídolo en su no tan lejana juventud. Observó como desaparecía dentro de su coche, que siguió circulando con las luces apagadas. Silfa le daba vueltas a cómo habían podido sufrir tal saqueo sin haberse percatado. Tenía que haber sido alguien desde dentro. Alguien tenía que haber abierto alguna puerta de seguridad. Sus sistemas de protección eran realmente buenos, diseñados por los mejores *hackers,* que ahora trabajaban para el Estado y la policía. Este era un ataque contra su nación, y tenía que descubrir cómo se había llevado a cabo.

Sigfredur llegó a Ámsterdam de madrugada. Decidió viajar como un mochilero más y alojarse en un *Hostel* para jóvenes. Allí se dio cuenta de la cruda realidad: la de que hacía casi una década que ya no era joven, y varios años, los que tenía su hijo mayor, que no dejaba Islandia. Al salir del aeropuerto Schiphol, cogió el clásico tren hasta la Estación Central de Ámsterdam. Allí le abordaron varias personas ofreciéndole alojamiento barato en las que, probablemente, serían sus propias casas. Él ya tenía reserva en un hostal, recomendado por la miembro de HeroLeaks destinada en Ámsterdam. Le había dicho que aquel hostal parecía tener una buena conexión a internet, aunque, en su caso, solo tenía permitido conectarse a través de una red segura. Tampoco podía hablar con su familia, lo cual le irritaba bastante. A veces, se planteaba si quería seguir con aquel trabajo. Alquiló un patinete eléctrico y se dirigió a su alojamiento a la antigua usanza: utilizando un mapa de papel que había conseguido al salir del tren y que no lograba manejar muy bien a la vez que conducía y evitaba todo tipo de vehículos: coches, bicicletas, patinetes, tranvías. Tras media hora de camino que deberían haber sido 10 minutos, llegó a la puerta del hostal. Hostel California, lucía un letrero blanco sobre fondo rojo borgoña. «Curioso nombre para un hostal de Ámsterdam». La habitación no le sorprendió, ya había estado antes en la ciudad, cuando era más joven y no tenía familia. Cogió una taquilla y puso unas toallas azules sobre la cama inferior de una de las literas, para reservarse un sitio. Dormir allí iba a ser toda una odisea. Dejó un diazepam entre las toallas, junto al cepillo y la pasta de dientes. Lo mejor del hostal era su pequeña azotea. Los pocos que estaban allí se dedicaban a fumar marihuana, y era perfecta para pasar desapercibido. Aquella noche Ria le esperaba en la azotea con una pipa de agua en la que fumaba algo oloroso que no parecía marihuana. Tan solo había visto a Ria una vez, en Oslo. En una reunión hacía por lo menos 7 años, el tiempo que llevaba siendo un fiel esposo. Él quedó atrapado en ese halo misterioso de moderna Mata Hari, podría haber sido espía profesional. Nunca le hablaba de su pasado, nadie conocía su verdadera nacionalidad: sueca, noruega..., y si le preguntabas mostraría esa sonrisa embaucadora y podrías creer que nació en el Congo Belga. Ria parecía tan jovial como aquella vez. Se mantenía joven por fuera y por dentro. «El coste de asegurar la propagación de tus genes se paga con arrugas», pensó el islandés. Le acercó una silla para que se sentara junto a ella, dando la espalda al grupo de jóvenes italianos que estaban alborotando demasiado. Quizás habían tomado algo más que hierba. Ria le acercó la pipa, pero él la rechazó con educación.

—¿No te quieres mimetizar con el ambiente? Pareces algo aturdido; ¿has sido alguna vez agente de campo? —La sonrisa agradable con la que le había recibido se tornó en sarcástica.

—Buenas noches, Ria. —Sigfredur se abrió una lata de zumo de tomate y le echó el contenido de un sobre de pimienta y otro de sal que había tomado del pequeño minibar que había junto a la terraza. Cogió una minibotella de vodka y le añadió la mitad. Agitó la mezcla suavemente en círculos y le dio el primer sorbo—. Esta es la primera vez.

—Extraño, debe de ser que nos estamos quedando otra vez sin personal. —Ria había seguido estupefacta la preparación de la bebida «Cutre Bloody Mary».

—Tal vez me hayan castigado.

—¡Qué habrás hecho! No pareces el malo de la clase.

Una nueva risotada de sus compañeros de azotea perturbó el reencuentro. No es que Ria se hubiera enamorado de Sigfredur en un fin de semana, pero en sus tiempos posadolescentes sí que le atrajeron sus afiladas facciones y su larga melena rubia, siempre suelta y acomodada detrás de las gruesas orejas. Y, tal vez, sus ingeniosas interpretaciones de la vida le habían hecho reír como nunca. Sig podía tener una sonrisa tan embaucadora como la de Brad Pitt y, sin embargo, hoy se mostraba mortalmente frío con ella. Quizá quería dejar bien claro que ahora ya tenía una mujer a la que había jurado amor eterno, y unos hijos que le hacían replantearse su situación laboral.

—*Che bella coppia innamorata. Vieni, ti invitiamo ad alcune aperture della nostra squisitezza.* —El italiano más embriagado de todos se había sentado en la baranda de la azotea y les ofrecía una pipa humeante.

—Oh, no, *grazie mille.* —Ria sabía moverse en ambientes veinteañeros a pesar de estar más cerca de los cuarenta. Pero Sigfredur no había venido para disfrutar de los placeres de Holanda, y así lo reflejaba, cabizbajo, sin interés en establecer el más mínimo contacto visual con el italiano, por lo que Ria no quiso alargar mucho la conversación—. *Non siamo una coppia, forse un'altra volta.*

—*Le mie scuse mancano.* Nosotros nos vamos a dormir ya.

Aquella afirmación fue respondida con una sonora carcajada de sus dos acompañantes, y los tres, tras acabarse las bebidas y el contenido de la pipa, desaparecieron escaleras abajo.

—Escucha, Sig...

—No quiero hablar de ello. Tengo un maravilloso recuerdo de ti, y me encantaría seguir quedándome solo con esa parte.

—Y ¿qué crees que iba a decir yo?

—No lo sé, pero no me atrevo a entrar en una conversación sobre algo que no sea estrictamente trabajo. La verdad, no sé muy bien qué hago aquí.

En realidad no sabía por qué narices tenía él que contarle su vida a una persona que no le confiaba ni su verdadero nombre. Todos la conocían por Ria, pero él estaba seguro de que ese no fue el nombre que recibió al nacer. Él se lo había preguntado en el pasado en múltiples ocasiones, pero ella solo le sonreía y miraba al mar.

—No te preocupes, terminaremos nuestro trabajo pronto, y así te puedes volver con tu esposa y tus hijos. Duerme bien, mañana tenemos un día duro. Sé dónde podemos interceptar a nuestra pareja. Estableceremos un seguimiento y en pocos días todo habrá terminado. —Ria acercó sus labios a la frente de Sig y, como si fuera un niño pequeño, le dio un beso de buenas noches. Después se levantó, entró al edificio y desapareció escaleras abajo.

Sigfredur no estaba consternado. En el fondo, Ria solo fue una aventura. Le caía bien y mantenían correspondencia electrónica. Pero ella dejó bien claro en su momento que su futuro no estaba escrito sobre piedra, sino, más bien, con letras labradas en el aire al expirar el humo de un cigarrillo. Ahora, la tentación podría volver a florecer, pero él ya tenía una vida en Islandia, y lo último que quería era estropearlo todo por un romance con una compañera de trabajo, por mucho que le resultara atractiva. Se terminó de un trago su bebida y se dirigió a su habitación. Necesitaba descansar. Al entrar en la habitación fue a encender la luz, pero escuchó el ronquido de uno de sus tres compañeros de cuarto. Acercó la luz del teléfono recién comprado para comprobar que su cama aún estaba libre, y suspiró aliviado. Iba a ser una noche dura. Por la luz del teléfono pudo ver que en la litera de enfrente dormía como una momia, enrollado en su sábana, uno de los italianos de la azotea. «¿Sería verdad? ¿Se habían ido ya a la cama? Increíble. Esta juventud aguanta muy poco». Quizás, hasta había tenido suerte y no le iban a molestar en toda la noche. Serían unos amantes de la cultura y querrían estar pronto en la cola del Museo Van Gogh. Se puso el pijama y fue a meterse en la cama cuando, sin saber cómo, salió rebotado hacia atrás, golpeándose la cabeza con el hierro de la litera. Los tres italianos estallaron en risas, cayéndose de la cama uno, rodando por el suelo los otros, como atrapados por un ataque de cataplexia contagiosa. Ya con la luz encendida, y tocándose la cabeza allí donde le martilleaba, pudo ver que los tres estaban vestidos para salir a la calle. Seguían con el ataque de risa, solo cortada por alguna que otra tos. El simpático italiano de la azotea, con las manos en posición de rezo le imploraba perdón, siempre que una carcajada no se lo impedía. Los tres salieron corriendo de la habitación y del hostal, contándose unos a otros sin parar de reír la que le habían organizado al islandés malhumorado. Sigfredur tuvo que deshacer *la cama* que le habían preparado, con la sabana doblada a medio camino para que sus pies tropezaran con el doblez, lo que le impulsó hacia atrás y le hizo golpearse la cabeza. Quizás habría sido mejor dormir en alguna de las habitaciones que le ofrecían a la salida de la estación de trenes. Tanteó las toallas, el cepillo y la pasta de dientes, que aún seguían a los pies de su cama. Buscó entre sus cosas la pastilla para dormir, pero no estaba allí. Buscó por todo el cuarto hasta que, rendido, se tumbó con la almohada sobre la cabeza. Definitivamente, iba a ser una noche muy larga.

Una gota de sudor sobre el dedo corazón sacó a Ozú de su concentración. El cambio de temperatura repentino fue lo que le hizo parar de escribir, hasta que la gota cayó sobre la letra K. No hacía frío en aquella habitación, aunque fuera, el viento hacía sonar con estridencia la colección de campanas que decoraban el techo del porche. No se había percatado de ese sonido hasta ese instante. También escuchaba cada clic de presión en las teclas de las computadoras de sus compañeros, repartidos por diferentes rincones del salón principal. Una fuerte punzada por detrás del hueso frontal le hizo levantarse de la silla, se llevó las manos a la frente y se agachó en cuclillas con objeto de intentar amortiguar el dolor. Ninguno de los reunidos se dio cuenta. Ozú trató de gritar, pero notó cómo la habitación se hacía más estrecha, los sonidos más agudos y su grito no llegaba a formarse en sus cuerdas vocales. Finalmente, perdió el conocimiento, cayó al suelo y comenzó a sufrir convulsiones.

Fue en ese instante cuando Eyla, al notar cómo temblaba su silla, vio a Ozú reptando a su lado, con un ataque convulsivo, transmitiendo el temblor al rebotar su cabeza contra la pata de la silla de madera. Eyla dio un grito que alertó a todos los presentes. Se arrodilló al lado de Ozú y trató de tumbarlo sobre su costado, en posición fetal, mientras le sujetaba la cabeza para evitar que se la golpeara. Hacía meses que ella se le insinuaba y el gaditano le seguía el juego, pero de una manera excesivamente infantil. La paciencia no era su fuerte. Ya tenían una edad como para no dedicarse solo a un flirteo adolescente. Sin embargo, desde la bomba, ella había sentido la obligación de volcar toda su atención en él. Su evolución era preocupante, las crisis se iban sucediendo y parecía sumido en una profunda depresión. Era como si el simpático andaluz se aislara en una isla desierta, y la distancia que los separaba se iba haciendo cada vez mayor. A pesar de que Eyla remara hacia él, cada vez estaban más lejos el uno del otro.

JJ fue el segundo en reaccionar, se acercó con un pañuelo, el que solía usar para limpiarse el sudor, con la intención de ponérselo en la boca, pero Eyla le hizo parar con la mirada.

—Es un mito. Con eso solo vas a conseguir que se ahogue. Es un ataque epiléptico. Esperemos que dure poco. —JJ mostraba una inquietud que contrastaba con la serenidad con la que respondía Eyla.

—¿Traigo agua?, ¿un paño mojado?

—Sí, buena idea. Pero antes acércame un cojín. —Vio como JJ iba a por agua, escuchó cómo mojaba un paño de cocina en el grifo del fregadero y le gritó—: ¡Y trae algo dulce para después!

—A veces le dan bajadas de tensión cuando fuma canutos, pero así, de repente, y con tantas convulsiones, no le había pasado nunca.

JJ regresaba al salón hablando en alto, jadeando, condensando el sudor atrapado en sus peores pesadillas, que volvían a repetirse. Se sentía inútil, el peón que no se mueve en toda la partida, cuya única misión era ser comido para gastar algún movimiento del adversario. A él también lo alejaba alguna marea desconocida de la isla de su mejor amigo. Cuando llegó al salón, comprobó que Ozú estaba semiincorporado sobre unos cojines, con los chicos observándole en la distancia. JJ respiró aliviado.

—Dame el trapo. —Eyla le puso el trapo en la frente con la ternura que ella querría recibir, y le acercó el zumo que había traído JJ. Acariciaba sus rizos y pensaba en lo bonito que sería poder acariciarlos todas las noches.

—Gracias, Eyla. —Ozú se incorporó poco a poco hasta que quedó recostado encima de Eyla—. ¿Sabes? Quizá sí que tengamos algunos genes turcos los gaditanos, al fin y al cabo, Barbarroja y los suyos pasaban por allí de vez en cuando.

—Yo no soy turca. —Eyla seguía entretenida alborotando los rizos con suavidad, mientras las yemas de sus dedos acariciaban las cicatrices que se hacían visibles cuando los removía, y se preguntaba cómo Ozú podía haber sobrevivido a aquella tortura y continuar trabajando en la misma empresa. Tal vez, detrás de esa actitud depresiva, existía alguna bravura que lo animaba a continuar—. Pero en Pakistán también elaboramos tus dulces favoritos.

—Oh, sí, por favor, sácame de aquí, llévame contigo a algún paraje desértico, como a Edmundo Dantés, hazme desaparecer, te lo suplico, dame de beber esos brebajes mágicos…

—Para, Ozú, están todos mirándote. —Olgeir sonreía—. Parece que estás mejor.

—No, en serio, llevadme fuera. Necesito tomar el aire. —Todos miraron al exterior. Las campanas, apenas visibles por la ventisca, repicaban como nunca. Todos pensaron que estaba desvariando—. No aguanto aquí dentro.

—Yo te acompaño, espera, que voy a por unos chaquetones. —Pero a JJ no le dio tiempo, Ozú ya estaba en la puerta y casi le dio un síncope al recibir el brusco cambio de temperatura en forma de bofetón. Se sentó como pudo en un balancín de Ikea, con los brazos cruzados y tiritando, mientras Eyla lo observaba desde el interior mirando con impotencia a los demás.

—Le va a dar un choque térmico y va a ser peor. —Eyla no estaba de acuerdo con la decisión de salir al porche, pero no se lo impidió.

JJ regresó al salón equipado con su anorak y el de Ozú en la mano, y salió junto a su amigo. Con esfuerzo, en lucha contra los elementos meteorológicos, que ya incluían gotas de agua endurecidas y el viento que soplaba con fuerza, ayudó a su amigo a ponerse el abrigo.

—¿Qué te sucede?

Ozú miraba al infinito, pero respondió:

—No soporto estar tanto tiempo encerrado.

—Me imagino. Yo tampoco soy muy fan. Haremos una cosa, organizaremos excursiones siempre que se pueda. Hoy es un mal día. ¿No te parece? Hoy los dioses nórdicos no están muy contentos y, después de tu charla del otro día… —Ozú sonrió, y dejó caer la cabeza sobre el hombro de su amigo, agotado por el estrés sufrido durante el ataque epiléptico, pero también por las horas que llevaba delante del ordenador tratando de averiguar algo más sobre La Sombra de Clyde.

—Yo no tengo nada contra los dioses nórdicos. Fíjate las orgías que montaban. Aunque lo de la guerra no lo llevo tan bien, y del sexo ya casi ni me acuerdo. No sé, igual me tengo que poner a estudiar cultura hindú, creo que empezaré por el Kamasutra. A ver si se me pega algo y vuelve a encantarse la cobra.

—Estás como una cabra. Y no es hindú, es pakistaní. Pero es cierto que quizá quiera probar alguna lección contigo. Tienes que despertar, amigo. Esto es una puñetera pesadilla, pero despertaremos, los dos. ¿Vale?

Ozú asintió y ambos se quedaron sonriendo, aún tiritando, resguardados tras la valla del porche del viento gélido y el repicar incesante de las campanas que les obligaba a hablar a gritos.

—¿Cómo vas con el fantasma?

—No lo sé, no me acuerdo, se me ha borrado de la mente lo que estaba haciendo. Solo quiero decir chorradas, cosas que no atraigan ni un mínimo atisbo de preocupación a mi mente. Quiero desconectar, tío. Vámonos a una isla de vacaciones.

—Puede que Eyla quiera acompañarte.

—No sé si podría hacerme musulmán. Pero podría intentarlo. —Se arrodilló en el suelo y comenzó a hacer aspavientos imitando, un poco ridículo, el rezo islámico.

—No te pega mucho, pero si es lo que quieres. De todas formas, no creo que le importe demasiado, yo creo que es más atea que tú. Pero no te va a estar esperando toda la vida.

Ozú se quedó pensativo sorbiendo las gotas de agua helada que le llegaban a los labios tras rebotar con fiereza contra las campanas. Ojalá pudiera centrarse en lo positivo, sacar su lado romántico, encontrar el coraje para abrazar a Eyla, decirle lo que sentía por ella. Pero sus temores hacia todo lo que podría fallar se interponían en su camino para intentar tener una relación sentimental. Tenía un imán que atraía la desgracia, y quizá la mejor manera de mostrar el amor por alguien era mantenerlo alejado.

—No te preocupes, amigo. Entra y descansa hasta mañana. Yo repaso lo que has estado haciendo y veo como podemos continuar.

—Ya estoy mejor, puedo ocuparme yo. —Ozú se levantó haciendo crujir la madera del porche y, luchando contra el viento, agarrado por los regordetes dedos de JJ para equilibrarse el uno con el otro, consiguieron llegar a la puerta y entrar en la cabaña. En el salón, calentado por dos chimeneas, una en cada extremo, el resto de jóvenes les observaban con curiosidad.

—¿Estás bien?

—Sí, gracias Eyla. Menos mal que te has dado cuenta.

Ozú le dio un exagerado abrazo que Eyla recibió sonriente.

—Bueno, al principio creía que algún volcán había despertado. Eso sí me aterraría.

JJ acompañó a Ozú a su sillón y recogió el ordenador, un poco abollado tras su choque contra el suelo.

El gaditano empezó a analizar los resultados de los programas que había dejado corriendo. Tras la trampa que habían planteado en la misma web que utilizaban los supuestos estafadores, Ozú había conseguido una lista de IP, la identidad de los ordenadores. Había desarrollado un método que simulaba al utilizado por el *software* Nautilus S, desarrollado para desanonimizar la red TOR y robado a SyTech, uno de los contratistas de las FSB, los mismísimos descendientes de la KGB, y que consistía en un análisis de la red de nodos. Los nodos principales eran utilizados como servidores intermediarios, que eran los que anonimizaban las IP originales. Ozú había analizado la lista de IP, así como sus interacciones entre sí, estableciendo un patrón de conexiones neuronal, de manera que los que habían caído en su página web trampa eran identificados. La mayoría eran incautos estafados, identificados por repetir IP en las últimas veinticuatro horas. Entre las otras direcciones podría estar la IP de La Sombra de Clyde. Lo primero que hicieron fue autoinfectarse y recrear la red estableciéndose como supernodo. Solo necesitaba que confiaran en el supernodo y así penetrar en la red establecida por el hacker, usando un método utilizado por los propios ciberdelincuentes conocido como *Man in the middle,* y lo habían conseguido. Tras enseñarle el resultado a JJ ambos sonrieron.

Septiembre de 2019
16 días para el final de la oferta
12,8 millones de euros

Ria se había recogido el pelo rubio en un gorro de lana blanco, lo que hacía que destacara su largo cuello y sus ojos de un azul glaciar, como el agua contenida por el hielo de sus cejas y pestañas albinas, acompañadas de su tez, también tan blanca que uno podría preguntarse si jamás había recibido un rayo de sol. Quizá, la razón por la que se conservaba tan joven. Su jersey multicolor, de lana de alpaca, terminaba en una capucha que la protegía del viento helado a aquellas horas tempranas. Subida en una bicicleta esperaba frente a la torre ovalada del Deutsche Bank, y no pudo evitar reírse al ver aparecer a Sigfredur, montado en una bicicleta eléctrica de alquiler, con cara de haber pasado una noche toledana. Ria agitó la mano, enfundada en un guante multicolor de lana a juego con su jersey.

—Buenos días, Sig. ¿Al final te animaste y te uniste a los italianos? —Soltó una sonora carcajada mientras se tapaba la boca por pudor, al más puro estilo asiático.

—Tienes la gracia en el abismo de Helm.

—Tus ojos sí que parecen el abismo de Helm.

—Ya. La idea de alojarme en el albergue ha sido buenísima. Te lo recordaré toda la vida. Sí, sí, no hay mejor forma de pasar desapercibido que camuflarse entre la gente que pernocta en un *hostel* holandés. —El islandés imitaba la voz de su compañera con retintín.

—Yo te veo muy integrado. —Su risa contagiosa ensanchaba aún más su boca, ya de por sí enorme, resaltando los hoyuelos en los carrillos. Sigfredur pensó que tal vez el viaje no había sido tan mala idea, pero acto seguido quiso desterrar aquellos pensamientos de su cabeza. Eso sí, tenía que cambiar de alojamiento—. Te puedes venir a mi casa. Ya sabes, chico viene solo a Ámsterdam, conoce a chica la primera noche, podría ser el inicio de una historia romanticona. Lo típico de la *Chick lit*.

—Te lo agradezco, Ria, pero vamos a lo nuestro y dejemos el amor para otro momento. Aunque por dentro, en ese momento se preguntaba por qué narices no se dedicaba a vivir la vida y dejaba de preocuparse por arreglar el mundo. Conocía a Ria y sabía que era muy directa en sus intenciones, tan rápida en comenzar una relación como en terminarla. Bueno, de hecho, a Sigfredur no le dio tiempo a enterarse del inicio cuando esta ya se había terminado. «Dos veces en la misma piedra no», se decía a sí mismo. Luego se intentó concentrar en su mujer, en sus hijos, y como un buen puritano se quitó su gorro para recibir el viento gélido como apaciguador de sus malos pensamientos.

—En la última comunicación que tuve con Islandia, Tanya me indicó que la pareja a la que debemos seguir, investigar y entrevistar, en ese orden, tendría que venir hoy al banco. Según nuestros colegas, se supone que tienen una cita con el director en estos instantes. Aquí tengo una foto de ellos que he encontrado en el buscador de imágenes de Google. — Ria le mostró el teléfono a su compañero, moviendo el dedo pulgar para enseñarle con rapidez las fotos que había guardado—. Debemos estar atentos. Ambos son de origen africano, así que imagino que no nos será difícil identificarlos. Por su manera de vestir se les ve muy refinados. Según mis averiguaciones, él es funcionario de la embajada de Nigeria. Ella, al parecer, da clases de yoga a un público bastante selecto. Mira, este es su Instagram. —la mujer, de por lo menos metro ochenta y cinco, aparecía en unas posiciones bastante increíbles, sobre todo para su envergadura, y siempre rodeada de decorados espectaculares: un jardín japonés, una isla paradisiaca, la habitación de un hotel con vistas al Everest, y en muchas, acompañada de un impresionante gran danés. Sigfredur se quedó bastante sorprendido por la falta de pudor de la gente. Nunca entendería cómo podían contar su vida entera, desde que se levantaban por la mañana hasta que se acostaban.

—Yo no tengo Instagram. Ni Facebook. Ni siquiera uso WhatsApp.

—Claro, Sig, yo tampoco. Pero tengo una cuenta falsa que utilizo para poder llevar a cabo mi trabajo. Deberías estar más comprometido con la causa.

—Yo es que no sé si veo causa alguna. Cada vez nos debemos más a los periódicos de tiradas más grandes. Eso es vivir encadenado a las mismas corporaciones que controlan el mundo. Encima, no puedo disfrutar de mi familia, y ahora tenemos que vivir escondidos. No me sorprendería que mi mujer acabara…

—Mira. —Ria le cortó repentinamente, justo a tiempo antes de que dijera una estupidez—. Esos dos que ahora salen por las puertas del banco se parecen a ellos. Hazles fotos desde aquí, se están despidiendo de alguien y creo que se van a subir en el Mercedes negro que está aparcado enfrente. Será mejor que yo me acerque. Mientras, tú sigue haciendo el reportaje desde aquí.

Sigfredur pudo ver como su compañera se montaba apresuradamente en su bicicleta, circulaba detrás del Mercedes y, en el primer semáforo en rojo, se acercaba al lateral del conductor, por delante del retrovisor. Hizo como que algo se le caía al suelo y aprovechó para acoplarle un localizador satelital en los bajos del coche. El conductor salió al ver a una chica gateando por el suelo de la carretera. Un tipo calvo, bajito, pero de espaldas anchas embutidas en un traje que parecía que iba a reventar. Tenía un fénix tribal tatuado en el cuello, cuyo pico destacaba más sobre el cuello de su camisa blanca que sobre la piel oscura. Se acercó a Ria, que seguía palpando el suelo.

—¿La puedo ayudar en algo?

—Oh, perdone, se me ha caído una lentilla y no la veo. Claro, no veo nada.

El chófer buscó por el suelo tanteando con sus gruesos dedos, sin suerte. Mientras Ria recogía su bicicleta, se percató del enorme anillo dorado que adornaba su dedo índice, ilustrado con un sello que asemejaba al fénix negro que adornaba su cuello. Le agradeció su ayuda a la vez que se alejaba del coche encaminándose a la acera y pensando en el tipo de secta u organización secreta a la que podría pertenecer aquel símbolo. Había leído demasiados libros de conspiraciones.

—Será mejor que vaya andando. —Ria se fue alejando mientras, el chófer regresaba al coche. Ria avanzó por la acera lentamente y cuando el Mercedes ya estaba lo suficientemente lejos se acercó a Sigfredur.

—Ha sido una actuación increíble. —dijo Sigfredur.

Ria sacó un pequeño reloj con navegación y activó la geolocalización GPS que controlaba el pequeño aparato que había acoplado al Mercedes.

—No te preocupes, el reloj solo lo uso para el geolocalizador. No nos pueden rastrear a través de él. Podemos ir a un bar más tranquilo y anotar los sitios por los que pasan. Tarde o temprano llegarán a su casa y podremos intentar entrar en sus redes. No encontré su dirección en ninguna parte, pero ahora la averiguaremos.

El ambiente en El Escondite seguía siendo de alta concentración, cargado de una energía negativa tanto espiritual como física que parecía haber alterado sus cerebros hasta el límite de la sociopatía. Nadie sabía decir si era por el miedo, por la angustia de aquella situación, por la urgencia de su trabajo o por simple motivación; esa que les empujó a formar parte de un grupo de periodistas cuyo *modus operandi* traspasaba las fronteras de lo legal. El silencio fue interrumpido por la voz del compañero que siempre les ayudaba a meditar, por lo que no resultó excesivamente intrusiva.

—JJ, aquí hay algo interesante —dijo Dawa.

El alemán giró su silla de ruedas y se desplazó hasta el sitio de Dawa sin demasiado entusiasmo, pero la cara de felicidad del tibetano contrastaba con su voz en *om*. La montaña de datos que habían atrapado gracias a establecer el supernodo por el que pasaba la información comprometida en miles de equipos era difícil de manejar. Pero Dawa era un experto en el manejo de *software* para analizar *big data* y en separar el grano de la paja.

—He conseguido encontrar un rastro entre las toneladas de datos que estaban manejando los ordenadores capturados por el *hacker*. No podemos estar seguros de quién está manejando estos datos, creemos que el hacker es La Sombra, pero tan solo sabemos que son datos que han pasado por los ordenadores comprometidos por el mismo troyano. Este troyano puede tener un único dueño, o varios. Quizá La Sombra tan solo quería dirigirnos en esta dirección o realmente estamos sobre algún tipo de negocio oscuro en el que puede estar implicado.

—¿Podemos recuperar esa información?

—El supernodo está capturando datos similares, en unas horas tendremos un buen número de archivos. Podemos ver la superficie del resto, las tuberías, pero no el interior, pero sí la huella que han dejado, como si un megalodón caminara por encima de millones de fichas provocando un efecto dominó masivo. Pero no tenemos acceso a la información depurada, los *insights,* los datos que verdaderamente importan. Esto puede llevar tiempo.

—Yo te puedo echar una mano. —Palmar, que se encontraba en una de las mesas que miraban a la ventana, tapiada con una tabla de madera por dentro para evitar ser espiados, se había apuntado a la conversación al escuchar la referencia al gran tiburón—. Tenemos que aumentar la memoria RAM para aumentar la potencia de cómputo, y usaremos la nube para almacenar y clasificar la información y obtener los *insights.*

Palmar se puso a trabajar junto con Dawa y JJ, y comenzaron a pescar millones de chanquetes en un mar de ordenadores de todo el mundo. Seleccionaron pedacitos de información, la descargaron y la guardaron en la nube de HeroLeaks. Dawa preparaba un *software* de análisis de *big data* para organizar la información útil.

Tras varias horas de duro trabajo y tras analizar la información con el software de *Big Data* obtuvieron los primeros *insights.* No parecía tener mucho sentido. ¿Quién querría aquella información? Los datos seleccionados por el software eran los típicos provenientes de millones de aparatos electrónicos; sobre todo teléfonos y tabletas, recogidos de las miles de aplicaciones que asiduamente, y sin ninguna sensación de estar siendo espiados, utilizaba cualquier persona normal: los kilómetros recorridos, el tiempo que pasaban en cada lugar, los gustos, el uso de redes sociales y el tiempo que pasaban en cada aplicación.

—Increíble. —Con su fuerte acento, Dawa dotaba aun de mayor envergadura al hallazgo—. ¡Olgeir! —Dawa elevó la voz para captar la atención de su jefe, pero todos los chicos prestaron atención al ser algo inusual, quizá la primera vez, que escuchaban a Dawa gritar—. Con estos datos pueden saber cuántas horas pasas en el baño. ¿Te imaginas? Podríamos usarlo para evitar que algunos colapsen el servicio durante horas.

Dawa echó una miradilla a Ozú, quien se creyó injustamente acusado.

—Pero no solo eso. Pueden saber cuánto dinero tienes, cuántas cuentas bancarias, cuánto compras, dónde, cuáles son tus aficiones, cuánto deporte haces, si fumas, bebes, o incluso si te drogas. Esto ya no es para hacer *marketing* dirigido, tío, esto va más allá. ¿Cómo habrán conseguido tal cantidad de datos? Parece que hay muchas apps que no respetan sus propias condiciones y políticas de protección de datos, u ocurren demasiados robos de los que no nos enteramos.

Todos seguían con curiosidad a Dawa, que continuaba su monólogo.

—Pero este contenido incluye los datos personales de sus dueños. Más bien parecen aplicaciones tramposas que no anonimizan la información. Desconozco qué valor puede tener esta información en el mercado negro, pero, por la gran cantidad de movimientos que hemos podido registrar que ha dejado cada dato en su paso por diferentes ordenadores, apuesto a que hay suficiente interés como para que unos cuantos se forren a su costa.

—Desde hace años hay acusaciones entre países como Estados Unidos, China, Rusia o Irán, de usar aplicaciones desarrolladas para robar datos corporativos, secretos industriales, secretos de Estado... —Todos miraban a Olgeir mientras daba su lección sobre política internacional—. Pero ¿para qué querrían saber cuántas horas pasas en el baño? No es solo un chiste, pensadlo.

Palmar, que seguía con atención la explicación de ambos, saltó excitado a exponer sus argumentos.

—No es la clásica información que se vende por las redes. Esa que das cuando te piden que aceptes que tus datos van a ser tratados con confidencialidad, que se siguen las directrices de la Unión Europea y bla, bla, bla. Pues, como dicen los ingleses: *bullshit*. Vamos, que nadie se preocupa de leerse la privacidad, ni siquiera los que la copian y pegan en sus sitios web, en realidad no saben ni lo que ponen. Se calcula que se roban un billón de megabytes al día. ¿Y quién los denuncia? Nadie, porque en el fondo no son tus datos bancarios, ni los datos de tu tarjeta, ni siquiera las contraseñas de acceso a tu correo electrónico. Son, simplemente, toda tu jodida vida en datos. Quizás estos sean los datos que se venden más baratos. Es una teoría, Dawa, no es por llevarte la contraria. Está claro que existe un mercado negro para ellos, y que se mueven mucho, pero por eso mismo hablamos de datos baratos. La cuestión es ¿qué se hace con ellos? Lo importante no está en los datos en sí mismos, sino en cómo se usan. Deberíamos indagar quién está detrás de esto, quién compra este material. Tal vez estas familias que hemos identificado sean la consecuencia del análisis de datos sacados de este mismo mercadillo. O, tal vez, sea una pista falsa.

—¿Te parece que la posibilidad de que se esté traficando con niños es una pista falsa? —Tanya saltó un poco encendida tras el alegato de Palmar—. ¿No te parece una coincidencia que todos los críos que hemos encontrado tengan una enfermedad? ¿Y si los están utilizando para sacarles los órganos y venderlos en el mercado negro?

Palmar cerró la boca y suplicó con la mirada. Tan solo había hecho una exposición rápida de lo que se le venía a la cabeza, pero ella tenía razón. Le gustaba quedar por encima de los demás en las discusiones, que nadie pudiera con su argumentación, pero en este caso no le quería llevar la contraria a Tanya.

—No creo que los órganos de niños con defectos congénitos sean de interés en el mercado. Pero sí creo que los datos de estas familias, de estos niños, han sido comprometidos con algún objetivo, y han sido seleccionados partiendo de algún algoritmo que trabaja con estos datos. —JJ aparecía en escena con una nueva teoría que podía mezclar todos los ingredientes y cocinarlos en un mismo guiso—. Da la impresión de que existe una organización que utiliza estos datos para identificar a posibles clientes. En este caso, los «clientes» debían de tener algo en común: niños que necesitaban el trasplante de algún órgano; perteneciente a familias adineradas, claro. De alguna manera, los localizan y se les ofrece algún tipo de servicio. Incluso un trasplante de órganos.

—Está muy bien, chicos, todos tenéis razón, y debemos seguir todas las pistas. —Olgeir trataba de poner paz en aquella habitación en la que comenzaba a faltar el aire. —. Las preguntas que tenemos que hacernos son: ¿Cómo vamos a dar con los que comercializan estos datos? ¿Qué *software* es el que los procesa? Y, sobre todo, ¿para qué la utilizan? Dawa, Palmar, os quiero al 100 % en esto, y el resto seguid con la pista de las familias. Olgeir se alejó para hablar por teléfono y Dawa comenzó a trazar un plan, ahora sí, susurrando a los que estaban cerca.

—Utilicemos la red creada por el supernodo para atrapar a los compradores. Podemos revender los *insights* más significativos. Sí, ya sé que es ilegal, pero es una trampa, cuando los tengamos, podremos desvelar su identidad. Será un notición. ¿No creéis?

—¡Chicos! —Eyla posó la mano sobre el hombro de Ozú, que parecía haberse recuperado del susto del día anterior, y este le correspondió con la suya, piel con piel, y la sensación le hizo estremecerse, como si fuera un recién nacido en su primer contacto con su madre—. Parece que habéis descubierto el secreto de la inmortalidad. Creo que deberíamos hacer un descanso, ¿no creéis? Estamos todos muy nerviosos.

Olgeir entró en la sala de nuevo, rascándose la barba de varios días.

—Tengo noticias desde Reikiavik, y no son buenas. Ingimar fue a esa reunión con Silfa. Al parecer se han borrado misteriosamente los vídeos de todas las cámaras de seguridad.

—¿De la sede?

—De todas partes.

La noticia causó un efecto instantáneo en el gaditano, que entró otra vez en estado catatónico.

—Ozú, ¿estás bien? —Pero Ozú solo escuchaba el tintineo del metal entrechocando, y la mirada de su torturador. Intentó incorporarse, pero las carcajadas del siniestro latino retumbaron en sus oídos. Se agachó y comenzó a gritar a la vez que se tapaba los oídos. Eyla y Tanya trataban de calmarlo. Los chicos también se acercaron y lo cogieron en volandas para llevarlo al sofá y evitar que se lesionara. Seguía gritando, sus ojos cerrados huían de la luz, pero dejaron escapar varias lágrimas de rabia. Tras varios minutos de angustia comenzó a sosegarse, balanceado al ritmo de una danza del vientre materno, agarrado por los gruesos brazos de JJ, que lo meneaba como si fuese un bebé con una rabieta nocturna.

—Ya pasó, Ozú. Ya pasó todo. —Eyla, Dawa y los demás miraban a la pareja de amigos, entre asustados y asombrados. Por un lado, nadie quería pasar por lo que debió pasar el español. Por otro, la situación en Islandia parecía de todo menos controlada. Pero lo que admiraban de verdad era la capacidad de ambos amigos para apoyarse mutuamente en cada uno de sus saltos al vacío. Todos sentían cierta envidia. Al menos, ellos se tenían el uno al otro. ¿Qué pasaría con los demás? ¿Con los que no habían estado sometidos a un estrés semejante? Ante todo, debían permanecer unidos. Eyla se abrazó a Tanya, y las dos comenzaron a llorar. Olgeir se acercó a Palmar, y este le devolvió una palmada para darle a entender que lo tenía todo controlado. Él no se desestabilizaría. Dawa, por su parte, prefirió darse la vuelta y repasar todas sus anotaciones en el aire. Debía concentrarse y avanzar en su trabajo.

Olgeir hizo un gesto a JJ para que se llevara a un cuarto aparte a Ozú. Le daba mucha pena por lo que podía estar pasando el español, pero tenía que dirigir a un grupo de personas en el momento más difícil de sus vidas. Ozú empezaba a ser un problema, que si se volvía contagioso podía desestabilizar todo el engranaje de la empresa.

—Chicos, hemos hecho grandes avances estos días. Ozú está a punto de dar caza a La Sombra, Dawa ha conseguido averiguar ciertas tendencias en los datos que se venden de manera masiva por, al parecer, la misma corporación contra la que nos enfrentamos. —Hizo una pausa para esperar a que Ozú saliera del salón, y continuó—. Sin embargo, mi hermano ha recibido esta información desalentadora. Parece que tenemos un enemigo mucho más fuerte de lo que pensábamos. Si este enemigo es capaz de entrar en los diferentes sistemas de videovigilancia del Estado islandés, también podría ser capaz de averiguar dónde estamos. De hecho, podría ser que dentro de la policía, o de la Interpol, haya algún topo. Hemos hecho bien en tener diferentes lugares donde escondernos, pero ahora debemos preparar a conciencia un posible plan de evasión a esos otros escondites. Yo he trazado un plan para repartirnos por la red de casas que estableció Sigfredur. Ahora os pasaré instrucciones a cada uno. Dentro de tres días cada uno seguirá esas instrucciones sin comentarle a nadie más el contenido de las mismas. Esto es importante, si atrapan a uno que no atrapen a todos. Además, Silfa nos ha proporcionado un número directo de contacto con ella. En caso de emergencia, no dudéis en usarlo. Chicos, necesito que cada uno se concentre en su trabajo. —Miró a JJ, que entraba de vuelta al salón—. JJ, necesito que cuides de Ozú, ocúpate de que descanse y se libere del estrés, si es que eso es posible. Jugad a alguno de esos videojuegos que os gustan y, luego, que se dedique a buscar al fantasma. Confío en él. Palmar, tú ayuda a Dawa con el análisis masivo de datos. Eyla y Tanya, podéis continuar con la identificación de otras posibles familias esta-fadas; tendremos que montar un caso múltiple y proporcionar información a los abogados que lleven la denuncia a nivel europeo, y cuantas más familias más posibilidades tendremos de que una cante. Por último, JJ, encuentra a ese sicario. No me falles.

Olgeir abandonó la sala contestando a una llamada, mientras, los demás, se pusieron a trabajar como si no hubiera un mañana, algo que tal vez podría suceder.

Lola leía una de sus revistas, esas a las que ella denomi-naba «para olvidar». Le hacía gracia ver como habían echado de una fiesta al pobre Paquirrín tirándole huevos. Luego la cosa fue a más y acabó a botellazos. Eso ya no le hacía tanta gracia. Ella misma había disfrutado a lo grande con los *tema-zos* que pinchaba como *disc Jockey*. Por encima de las gafas, desde el balcón que daba a su parcela, vio llegar el coche de Jordi. Al entrar, lo primero que hizo fue subir directo al cuarto de su hija para darle un beso y cotillear qué hacía. Como cada vez veía peor había dejado de pintar, y se dedicaba más a escuchar música y a jugar con sus muñecos. Jordi dio un beso a su mujer y se acercó al mueble bar, del que sacó una botella de cava y dos copas.

—¿No es un poco pronto para empezar a beber? Ade-más, hoy es miércoles. ¿Qué mosca te ha picado?

—He conseguido mover unos hilillos... y ya tengo el camino preparado. Antes tenemos que hacer un par de cosas. Una tontería.

—No seguirás pensando en la locura de…

—No es una locura, Lola. Esta niña no tiene ningún futuro. Tienes que entenderlo.

—No me puedo creer que seas capaz de decir eso de tu hija. ¡Es tu hija! ¡Estás chalado!

—Lola, escúchame; estará bien. No le va a pasar nada, me fío de esta gente.

—Pues conmigo no cuentes. Yo no me fío de esa gente ni de sus tonterías, como tú las llamas. No quiero que mi hija acabe en la Cochinchina, víctima de una red de trata de niñas. A saber lo que quieren hacer con nuestra hija.

—Venga, Lola, lo tienes que hacer tú. No seas exagerada, sabes que podemos confiar en Pere. Él está muy metido en ese grupo y es un amigo de toda la vida. Yo estoy demasiado pringado con todos mis negocios. Sería muy sospechoso. De ti no sospechará nadie. Lola. —Jordi intentaba reclamar su atención, pero ella ya se había levantado y se encaminaba hacia la habitación de su hija sin haber levantado la copa, en la que iban perdiendo fuerza las burbujas—. Vamos, no seas así. Es lo mejor que le puede pasar, ella es una incapacitada.

Jordi se tomó el cava de un trago para anestesiar su mente y evitar decir más barbaridades.

—¡Cállate! ¡No te permito que hables así de mi hija!

Jordi se quedó algo incómodo, nada que no pudiera arreglar pimplándose el cava sobrante de su mujer. Sabía que Lola acabaría cediendo, y él solo podía empeorar las cosas si seguía insistiendo. Tan solo había que darle tiempo. En el fondo, si habían llegado hasta allí era por él, por su gran capacidad de negociación y su buena vista en los negocios. Todo se arreglaría.

En las inmediaciones de la lujosa vivienda de Jordi y Lola se encontraba aparcado un MINI Cooper caqui. Dentro, dos jóvenes jugaban con sus respectivos aparatos electrónicos. Habían conducido hasta la casa de los padres de Martina y, gracias a la coordinación con Zask, se habían colado en el sistema de seguridad de la vivienda. Eso incluía las cámaras de seguridad. A partir de ese momento, podían recibir la transcripción de las conversaciones que se produjeran en la casa. Bonnie conectó el teléfono que estaba utilizando para el *hackeo* al audio del coche y así poder escuchar la conversación en directo. Cuando empezaba la charla del matrimonio, la puerta de la gran casa se abrió. La interna salía a pasear al perro lazarillo, un labrador bastante tranquilo, y se dirigía justo hacia su posición.

—Maldita sea, si esa mujer nos ve y más tarde queremos entrevistarlos en la casa, podría llegar a ser un problema. Podría reconocernos y advertir a Lola.

—Agáchate. —Osk hizo el gesto de hundirse en el asiento, pero el coche era demasiado pequeño como para no ser vistas. Entonces Bonnie se abalanzó sobre Osk y la besó, abrazándola con intensidad para no ser vistas. Para sorpresa de Osk, los largos brazos de su jefa se colaron por dentro del jersey de punto, mientras las huesudas manos le masajeaban

104

la espalda. Ambas apretaron sus cuerpos uno contra el otro. Osk no opuso resistencia. «Ante todo profesionalidad». Osk miró por el rabillo del ojo y vio al perro aproximarse al coche y, detrás, a la mujer, que intentó ignorar la escena. Fue a avisar a Bonnie de que ya había pasado cuando sintió la lengua de esta bien dentro de su boca. «Pero muy profesional». Tanto, que decidió no informar a su jefa de la situación. La profesionalidad se terminó cuando notó cómo el sujetador saltaba y las manos de Bonnie acariciaban sus pequeños pezones, ahora erizados. El audio del coche interrumpió el juego. Sus miradas se cruzaron sin saber qué decirse. Bonnie mostraba satisfacción. Osk aún estaba sorprendida, pillada totalmente fuera de juego, y muy excitada. Tanto, que se planteó ignorar su misión. Las voces en la casa fueron subiendo de tono hasta que llegaron a ser una acalorada discusión. Cuando esta terminó, Bonnie y Osk ya habían dejado de mirarse.

—Mierda, ¿qué quiere hacer ese psicópata?

—No sé, Osk, pero tenemos que ser más rápidas. Necesitamos saber adónde van en cada momento. —Bonnie, esta vez, cogió la mano de Osk—. Esto no se puede volver a repetir. Tengo el novio más celoso del mundo y, cuando se enfada, no hay dios nórdico que se le oponga.

—¡Eh! ¡Chicas! ¡Excelente actuación!

Ambas se quedaron estupefactas.

—En serio, ¿habéis ido a algún curso de interpretación?

—¡Mierda! ¿Osk?

—¡Qué! Joder, me dijiste que teníamos que probar el sistema de seguimiento, y que Zask estaría al cargo.

—¡Y no has podido avisarme de que ya estaba observándonos?

—Tranquilas, no he visto mucho. Osk, estoy bien acoplado a la cámara de tu teléfono, pero también tendríamos que acoplarlo a otros sistemas, tus gafas, por ejemplo.

—Vale. —Bonnie trató de tranquilizarse—. Está bien, Zask, necesito que nos hagas un trabajito de localización. Busca a un tal Pere, amigo de Jordi Fernández. Nosotras vamos a poner localizadores en los vehículos. Encárgate también de hacer el seguimiento de las conversaciones de la casa y nos mantienes informadas.

—Eso está hecho, jefa.

Sigfredur tuvo que alquilar un coche para poder acercarse a la región a la que les dirigió la señal del localizador, acoplado al coche de la familia nigeriana. La bicicleta eléctrica no tenía autonomía suficiente para recorrer tantos kilómetros. Llegaron hasta un complejo de casas a las afueras de Ámsterdam, concretamente en la región de Wassenaar, un complejo en el que debía vivir gente que manejaba dinero. Las casas eran grandes, independientes y rodeadas por un jardín decente, lo suficiente para provocar la envidia de cualquiera que viviera en los pequeños apartamentos de los suburbios de la ciudad.

—Ahora que lo recuerdo, estuve aquí una vez en unos jardines japoneses preciosos. Me trajo un chico en una cita romántica. —Sus hoyuelos volvieron a relucir mientras la expresión de su compañero simulaba un hastío que quizá no era tal. Sigfredur parecía comenzar a disfrutar de su reencuentro con Ria y de poner una pizca de aventura a su monótona vida. Y Ria lo había captado, sensible a los gestos del islandés, como si también pudiera captar sus feromonas—. Podría ser un buen sitio para interceptar a la mujer y hacerle unas preguntas, ¿no crees?

—Sí, claro, parece un sitio muy relajante, puedes acoplarte a sus clases de yoga.

—Tú también. Espera, voy a ver si hace algún tipo de quedadas con sus clientes. Tiene un Instagram muy activo.

—Bueno, Ria, primero hagamos el trabajo sucio y luego lo intentamos como lo hacen los demás periodistas.

Era complicado dejar el coche cerca de aquellas casas y pasar desapercibido. Paró durante breves segundos delante de la casa en la que supuestamente había aparcado el coche, que aún seguía transmitiendo la señal que Ria registraba en su propio teléfono. Esperó a captar las redes wifi cercanas a la vivienda. Una vez hubo apuntado todas las que aparecían en el rango, se dirigió a una zona de aparcamiento donde podían camuflarse entre otros coches, pero aún con suficiente alcance como para poder colarse a través del wifi y conocer, gracias a otra aplicación instalada en el teléfono, qué otros aparatos electrónicos había conectados a la misma. Después hackearían cada uno de esos aparatos. Una vez detectado contactó con Palmar, el mejor *hacker* que había tenido HeroLeaks en su historia. Un tipo que había roto en varias ocasiones los protocolos de seguridad de diversos sistemas bancarios. Empezó como *hobby*, pero luego fue reclutado para detectar vulnerabilidades en esos mismos sistemas. Era su mejor amigo, además de compatriota dentro de HeroLeaks. Palmar estaba listo, desde su escondite en el país del hielo. Necesitaba acción para distraerse de todo el estrés que lo rodeaba. En cuestión de minutos, organizó un ataque masivo de fuerza bruta a los escritorios remotos que protegían los equipos electrónicos que habían detectado, y que utilizaban tanto para guardar información de manera segura en la nube como para trabajar en remoto. Su trabajo había terminado, por el momento, con el ataque localizado sobre unos pocos ordenadores y tabletas. Palmar no tardaría mucho tiempo en encontrar alguna contraseña que funcionara en alguno de los aparatos de la casa, y una vez que entrara en uno podrían hacer lo que quisieran.

—Lo tengo. Mañana a las 10 de la mañana en el maravilloso jardín japonés. Y ya hay más de veinte personas que dicen que asistirán al evento.

—Genial, ya tienes algo que hacer mañana. —Sigfredur no tenía intención de empezar a hacer un seudodeporte, a él le iba cultivar su musculatura con dos o tres horas de gimnasio al día. Pero respiraciones, relajación, estiramientos, eso no iba con él, aunque, disfrutar de la compañía de Ria empezaba a motivarle.

—¿No creerás ni por un segundo que voy a ir sola? —Sigfredur sonreía mientras retiraba la vista de la pantalla de su teléfono y la enfocaba en los árboles que delimitaban el recinto del *parking*.

—Está bien, me vendrá bien un poco de naturaleza, desde que he llegado a Ámsterdam creo que estoy demasiado estresado.

—Se llama desorden por déficit de naturaleza. —La carcajada de Ria se mezcló con la expresión de incredulidad en Sig ante cada salida de ella.

Él dirigía ya el coche de vuelta a Ámsterdam y le daba vueltas a si no empezaba a perder el control. A si todo aquello no había sido más que una encerrona de Ingimar, una provocación a su vida familiar modélica, algo inusual en esa empresa.

En El Escondite seguían digiriendo la noticia tras el relato del encuentro entre Ingimar y Silfa, ampliado con más detalles durante la cena. Olgeir les había comentado que iban a rodar cabezas, pero mientras no se supiera quién era el topo, debían aumentar las precauciones. Olgeir acababa de tener una conversación con su hermano, que había decidido quedarse en la capital. Eyla acariciaba la cabeza de Ozú que, sentado en el sofá, intentaba recuperarse de la conmoción sufrida. Cada ataque era peor. El vértigo incontrolable se apoderaba de él, perdía el control. Como si todo volviera a precipitarse, como si estuviera subido en un autobús sin frenos cuesta abajo. ¿Qué iba a hacer él si aparecía el sicario? No era más que un estorbo para todos los demás. Sin embargo, Eyla no se separaba de su lado. Ozú no tenía cuerpo para sentir la reconfortante sensación de sentirse querido. Pero Eyla no se echaba para atrás. Sabía que la necesitaba. Y él se dejaba querer. Era como un niño pequeño necesitado de cariño. Si no tuviera el regazo de Eyla, se abrazaría a cualquier peluche, cojín, o lo que fuera que fuese blandito y pudiera ser estrujado. Su cintura mullida y el calor que desprendía, al que él se agarraba sin dudar, eran el lugar perfecto en el que refugiarse, y esquivar las miradas de los demás. Con Eyla tan solo se dejaba llevar, no tenía la cabeza para otros pensamientos. Ni siquiera para responder a lo que todo el mundo en HeroLeaks ya sabía sobre la preferencia de Eyla por reconfortarle a él. Cada uno seguía sumido en sus preocupaciones, pero todos fueron interrumpidos al unísono.

—No puede ser. No pueden haber eliminado todos los vídeos.

JJ seguía dándole vueltas, hablando en voz alta mientras se movía en círculos por el salón. Se acordaba de Bonnie, ella era la mejor rastreadora de vídeos grabados por cámaras de vigilancia públicas. Si estuviera allí... Otra vez el tembleque en las manos. Su mente había vuelto al momento de la explosión, y todas las heridas comenzaron a dolerle a la vez. Cogió su anorak y salió al porche. El tiempo había mejorado un poco. Ahora observaba la inmensa calma de la estepa islandesa. Allí donde solo unos cuantos valientes se atreven a adentrarse en invierno. Notó sus miembros agarrotados y comenzó a trotar para calentarse. Su barriga había crecido y se sentía bastante más pesado que antes del encierro. La falta de ejercicio, el confinamiento. Se acordó de lo que le había prometido a Ozú. Harían una excursión en busca de una de esas luces peculiares de aquellas latitudes. Necesitaban ver algo bello, y un poco de ejercicio no les vendría mal. De vuelta en la casa se encontró con Palmar bastante excitado.

—¡Chicos! Podríamos tener una opción. —Palmar, era de los pocos que estaba incorporado. Por curiosidad revisó imágenes de satélites. Llevaba horas, como el resto, dándole vueltas. Aunque era bastante improbable que se hubiera registrado una imagen en el preciso instante en el que aquel asesino pasara por la sede. El resto estaban distribuidos por el sofá. Apáticos. Todos menos Ozú, que seguía hipnotizado con el masaje craneal que Eyla trabajaba con delicadeza—. La liguilla.

—¿Ahora quieres jugar de portero? —JJ interrumpió con sarcasmo a Palmar, que era el verdadero amante del deporte rey. Era buen delantero y les había ayudado a aguantar en la liguilla en una posición intermedia en la tabla. JJ jugaba de portero, y este año no lo había hecho del todo mal, a pesar de no ser un amante del deporte. Él lo hacía más por el tercer tiempo. El de beber cervezas en el bar.

—No, JJ. Es sencillo. ¿Qué equipos han jugado la liguilla durante las horas o días previos a la bomba? Podemos contactar con ellos. Normalmente, hay alguien grabando para enviar los mejores momentos a la página del parque de empresas y distribuirlo por las redes sociales. Estuve revisando imágenes de satélite y me acordé al ver el campo de fútbol, que no está lejos del aparcamiento.

—Muy buena idea, Palmar. —Olgeir, que estaba hablando por teléfono, interrumpió la comunicación con un sonoro aplauso seguido de un—: ¡Guau! Es brillante. Ocúpate de contactar con todos los equipos y de conseguir imágenes de todos los partidos jugados en las 48 horas previas al ataque. Vamos a tener un maratón de ver partidos de fútbol. Quiero a todo el mundo dedicado a visualizar estos partidos.

Palmar entró en la web de la liguilla. El resto se quedaron para escuchar el sermón de Olgeir sobre seguridad y qué hacer en caso de que descubrieran su escondite. Junto con su hermano, habían diseñado un plan de escape. Y creían que la opción de trasladarse cada cierto tiempo, e incluso dividirse, sería lo mejor que podían hacer para dificultar que los encontraran. Ahora Sigfredur no estaba con ellos y era Olgeir el único que conocía otros posibles refugios. Las rutas de huida y la distribución por escondites ya estaba diseñada. El invierno apretaba y, si querían mudarse, no debían esperar mucho más tiempo.

Septiembre de 2019
   15 días para el final de la oferta
   12 millones de euros

Pasada la media noche, y tras varias horas compilando, Palmar dio señales de vida.

—Chicos, tengo ya una buena cantidad de vídeos, creo que es el momento de iniciar la sesión futbolera. —Se escucharon quejas e improperios de al menos la mitad de los compañeros, que no eran muy aficionados al deporte en sí, hasta que Ozú comenzó a animar la habitación. Resurgió como por arte de magia y comenzó a organizar apuestas. Nadie conocía los resultados de aquellos partidos y al menos consiguió que la tensión de llevarse un dinerillo extra mantuviera a todos en alerta máxima. Durante la visualización se llegó a celebrar más de un gol, hasta que Palmar cantó el premio.

—Lo tengo. —La atención de todos se dirigió hacia el mejor de los *hackers* allí presentes—. No es muy nítida, pero tengo una imagen del sicario el día que dejó el coche aparcado. —Todos se arremolinaron alrededor de Palmar, que estaba viendo uno de los partidos, el que se jugaba a última hora de la noche. Las luces del campo impedían ver con nitidez más allá de sus límites. Pero, en la lejanía, se podía observar a alguien aparcando un coche. Justo en la plaza de aparcamiento de Dawa. Luego se dirigió corriendo hacia el final de la calle. Allí, subió en una moto que conducía otra persona. El parque cerraría poco después, por lo que era la última hora en la que se podía acceder sin necesidad de pasar un control por la garita.

—Bien, corta ese vídeo y distribúyelo. Chicos quiero que saquéis toda la información que podáis de esos dos individuos y de la moto. —Olgeir se frotaba las manos con impaciencia. Tenían que resolver este asunto con rapidez. Ellos estaban escondidos, pero su hermano estaba expuesto, y aunque tuviera un guardaespaldas gracias a su condición cercana al gobierno, Olgeir temía por su vida. También es verdad que solo él era capaz de manejar las negociaciones, y tenía una buena relación con Silfa. Ahora ya tenían un rastro y aquellas imágenes medio oscuras mostraban a dos individuos. Iban bien protegidos del frío que tendrían que aguantar en una moto, y no se les veían las caras. Necesitaban rastrear esa moto, podrían hacer un seguimiento usando vídeos de las cámaras de tráfico de días atrás. El tiempo corría, cada día sus cabezas valían menos y los cazarrecompensas comenzarían a tener cada vez más prisa por eliminarlos.

Zask se había alquilado un piso en Cornellà de Llobregat. Estaría cerca de las chicas por si les hacía falta, pero pasaría más desapercibido en un barrio obrero. Era un auténtico negado con los idiomas a excepción del lenguaje binario. Desde que llegó, no había dejado de sorprender a las chicas. Les encargaba la comida y se la llevaba allí donde estuvieran. Les sacaba los billetes para los viajes e incluso les había comprado ropa. Ellas estaban encantadas con él, si tenían que incluir un tercer miembro en su equipo de campo, no dudarían. Además, se había convertido en el único guardián de su secreto. Zask había montado todo el sistema de vigilancia sobre la familia Forcada y se tiraba horas comiendo ensaladas delante de los cuatro monitores que había instalado en su pequeño estudio. Se había encargado de adquirir todo el material para montar el equipo de espías que llevarían sus compañeras en la misiones para registrar las conversaciones y las imágenes, que a su vez transmitirían a través de las pequeñas cámaras acopladas a gorras, gafas y botones. Ahora estaba terminando el último trabajito que le habían encomendado. Buscar a un tal Pere, compañero o amigo de Jordi. No había sido difícil sacar su teléfono de la lista de contactos de Jordi. Una vez que lo tuvo, trató de obtener información usando herramientas clásicas en la red. Pere Ribés era un compañero de Jordi en su empresa, y estaba en la lista de las personas que Jordi había contactado más veces en los últimos meses. Tras un análisis exhaustivo en la red no encontró nada relevante que pudiera relacionarle con el caso. Tendrían que monitorizarle más de cerca. Sacando unas cuantas fotos que había publicado en Facebook, pudo averiguar en un buscador de imágenes a qué lugares pertenecían. Allí centraría sus rastreos, pero necesitaba a las chicas para hacer el trabajo de campo. Les envió la información necesaria para que establecieran el primer contacto, en cuanto se despertaran. Les enviaría un buen desayuno.

Sigfredur y Ria disfrutaban de su reencuentro en una cafetería. Habían pedido una infusión para cada uno: la de ella, un chai cremoso con un sabor intenso de chocolate y un toque picante de guindilla y jengibre, una explosión de sabores para vividores; y, la de él, un cóctel frutal empalagoso de manzana, dátiles y ciruelas pasas mezclado con un potente toque de canela, para reanimar a un alma adormecida. Ella le dio un bocado a la galletita de canela que acompañaba a la bebida. No entraba en su filosofía de vida posponer los placeres, aunque sí saborearlos lentamente.

—¿Por qué te metiste en Hero? —Dio otro pequeño bocadito a la galleta, como si mordiendo trocitos pequeños esta pudiera durar eternamente.

—Quizá porque quería ser un héroe. Estuve ligado al partido pirata islandés desde joven. Siempre he sido muy aficionado a juguetear con las tecnologías de comunicación, desde piratearle la línea de teléfono al vecino hasta hacer compras en múltiples tiendas cuando aún no ganaba dinero

115

ni tenía mi propia cuenta bancaria. Ya sabes, no de una manera muy legal. Eran buenos tiempos, hasta que me metí en algunos temas un poquito más complejos que retornaban un mejor rendimiento y se me echaron encima las autoridades. Me metieron en un centro para gente como yo. Así conocí a Palmar y a otros. —Suspiró y dio un sorbo a su infusión, a ver si aquello le ayudaba a dejar de lamentar su pasado —. Dios los cría y el Estado los junta, ¿no crees? En la cárcel, en centros de menores y, bueno, en ese sitio, que estaba especializado en chavales con un perfil tecnológico alto. Tenían esperanzas de que podrían revertir nuestro comportamiento rebelde y, con muchos, lo consiguieron. Algunos incluso forman parte hoy día de los servicios de inteligencia del país, o pasaron a trabajar para multinacionales. Pero yo creí que la opción de vivir en un mundo libre, desde el punto de vista tecnológico, implicaba defender la libertad para poder usar las redes sin leyes ni regulaciones, sin estar sometidas a las fuerzas del capitalismo. Y por eso me uní, o bueno, acepté cuando me reclutaron en HeroLeaks. Pero ahora todo esto se está desmoronando otra vez. Tan solo vuelvo a la vida cuando camino a través de la red oscura. Creo que es el único sitio que aún mantiene esa esencia.

—También mantiene a todo tipo de explotadores. ¿Crees que vender marihuana o cocaína a través de la red oscura no es capitalismo?

—Bueno, tienes razón. Hay todo tipo de dictaduras que tratan de controlar el espacio internauta, y esta red en concreto fue creada por el ejército estadounidense, así que fíjate si puedes fiarte. Los primeros en aprovecharse de esta red son los ricos, los que controlan y gobiernan el mundo. Ahora tenemos un asesino contratado en la red oscura para asesinarnos, y por dinero. Pero yo en aquel momento creía en mí mismo. Me considero un anarquista en la acepción individualista del término. Solo creo en mí y en los caminos que me abro a través de esta red gracias a los contactos que tengo, y en los que confío. ¿Qué hay de malo en tener tu propio taller y vender tus propias obras? ¿No es eso ser un artista? Podríamos decir que Palmar y yo montamos una empresa de arte. De arte binario, claro.

—¿Qué tipo de arte binario?

—Bueno, ya sabes, unos juguetitos muy revoltosos.

—Troyanos.

—Algo parecido. Tuvieron muy buena acogida. Y sacamos unos cuantos billetes. Pero siempre hay alguien más listo que tú, y nos pillaron. Nos iba a salir cara la jugada, pero conocimos a Ingimar. El pagó nuestra fianza, nuestros abogados y, en fin, nuestra educación. Y no pude decir que no. Era lo más parecido a mis ideales, pero legal. Bueno, casi siempre legal. Me integré en uno de los equipos de Europa del norte y, ya sabes, te conocí a ti. Nuestro breve encuentro.

—Yo creo que tienes el síndrome del salvador.

—Ja, ja. Síndrome del salvador. A ver…

—Me explico, en Hero todos lo tenemos en cierto grado, pero lo tuyo es patológico. —Dicho así por cualquier otro habría terminado en la típica escena en la que la lengua de serpiente de Sig soltaría veneno en forma de palabras. Pero esta vez no, aquella nueva Ria lo tenía embelesado, y aquí él era una pequeña culebra escalera que podría ser fácilmente predado por Ria, la culebra bastarda. Su sonrisa, sus rizos, sus hoyuelos, y esa voz tan radiofónica, sonaban a gloria, aunque fuera para insultarle a él. En realidad conocía a Ria, y sabía que nada de su boca salía con auténtica malicia, tan solo le encantaba hacer mofa de todo. Solo había algo que le perturbaba de aquel ser, y era que nunca sabía qué es lo que realmente le rondaba por la cabeza.

—Tienes un don especial. Alegras el alma de los que te rodean. ¿Cómo se puede vivir con esa cualidad? Tendrás a cientos de personas que se pelearán por un ratito de tu tiempo.

—Tal vez, pero en el fondo todo mi tiempo es para mí. — Y volvió a sonreír, dejando la pregunta en el aire.

Era difícil distinguir si Ria estaba alguna vez preocupada por algo o si, por el contrario, era siempre feliz. Tan solo ella era consciente de su cruda realidad. Era verdad que cualquier mortal mataría por gozar de su compañía, ya que era capaz de levantar la moral hasta a un perdedor compulsivo. Pero Ria llevaba toda la vida evitando los conflictos, cada vez que algo se complicaba, cuando una persona se convertía en lo más mínimamente incómodo, ella desaparecía. Su trabajo era ideal para eso, le permitía aparecer y desaparecer cada cierto tiempo, reinventarse mil veces y dejar buenos amigos por el camino. Su relación con Sigfredur acabó, sin embargo, como todas sus otras relaciones amorosas. Una discusión, un desacuerdo importante es todo lo que hacía falta para que Ria sonriera con esa mueca fingida, esa sonrisa en la que desaparecía el hoyuelo, dejando un recuerdo memorable y para que nunca más volvieras a saber de ella. Y Sigfredur había cono-

118

cido a las dos Rias en un corto periodo de tiempo. Le costó más de un año superarlo, rehacer su vida, formar una familia y matar esa necesidad de salir de su zona de confort. Y ahora la tenía delante otra vez, radiante, hermosa, misteriosa.

—Pero quizá sea porque no tengo al lado a la persona que siempre he deseado —dejó caer Ria.

—Sería una pena que esa persona no supiera que estás hablando de ella. Deberías sincerarte. —Sus bocas ya casi se rozaban, a lo largo de aquella conversación se habían ido acercando, y ahora tan solo las separaba un instante, ese instante que rompió el sonido de la alarma de un reloj.

—Es la hora, comienza nuestra clase de yoga.

El teclado de Palmar sonaba a un ritmo incesante. Tanya seguía recostada en el sofá, con las piernas estiradas, sobre ellas un cojín y encima su ordenador. El resto de compañeros disfrutaban de un pequeño cóctel en el porche, con comida típica islandesa que Ingimar había traído de una de sus salidas a la ciudad. Mientras el jefe asaba carne en la barbacoa, el resto daban buena cuenta de unas botellas de vino ardiente, o Brennivín, que él mismo había sacado del mueble de bebidas de la casa. Sabía que Sigfredur no le habría fallado al preparar El Escondite. No estaban respetando el confinamiento estricto, pero habían decidido que debían promover también su salud mental, y un poco de luz con una comida en el exterior no les vendría nada mal. De todas formas, una casa turística como aquella, si no daba señales de vida, daría más que hablar entre los locales que el ver a unos jóvenes disfrutando de una barbacoa al aire libre. Tanya se incorporó, hastiada de trabajar toda la mañana y, al ver a Palmar concentrado, se acercó para animarle a que acompañara al resto en esa breve distensión.

—¡Qué! ¿Cómo vas?

Palmar se pasó la mano por el lacio pelo mostrando cierto nerviosismo, y Tanya siguió su camino acariciando la melena ocre de su compañero, en una muestra de afecto que Palmar aceptó con gusto.

—Es complicado seguir el rastro a estos dos tipos; gracias al acceso que nos ha dado Silfa he conseguido una nueva imagen que los capta pasando por la autopista. Pero no se les ve la cara.

—Parece que solo borraron las del día del atentado. Deberías dejarlo un rato, te traeré un poco de Brennivín. Seguro que te convence mejor que yo.

—Ahora mismo no puedo. —Algún conjuro había caído sobre aquel grupo de chicos para que no captaran ninguna de las indirectas—, tengo que terminar de analizar unos vídeos, si no, tendré que empezar de nuevo. No me gusta perder ningún detalle, voy píxel por píxel de una forma ordenada.

—Te echo una mano, entonces. ¿Qué hay de la moto? —Tanya se sentó al lado de Palmar ofreciéndole su propio vaso con el potente aguardiente islandés.

—Justo ahora estaba en ello. Ya tengo marca y modelo. Hay pocas motos robadas durante las últimas semanas. Tenemos una lista y creo que tenemos una buena pista. Ingimar contactó con Olgeir esta mañana y ha puesto al tanto a Silfa.

Parece que ya han localizado una posible candidata, pero dudo de que hayan dejado huellas.

—Amplía esta región de las fotos y mándalas imprimir, yo las recojo. —Tanya se acercó a la impresora y según salían las imágenes las iba analizando en detalle.

—Mira. —Le mostró al islandés una comparativa de las imágenes que habían obtenido durante el partido de futbol—. Está claro que los que has cazado en esta autopista y en el aparcamiento de la sede son los mismos. —Tanya agudizaba sus ojos a modo de halcón. Ella tenía una sensibilización mayor al detalle que cualquiera de los chicos de la casa. Palmar hizo lo que le pedía su compañera. Esta vez se pusieron a analizar la imagen en el mismo ordenador a la par que aplicaban diferentes filtros.

—¿Qué es eso?

—Unas botas de motorista. La solapa es una especie de espinillera. Nada fuera de lo común pero creo que podríamos intuir la marca.

—Genial, Tanya, puedo utilizar *software* de procesado de imágenes, y creo que puedo saber de qué marca son.

—Pero ¿de qué nos sirve saber que botas utilizan?

—No te sirve solo para saber qué botas utiliza, pero sí que el tipo parece que coge motos con cierta frecuencia. No creo que se las comprara para la ocasión, ¿no? O tal vez sí.

—Y ¿cuántos moteros puede haber en Islandia? Y, además, lo más probable es que este asesino no sea ni islandés, tal vez esté de paso.

—Tienes razón, es una tontería. Le enviaré la información a Ingimar, él sabrá que hacer. Ahora creo que voy a probar el Brennivín, me has convencido, no sé cuánto tiempo me queda por disfrutar.

—No seas tonto, nadie te va a hacer nada.

—No estoy tan seguro. De alguna manera tenían a la vieja guardia fichada. Y yo estoy en esos carteles. Ellos saben todo de nosotros, y nosotros nada de ellos.

Palmar y Tanya observaban a los chicos y chicas, que disfrutaban en el porche. Incluso Ozú parecía haber olvidado sus achaques. Por fin se dieron por vencidos y se unieron al resto del grupo, a disfrutar del primer momento de verdadera relajación de todo su confinamiento. Tenían que pensar en algo diferente que les ayudara a concentrarse en las tareas en las que cada uno estaba implicado. Ozú perseguía a La Sombra de Clyde, y JJ y Dawa trataban de averiguar qué había detrás de todos esos datos que se vendían a través de la web y qué relación guardaban con todo lo que aquel espíritu trataba de decirles. Eyla y Tanya analizaban datos bancarios de las decenas de personas que les habían contestado a la trampa web, y Palmar tenía ya casi cercados al o los asesinos a sueldo. Era cuestión de horas que la maquinaria de HeroLeaks comenzara a mostrar sus frutos, y aquello solo requería de una cosa: activar los grupos operativos.

Osk vigilaba desde su coche. Había seguido a Lola, guardando siempre la distancia, ya que la mujer lo podría reconocer si no se andaba con cuidado. Lola aparcó su Mercedes en la avenida del Carrilet, y Osk esperó al otro lado de la misma avenida registrando todos sus movimientos. Zask les había informado de la comunicación telefónica reciente entre Pere y Jordi. El primero tan solo le comentó que debía acudir al otorrino a las 11 de la mañana. Zask no tenía ni idea de qué significaba aquello, pero luego siguió con detalle como Jordi utilizaba toda su persuasión para convencer a Lola de que debía acudir a la cita.

Desde su posición, escondida como podía en el asiento del coche, pudo ver como Lola se internaba por una de las bocacalles, y decidió llamar a su compañera, que había preferido alquilar una moto, más manejable para seguimientos de corta distancia.

—Compis, el objetivo ha entrado por el Carrer de Sant Roc.

—Entendido, voy de inmediato.

Bonnie llegó justo a tiempo para ver que Lola entraba en una tienda.

—Ha entrado en una tienda de tatuajes. Extraño, ¿no?

—Sí, parece un otorrino un tanto curioso. Claro que, algo sí tiene que ver con la orejas, aunque no tanto con el oído. —Zask trabajaba sobre una pantalla gigante dividida en diferentes canales a través de los que seguía las imágenes transmitidas por las cámaras espía que había instalado en la equipación de ambas agentes.

—No le pega demasiado. Pero quién sabe, no parece tenerle miedo al plástico, ¿por qué iba a tenérselo a la tinta o al metal? No sabéis las cosas que se pueden llevar en ciertas partes.

Bonnie y Zask le daban vueltas al comentario de la islandesa sin atreverse a preguntar, no fueran a obtener una descripción demasiado precisa. Bonnie dejó la moto aparcada en la acera y se acercó al escaparate con el casco aún puesto.

Disimuló interés por las fotografías de diferentes modelos y sus tatuajes, mientras ajustaba la cámara espía acoplada al casco siguiendo las instrucciones de Zask. Por un hueco entre dibujos y fotografías podía ver el interior de la tienda, y utilizó el micrófono para informar a sus compañeros.

—Está hablando con un tipo bastante grueso y de aspecto agresivo. Creo que no tiene un hueco en todo el cuerpo en el que no haya tinta o metal. Odio esos pendientes que deforman las orejas. Zask, captura imágenes y haz una búsqueda con la herramienta de reconocimiento facial. —Los islandeses también quedaron perplejos al ver semejante amor por agujerear un cuerpo.

—Probablemente es el tatuador.

—Por su indumentaria, parece sacado de una novela gótica.

—Los hay a miles en esta ciudad, no nos sirve de mucho esa descripción.

—Están entrando en otra habitación. Ya no puedo ver qué pasa. Me retiro un poco y espero a que salga.

Lola no tardó más de veinte minutos en aparecer. Se dirigió hacia su coche sin percatarse de la motorista, que jugaba con su móvil sentada en un banco cercano a la tienda.

—Osk, intenta seguirla, yo voy a entrar en la tienda. Zask, no nos pierdas a ninguna. —Quitándose el casco entró en el local y, mostrando una sonrisa, se dirigió al ornamentado dependiente, que correspondió dejando ver su dentadura metalizada en oro y plata asomando entre una densa barba.

—Hola, ¿qué tal? —Su español era malísimo. Tal vez habría sido mejor que Osk hubiera entrado en su lugar.

—¿Le gustan los tatuajes, señorita?

—Tatuajes. Sí. Gustan. —Bonnie sonreía intentando dar ejemplo de profesionalidad. Aunque tenía mucha experiencia en situaciones similares, llevaba tiempo sin trabajar y se le notaba cierto nerviosismo.

—Y, ¿qué tipo de tatuaje le gustaría? ¿Un tribal tal vez? ¿Animales? ¿Letras chinas?

«No soy china, pedazo de burro».

—Me gustaría algo original. Nuevo. No sé. ¿Cuál fue el último tatuaje que hizo? Tal vez me inspire. O, ¿cuáles son los tatuajes que más le piden? —Con la segunda pregunta trató de compensar la tensión creada con la primera, pero no pareció tener mucho éxito.

El tipo grueso cambió el gesto. Su expresión simpática se tornó algo oscura, marcada en el entrecejo. Cogió un catálogo enorme lleno de modelos de tatuajes y se lo mostró.

—Mire, échele un vistazo, quizá le inspire. Si le gusta algo en particular, puede decírmelo. —La tímida coreana sonrió y no quiso arriesgar más. Cogió el catálogo y se sentó unos minutos observando con interés página por página. Al cabo de un rato, se aproximó al mostrador.

—Muchas gracias por su amabilidad. Lo pensaré. —Bonnie le devolvió el catálogo al vendedor y decidió irse antes de liarla más—. Hasta otro día. —El tatuador la observó marcharse levantando levemente la mirada por encima de la revista que estaba hojeando. Una vez se escuchó el tintineo de la campana de la puerta al cerrarse, cogió su teléfono y tecleó un número sin sospechar que alguien le escuchaba.

—He tenido una visita sospechosa. Te envío las imágenes de la cámara de seguridad en un rato. Era una mujer. Preguntó cuál había sido el último tatuaje que había hecho, y yo recién había terminado con una de tus clientes. —Escuchó durante unos segundos a la persona que hablaba al otro lado de la línea—. No te preocupes, doblaré la vigilancia. —Hubo una nueva pausa y respondió—. No. No dejaré rastro.

Zask se quedó paralizado al escuchar aquella conversación a través del micrófono que había dejado Bonnie debajo de la silla en la que se había sentado en la tienda. Osk seguía a Lola, que parecía dirigirse a recoger a su hija del colegio, y él tenía que dirigir a Bonnie hacia la posición de Osk.

—Chicas. Tenéis que escuchar algo.

Zask les puso la conversación a través de los auriculares. Bonnie se alegró de lo rápido que habían logrado un resultado, a pesar del riesgo que corrían si era identificada.

—Haz que rastreen esa llamada desde El Escondite. Si no nos han descubierto habrá faltado poco, o lo harán en breve, mi cara es pública, acordaos bien de eso.

—No te preocupes, Bonnie, yo aún puedo seguir intimando con Lola, y sacarle algo más de información.

—Hablando de caras, este tipo sale en múltiples catálogos de tatuajes. Debe de ser modelo. Pero aún no tengo su nombre. Seguiré investigando.

—No os dais cuenta. Ha dicho que no dejará rastro. Si algo he aprendido en esta profesión es que tenemos que adelantarnos a los acontecimientos. Descubre quién es y qué esconde.

—Está bien, como quieras. Bonnie, te he mandado el localizador móvil de Osk. No actuéis en solitario, ¿ok? Para eso somos un equipo.

—Descuida —contestó Bonnie. Aunque ninguno de los tres miembros del equipo se fiaba de las palabras de la coreana.

Unas doscientas personas se arremolinaban alrededor de la isla central del jardín japonés. En el centro, Akuada Dan-gote descomponía su postura entrelazada en movimientos arácnidos extendiendo sus alargados miembros en diferentes direcciones para adoptar la siguiente figura. Acababan de ter-minar la fase de respiraciones y concentración, y comenzaban con algunas posiciones de estiramiento. Sin embargo, Sigfre-dur no había entrado en un estado de conciencia plena, sino más bien en todo lo contrario. No conseguía desviar sus pen-samientos de Ria, y menos aún su mirada. Sus *leggins* ajustados le marcaban cada minúsculo músculo. Él disfrutaba en particular de la posición de la cobra, desde la que podía enfocar su mirada en la belleza de su compañera, disimu-lando una sonrisa que delataba los pensamientos lascivos que lo atormentaban. Intentaba desviar su atención hacia los arbustos del jardín japonés, o a las rocas volcánicas que lo decoraban, mientras, él, estaba a punto de entrar en erupción y sus ojos regresaban una y otra vez a Ria. Quizás alguien debiera recordarle que estaban en una misión. Ahora contorsionaban la espalda a cuatro patas y él aprovechaba cada vez que agachaba la cabeza para enfriar su ardor, hasta que tocaba levantarla y, entonces, buscaba en las grises nubes formas menos sugerentes. ¿En qué estaba pensando? ¿Cómo podía traicionar a su querida familia?

Durante la siguiente fase de posturas más complejas y respiraciones consiguió distraer su mente hasta que, por fin, pudo relajarse. Namaste. Después de una sesión flojita, o eso decían las personas que habían acudido aquel día, que esperaban algunos equilibrios más complejos, la gente se dispersó.

Ria miró a su compañero, que parecía un muñeco desencajado por sus articulaciones, y le hizo señas para indicarle que iba a aproximarse a Aku, como la llamaban sus seguidores. Desde su posición, sentado con las piernas entrecruzadas, observó como Ria saludaba a la profesora. Aku respondía con su alegre sonrisa:

—Ha sido muy espiritual, muchas gracias por compartir con nosotros sus conocimientos.

—Oh, bueno, solo ha sido una pequeña muestra. Doy clases en un gimnasio cerca de la zona residencial y en otro en Ámsterdam. Espera, te doy una tarjeta. —Sacó una tarjeta de visita y se la ofreció a Ria, quien la aceptó amablemente—. Allí doy clases más avanzadas, voy conociendo mejor a las personas y puedo enseñar de una manera personalizada. Si quieres, puedes venir un día a probar.

—Oh, tal vez, sí, seguro, iré a una de sus clases, pero también quería comentarle que, bueno, yo soy periodista, y me preguntaba si podría hacerle una entrevista para mi columna.

—¿Ah, sí? ¿Qué periódico?

—El *Feykir*.

No era mentira, en realidad HeroLeaks tenía una pequeña sección en ese diario. Un par de articulistas escribían en diferentes periódicos, en columnas personales que la propia empresa pagaba por mantener. No escribían sobre temas relacionados con sus trabajos de investigación, sino sobre temas variados relacionados con las culturas emergentes, el ecologismo, la nutrición o la salud. En realidad era utilizado como método encriptado de comunicación, o como medio de despiste para facilitar a sus agentes una coartada relacionada con otro trabajo.

—No es súper conocido, su edición es *online*, pero si se publica una noticia que consigue trascendencia a veces conseguimos que la compren periódicos de otros países. Podemos, además, darle publicidad a tus libros, como están en inglés es posible que les interesen a nuestro público. Creo que eres lo que buscan.

—Pues me encantaría. —Y su expresión resultaba creíble, su sonrisa color marfil resplandecía aquella oscura mañana, hasta que se vio interrumpida. Una mano se colocó en su hombro y distrajo su atención.

—Tenemos que irnos. —Ria se quedó perpleja al ver el enorme anillo con la silueta grabada de un fénix. Ria se bajó el gorro violeta hasta las cejas y se despidió con la mirada puesta en los mismos zapatos que vio salir del coche de los Dangote, justo antes de ponerles el localizador. Aku volvió la mirada hacia Ria a modo de disculpa.

—¡La llamaré! —Ria aireaba la tarjeta mientras se alejaba de ellos y se acercaba a Sigfredur murmurando—: No se preocupe. Sigfredur se había incorporado al ver aparecer al guardaespaldas. Por un momento pensó que podría reconocer a Ria, ¿quién no se fijaría en aquellos ojos azul iceberg? El grandullón no pareció darse cuenta, pero, para la próxima vez, iban a tener que ser más cautos. Tarde o temprano acabaría por recordar su mirada.

—¿Qué te parecen?

—Ella me parece una persona muy normal. Aunque el guardaespaldas ese me pone los pelos de punta.

—Tenemos que guardar más las distancias.

—Voy a quedar con ella, Sig, y le preguntaré directamente por su hija. No creo que puedan hacerle nada malo a su pequeña.

—A su pequeña no, pero quizás a otros niños…

Ambos sintieron que quizás aquello sí era posible. Gente poderosa y adinerada de países en los que más de la mitad de la población vivía en la pobreza, quizá no tendrían escrúpulos en comercializar con niños o con sus órganos. Pero entonces, ¿por qué hacerlo a través de una organización en la sombra, si igual lo podrías hacer en tu propio país sin esconderte? Ria se guardó la tarjeta y pensó en pasarse a la mañana siguiente.

Silfa se había acercado a uno de los suburbios de la capital. Sola de nuevo, pues no confiaba en nadie de la oficina. Había quedado con Ingimar. Este la esperaba sentado en uno de los bancos dispersos, solitarios en aquella época del año. Cada vez que lo veía parecía más envejecido. Tenía deshecho el nudo de la corbata y la camisa abierta. Aún llevaba el abrigo que solía ponerse para ir al congreso, de lana cruzada y cuello de piel, le daba un aire de autoridad y le gustaba la sensación de poder que, al menos él, creía transmitir. Sin embargo, se le veía agotado. Silfa también parecía cansada, pero nada que no hubiera vivido antes. Se dedicaba a su trabajo en cuerpo y alma, y disfrutaba de ello. Vestía un traje serio, gris, su uniforme formal de calle ajustado a su cuerpo atlético, algo robusto, curtido en los campos de *rugby* desde temprana edad. La coleta, bien asida desde la base y respingona, botaba a cada paso mientras Silfa se dirigía al banco donde le esperaba Ingimar. Se sentó junto a él.

—¿Cómo estás?

—Al pie del cañón, como un veinteañero. —Aunque sus ojeras decían todo lo contrario y Silfa había notado su aflicción en el tono de voz.

—Encontré la moto. Tuve que ir sola. No me fío de ninguno de mis agentes. Es decir, me fío de todos por igual y no creo que ninguno me haya podido traicionar. Por eso tengo que descartarlos a todos a la vez, ignorarlos para ciertos asuntos.

—Ya me imagino. Si necesitas ayuda para tender una trampa y desenmascararlo, nosotros podemos aportar ciertas herramientas.

—No te preocupes. No tengo a ninguno que se dedique en exclusiva a vuestro caso. Les asigno diferentes tareas a cada uno y los tengo entretenidos, pero ninguno tiene acceso a la información completa. Si notara que alguien está interesado en algo más de lo que le ha tocado, le pondría algún cebo. Ya me las ingeniaré.

—Entiendo. Pero si necesitas que haga algún tipo de espionaje informático, tengo a los mejores conmigo.

—No seas loco. No puedes espiar a cada uno de mis agentes. Además, también tenemos a los mejores entre nosotros, y podrían enterarse de que les estáis espiando. Sería peor. Necesitamos demostrar confianza, y ahora mismo, en mi departamento, no existe. Solo falta que os entrometáis para que os echen a los lobos.

—Y ¿qué tienes de la moto?

—La moto fue robada hace unos días y no tenemos ninguna pista más que las imágenes que nos enviasteis. Pero hice una búsqueda en todas las tiendas de motos y páginas webs de segunda mano, buscando una botas como las que se ven en la imagen ampliada que nos pasasteis. Di con alguien que vendía unas muy parecidas en Amazon. Mira. —Silfa le mostró unas fotografías en papel fotocopiado—. Me acerqué a verle y me comentó que había vendido unas muy parecidas a las de la foto. Siguiendo instrucciones de su comprador las envió a un punto de recogida en el barrio de Háaleiti og Bústaðir. Entonces sí tuve que recurrir a un equipo de rastreo. En el punto de recogida nos comunicaron la identidad de la persona que recibió el paquete, pero resultó ser falsa. Sabíamos que el verdadero comprador debía de vivir no muy lejos de allí, pero no podíamos ir puerta por puerta. Así que buscamos en todos los contenedores de basura de la zona por si acaso se había desecho de ellas y *voilà, las encontramos*. Las he tenido que meter en el registro de material sospechoso, pero antes me aseguré de sacar suficientes muestras para hacer un análisis genético de los restos biológicos que pudieran haber dejado en ellas. Ya tenemos los resultados y su huella genética no coincide con ninguna de los bancos policiales de la Interpol. Pero está claro que son las del sicario. Nadie tiraría a la basura unas botas tan caras y en tan buen estado. Tenemos una buena pista. Rastrearemos el barrio hasta encontrar dónde se pudiera haber alojado el dueño de esas botas.

—¿Aún tienes muestras de las que se pueda extraer ADN?

—Sí. Y las tengo a buen recaudo. Ya sabes. Para que no desaparezcan por arte de magia, como los vídeos.

—¿Podrías enviar unas muestras a esta dirección? —Tras buscar en el móvil la dirección de los laboratorios de un colega que conocía de trabajos anteriores, y que tenía un potente equipo de secuenciación NGS, se la mostró en la pantalla a Silfa.

—Lo haré yo misma. Mañana las tendrán.

—Genial, Silfa. Con este equipo podemos secuenciar el genoma entero en un par de días. Ya te contaré qué haremos con la secuencia. Seguimos en contacto.

Los dos se levantaron y tomaron rumbos opuestos desapareciendo en la neblina, dejando el parque tan solitario como lo encontraron.

Lola había llegado 15 minutos antes de la hora de salida de su hija. Se apoyaba en las verjas para ver si, con un poco de suerte, podía ver a su pequeña jugando con alguna compañera. Pero, debido al empeoramiento de su visión, había limitado en gran medida sus actividades exteriores, a pesar de que le habían llovido ofertas de sus compañeros del colegio para hacer de lazarillos en sus juegos. Hasta ahora había sido divertido verla congeniar con sus amigos y, sobre todo, ver ese espíritu altruista en niños tan pequeños. Las peleas habían sido por ver quién jugaba con ella de la mano al pilla pilla o a cualquier otro juego que requería de algo de actividad física y movimiento. Sin embargo, en las últimas semanas, su ceguera había aumentado exponencialmente, por lo que no se sentía cómoda jugando fuera. Aun así, cada día se quedaban con ella un par de compañeros en el aula, jugando a algún juego adaptado para ella. Lo que no hacía falta adaptar eran las lecturas del profesor entre los árboles, a las que ella ponía especial atención. O a los paseos tranquilos aprendiendo matemáticas en la naturaleza, y otras muchas actividades que hacían de aquel colegio algo muy diferente al resto y sus malditas lecciones magistrales. Osk, situada a pocos centímetros de la madre, pensaba lo diferente que habría sido para ella si hubiera ido a un colegio así. Igual hasta lo habría acabado. Menos mal que un profesor de matemáticas supo ver en ella un potencial especial para la tecnología, y la derivó a un módulo de informática y programación de videojuegos.

—¿No sale su pequeña? —Ya habían salido la mayor parte de los pequeños y comenzaban a hacerlo otros de clases superiores.

—Ah, hola. ¿Aún sigue pensando en traer a su hija a este colegio? Seguro que le encanta.

—Sí, es un colegio alucinante. Ojalá hubiera ido yo a uno así. ¿Sabe? Yo era de las que no paraba de moverse en el asiento. Un culo inquieto de los que pone nerviosos a casi todos los profesores. De esas niñas que los colegios prefieren aprobar con la condición de que se vayan para no manchar la media de su expediente. —Osk no mentía, y aquello ayudaba a que Lola congeniara con ella. Lola sí había estudiado, pero ya de mayor, en un momento dado su marido llegó a ganar tanto dinero que le propuso dejar de trabajar y dedicarse a lo que le gustara. Y así hizo. Le encantaba el arte, la lectura, las charlas con sus amigas, salir a bailar, viajar. Había tantas cosas en el mundo para hacer teniendo dinero que Lola no echaba de menos su trabajo. Su hija era lo único que realmente le importaba desde que la adoptaron, y la razón por la que había bajado su ritmo de actividades lúdicas. Le gustaba dedicarle tiempo, ponerle música, leerle libros describiéndole los dibujos, dibujar con ella al carboncillo, la técnica con la que Martina podía al menos intuir que era lo que estaba dibujando.

—Sí, la verdad es que es un colegio especial. Yo habría seguido estudiando hasta sacarme el doctorado o unas oposiciones. La verdad es que me encantaba estudiar, pero con Jordi, mi marido, no necesitábamos que yo trabajara. Así que me dediqué a las tareas domésticas y, por qué no decirlo, a disfrutar de la vida. El problema es que nunca llegaron los niños, ¿sabe? Y luego, todo el tema de la adopción, si no fuera por Jordi, creo que aún seguiríamos esperando.

—Y, ¿no tiene cura?

—¿Perdón? —Por primera vez Lola fijó su atención, que hasta ahora estaba puesta en el patio del colegio, en Osk.

—Si no hay algún remedio para lo que tiene su hija. Ya sabe, parece que ve mal, ¿no?

—Pues es complicado. Lo hay, y no lo hay. Existe una terapia, pero aún no ha pasado todos los filtros regulatorios, y queríamos que entrara en uno de esos ensayos clínicos, pero a día de hoy no admiten a niños. Así que solo nos queda el trasplante de cornea, pero la lista de espera es insufrible en esta sanidad pública y la niña no deja de empeorar. Además, este tipo de trasplante aún no está muy logrado. Sin embargo, las nuevas terapias parecen muy prometedoras, al menos los primeros resultados son espectaculares.

—Y ¿qué piensa hacer?

Lola se volvió otra vez para observar a Osk, esta vez con más atención, como queriendo leer en su mente. Pero en ese momento llegó Martina.

—Hija, pero qué bonita eres, ven aquí. —Y la acogió en un fuerte abrazo levantándola del suelo.

Osk pensó que no era posible que una madre como esa fuera a poner en peligro a su hija. Pero a veces la ignorancia, o tal vez la confusión, pueden llevarte a cometer actos de los que te arrepentirás toda la vida—. Venga, vámonos a casa, tengo un regalito para ti.

—¿Qué es, mami?

—Ya lo verás, no seas impaciente. —Y volviéndose hacia Osk, como si esos breves minutos con su hija le hubieran servido para elaborar una respuesta, con rotunda firmeza, y entre susurros, le espetó—: Lo que haga falta.

Lola se fue de la mano de su hija, mientras parecían tener una conversación madre hija como cualquier otra. ¿Qué había de extraño en todo aquello, más allá de unos padres preocupados por su hija? Osk se quedó pensativa mirando aquel colegio tan especial, observando como desaparecían entre las decenas de padres e hijos, Lola y Martina. Definitivamente, aquel era el colegio que querría para sus hijos. Miró alrededor hasta que localizó a Bonnie en su moto, en una esquina del parque. No se había quitado el casco, pero se la identificaba por su figura alargada, sin muchas curvas. Había llegado y aparcado cerca de su coche, y ahora andaba absorta trabajando en algo en su tableta electrónica. La miró con amor, con ternura, con pasión, y se preguntó a sí misma: ¿«Te imaginas»? Mientras regresaba al coche sonriente jugueteaba con la tarjeta de un bar que había conseguido sacarle a Lola de su bolso sin que esta se diera cuenta. «Iremos a bailar».

Septiembre de 2019
14 días para el final de la oferta
11,2 millones de euros

Había pasado la medianoche y las llanuras de Islandia se escondían en una profunda oscuridad que invitaba a irse a dormir. Sin embargo, la mayoría de los chicos y chicas seguían trabajando, algunos con resaca. Querían adelantar el trabajo que habían dejado a medias tras la fiesta del mediodía. Había sido una buena idea para aumentar los niveles de endorfinas, el opio endógeno.

Palmar abrió el *email* que acababa de recibir de la empresa de secuenciación genómica. Esta empresa había diseñado un *software* que era capaz de analizar la secuencia genética del ADN de una persona y, a través de los resultados de determinados genes, era capaz de esbozar el retrato robot del dueño de esos genes. En el *email* aparecieron varias imágenes del posible dueño de las botas de motorista que Silfa y su equipo habían encontrado. Las imágenes representaban a un varón, en algunas estaba calvo, en otras con pelo, aunque la secuencia parecía indicar que con mayor probabilidad debía de tener poco pelo. Por lo que, probablemente, lo llevaría rapado. Tenía los ojos oscuros y el pelo también, y gracias al análisis de longitud de telómeros se establecía que su edad rondaba los 40 años. Aquella secuencia desvelaba, además, un rasgo curioso. Un tipo de carácter raro de la piel caracterizado por manchas oscuras y claras debido a la pérdida de pigmentación. En un país en el que la mayor parte de la población tenía una pigmentación clara, aquello era una ventaja. Este tipo no parecía tener los típicos rasgos nórdicos, y contaba con esa característica en la piel que podría facilitar su búsqueda. Palmar expuso los datos a sus compañeros. Ahora tenían el retrato robot y las herramientas que se podían utilizar para la búsqueda de su supuesto sicario se ampliaban. Olgeir dio la orden de poner los buscadores en funcionamiento y contactó con su hermano.

—Tenemos buenas noticias.

—Ya he visto que habéis colgado varias fotos en el servidor, pero no he podido abrirlas. Tengo a varias personas del partido alrededor, ya sabes. Lo que sí he hecho ha sido reenviárselas a Silfa y me ha confirmado que ha puesto en marcha un dispositivo de búsqueda y un teléfono para que la población pueda informar. Haced un comunicado de prensa y colgad el retrato robot en la web. Que dé la vuelta al mundo.

—Perfecto. Para esta tarde lo tendremos preparado. ¿Cómo estás tú?

—Con mucha presión por parte del partido, con mucha presión por parte del resto de partidos, pero bien, no te preocupes. Me preocupáis más vosotros. ¿Cómo lo lleváis?

—La mayoría están bien. Aunque empiezan a mostrar síntomas de agotamiento. Ozú está muy mal. Creo que está sufriendo un episodio de estrés postraumático y necesita apoyo psicológico. Su psiquiatra ya nos advirtió de la necesidad de evitar espacios cerrados. JJ quiere llevárselo a hacer rutas por las mañanas, temprano, a ver si por lo menos se relaja un poco en la naturaleza. Pero ya le he dicho que nuestro escondite funciona mientras no seamos vistos por nadie. Y no sé si es buena idea, la verdad. ¿Tú qué piensas?

—Que salgan. Pero que estén de vuelta antes de las 8. Y, en la medida de lo posible, que eviten caminos concurridos para que no se encuentren con los lugareños.

—Sí, no te preocupes, JJ ya lo tiene pensado. Se lo diré. Cuídate, hermano.

—Tú también.

Ozú había pasado toda la noche tras la pista de La Sombra. Configuró un entorno de red virtualizado en el que poder infectarse y hacer pruebas sin comprometer sus propios sistemas, Ahora que tenían un plan para buscar al sicario podía dedicarse a buscar al fantasmita, si es que no eran la misma persona. Ozú había vuelto una vez tras otra sobre sus pasos para encontrar algún error que hubiera cometido el hacker, algo que le condujera hacia su escondite. Ya eran las dos de la madrugada, pero todos seguían trabajando. En ese momento detectó un *software* espía que había sido introducido en uno de los anuncios nuevos que habían puesto para tratar de identificar nuevas víctimas de la posible estafa. El andaluz configuró un entorno de red virtual en el que poder infectarse y hacer pruebas sin comprometer sus propios sistemas. Tal vez, si él no podía dar con el fantasma, fuera el fantasma el que daría con Ozú. Simuló una serie de carpetas con documentos y ejecutó el archivo. Fue fugaz, el *software* se instaló y enseguida alguien se introdujo a través del agujero que había creado el troyano. La información de las carpetas fue copiada sin dejar huella. Y es que, no hay mejor ladrón que el que roba sin que la víctima se entere de que le están robando. Pero Ozú ya estaba preparado para aquello y utilizó el mismo agujero para colarse en el ordenador espía, evitando la VPN que lo protegía. Dentro del paquete de trabajo que contenía las carpetas había un rastreador creado por Dawa, y que era desconocido en el mundo *hacker,* por lo que disponía del factor sorpresa hasta que el *hacker* se diera cuenta de lo que estaba pasando. Este rastreador le daría la localización bastante precisa del ordenador del que había partido el ataque, basada en el reconocimiento de repetidores, reduciendo aquello a un barrio o incluso a un edificio. En cuestión de minutos ya tenía un mapa bien actualizado de la red que tenía montada ese sofisticado *hacker* y el programa de geolocalización por IP identificó el origen de la señal. ¡Y ya tenían un equipo por allí! No sería difícil dar con el domicilio del fantasmita, después de todo. Y, sorpresa, no estaba en Islandia, por lo que JJ tenía razón. La Sombra y el sicario no parecían ser la misma persona. Antes de desaparecer, Ozú rastreó una serie de datos que se estaban distribuyendo por la red en ese momento, desde ese mismo ordenador. Trasladó todos los datos a su ordenador portátil y se acercó a Dawa.

—Mira a ver si puedes desencriptar esto.

—¿De dónde lo has sacado? —El tibetano observaba con curiosidad el disco duro de gran tamaño que Ozú le acababa de pasar.

—Son varios teras de datos que acabo de volcar de uno de los servidores de los que me he encontrado rastreando al fantasma. Eres un genio. Tus *software* han funcionado. Creo que tengo la localización de La Sombra. —Eso lo escucharon todos. El aplauso lo inició JJ, pero todos se fueron poniendo de pie para aplaudir a Ozú, que empezaba a ponerse colorado, y entre el alboroto trató de explicarse—: He dicho que creo que la tengo, pero es difícil de precisar. Creo que con un equipo sobre el terreno es cuestión de acercarse y medir la transmisión de datos, hogar por hogar, y supongo que nuestro amigo debe de ganar con creces a cualquier otra casa, para empezar, por la cantidad de energía utilizada.

El tibetano había trabajado duro para tener listo un sistema de análisis de datos de forma masiva, y Ozú le había proporcionado la pieza fundamental para probarlo. Las diminutas gafas de Dawa escrutaban cada pequeño dato que su programa de *big data* desencriptaba, clasificaba y enlazaba. De una cosa no cabía duda, aquellos eran datos personales. Información sobre millones de personas, algo que, de por sí, ya tenía un gran valor en el mercado, para dirigir *marketing* o campañas de publicidad directa. Pero ¿qué relevancia podrían tener estos datos en el mercado negro?

Una de las listas le llamó la atención. Los datos de movimiento concordaban siempre con datos extraídos de hospitales de toda Europa. Entonces exhaló profundamente para que toda la habitación se percatara de que había descubierto algo. El primero en reaccionar fue JJ, y se acercó al ordenador de Dawa. JJ había vuelto a sudar como solía hacerlo en las situaciones de mucha excitación, en La Guarida, antes de que todo se precipitara.

—¿Ves la diferencia entre las listas?

JJ cogió las dos listas que Dawa había impreso y leyó nombres de personas asociados a diferentes direcciones pertenecientes a hospitales de países de toda Europa. Códigos que hacían referencia a pacientes durante su ingreso y asociados a fichas con todos sus datos médicos. Datos que Dawa había conseguido volver a unir tras una laboriosa decodificación. Todos aquellos datos hacían referencia a gente que había estado enferma y que, de una u otra manera, había pasado por una unidad de trasplantes en el último año. Dawa había conseguido hackear los sistemas de varios de los hospitales de los que procedía aquella información y, tras analizar comparativamente los datos, había conseguido sacar una serie de coincidencias. Varios de aquellos pacientes aparecían dados de baja de la lista de espera de trasplantes tras el análisis de la información obtenida de los hospitales, y la causa de la baja en ningún caso era la muerte, ni la curación. No había una explicación específica. ¿De repente no querían ser trasplantados? ¿Se habían curado?

—¿Has comprobado que sigan vivos? ¿No habrán salido de las listas por haber muerto?

—En esta lista de aquí ninguno parece haber muerto. ¿Ves? La defunción viene marcada, y hay varias decenas que simplemente dan baja. Ya eliminé a todos aquellos que habían salido por defunción. Aquí puedes ver, en naranja, los que no he podido comprobar aún, y en verde los que están vivos. Me ha costado sacar la información, pero acceder a los datos hospitalarios no es tan difícil, por lo que me atrevo a decir que otros más especializados que yo lo pueden hacer mucho mejor.

—¿Qué hay de nuestra propia lista? ¿Has conseguido algún *match*?

—De momento no, pero yo he conseguido analizar solo una pequeña parte de los datos volcados, esto es la punta del iceberg.

—Acceso a datos médicos, pacientes que salen de listas de espera, todo esto huele a algún tipo de negocio ilícito de gran envergadura. —JJ pensaba en el dinero que debía de mover el acceso a todos aquellos datos. Olgeir se había incorporado a la conversación.

—Quiero un rastreo de los posibles compradores, se me ocurren varias razones por las que alguien querría tener acceso a datos médicos. ¿Podrías rastrearlos?

—Complicado. Bastante que hayamos conseguido la lista, pero averiguar quién la ha comprado... Veré qué puedo hacer.

—Pero esto en concreto. —JJ seguía excitado, y estaba ya empapado en sudor, por lo que la mayoría había tomado cierta distancia de él para evitar ser rociados por su olor—. ¿Qué tiene que ver esto con nuestros casos? Seguimos a varias familias cuyos hijos iban a ser trasplantados. Esto no me gusta, y estamos metiendo a nuestros agentes demasiado dentro de las organizaciones, ¿no creéis? Podría ser peligroso. —JJ rememoraba su propia experiencia y no se la deseaba a nadie. Perseguir a los malos estaba bien, pero arriesgar la vida era un juego al que él no pensaba jugar. Miró a Ozú, pensó que no debería haber hablado en voz alta sobre el asunto, él estaba más afligido por la situación que nadie. Pero lo encontró nervioso sobre su propia computadora. Parecía distante, aún no había intervenido en la conversación, pero entró en ella de manera fulgurante, como si no hubiera prestado atención a todo lo que se hablaba. En realidad, lo había aparcado en algún disco de reserva de su propio cerebro, porque sí que lo había entendido a la perfección.

—Tenemos la localización del destinatario de la llamada del tatuador. Está en la misma Barcelona, y muy cerca de la localización original de La Sombra de Clyde. Ahora sí tenemos una coincidencia.

—Esa sí es una noticia interesante. No puede ser una coincidencia.

—Todo este engranaje de compraventa de datos..., el fantasma nos arrastra hasta esta información, hay algo que no cuadra. Primero entra para avisarnos. Luego nos lleva a la web donde se comercia con estos datos, como si quisiera denunciar algo. Y luego, somos capaces de robarle a un *hacker* increíble toneladas de datos que tienen que ver con registros médicos. Esto no tiene ningún sentido.

—Tienes razón, Ozú, ¿alguna idea más?. —Olgeir seguía atento el análisis y había dibujado un esquema de toda la investigación en una pizarra de cristal transparente—. Organicemos una conferencia con Bonnie y su equipo. Tenemos que trazar un plan, no se nos puede escapar ese fantasma, si es verdad que lo tenemos. Siempre será mejor hacerle una entrevista cara a cara. Podríamos pedirle que haga unas declaraciones, por supuesto desde el anonimato.

JJ se ocupó de preparar la reunión con Bonnie y Osk. Ozú había recuperado su tono de piel, por primera vez desde que entraron en aquella vivienda sus mejillas se habían tornado rosadas, quizá por el calor, pero él no quiso desaprovechar la ocasión, se acercó al mueble bar y preparó unas copas de Brennivín para todos. Cogió la suya y salió a respirar un poco de aire puro y ver el amanecer.

—Tenemos permiso de Olgeir. —JJ esbozaba una sonrisa a la vez que recogía su propia copa de las manos de su amigo—. Podemos ir a dar una caminata.

—Pero, yo... —Ozú no parecía muy convencido, miraba su copa y pensaba en su plan de entonarse un poco antes retirarse a descansar, y tampoco es que él fuera un gran aficionado al deporte, y menos aún en las montañas de aquel país.

—Mañana por la mañana, no te asustes, hoy necesitas dormir. Te tendré preparada una mochila con agua y algo de comida, y veremos el amanecer desde lo alto de aquel monte.

—Vale, JJ, igual me viene bien ver algo bonito. Ver tanta mierda humana todo el día me afecta la moral.

—Ahora descansa. Luego hablaremos con Bonnie, le he mandado la localización de la llamada del tatuador y la localización de tu amigo fantasma. Ella sabe qué hacer.

—Eso es lo que me da miedo. Bonnie no le teme a nada.

—No te preocupes por ella. Los espíritus nórdicos más ancestrales la protegen.

Ambos chocaron sus copas y las apuraron.

Dentro de la casa Dawa había encontrado la primera congruencia en toda aquella historia, ahora sí que podían estar seguros de que iban en la buena dirección, aunque sin conocer el destino.

Ria se había acercado hasta el gimnasio en el que Aku la había citado. La mujer se dedicaba a las plataformas *online* en las que, con los números de seguidores que acumulaba, le daba para subvencionar sus caprichos; y sus encuentros en gimnasios los hacía a modo de exhibición, gratis la mayoría, con el objeto de grabarlos, subirlos y conseguir aún más seguidores. Los que acudían a sus clases, a su vez, ayudaban con el mejor método promocional: el tradicional boca a boca. Ria había quedado con ella en un café cercano después de la sesión de yoga, que esta vez sí fue bastante dura. El equipo de grabación que llevaba era casi el de un profesional, y llevaba a su guardaespaldas particular para ayudar con el material después de las clases. Ese al que tanto temía Ria. Se pidió un café, que le sirvieron acompañado con una galleta de canela, y se sentó a esperar repasando la entrevista. Los vio entrar y Aku apareció con una sonrisa, mientras el hombre del fénix tatuado se fue directo a la barra. Aku se acercó y le ofreció la mano, entre amistosa y profesional.

—¡Hola! ¿Qué te pareció la clase de hoy?

—Fantástica, de verdad. Tengo que practicarlo más. Creo que mi cuerpo no está acostumbrado a tanto esfuerzo, y a la vez me siento súper relajada.

—Sí, la relajación es un factor fundamental. Nos lleva a un estado de magnificencia mental, y evitamos lesiones, por lo que aprovechamos al máximo el ejercicio. ¿Hemos empezado ya la entrevista?

—Cuando quieras. De todas formas, nos gusta ser muy honestos y te pasaremos la entrevista antes de publicarla; si hay algo que no esté acorde con lo que quieres expresar, nos puedes corregir.

Aku asintió mientras se llevaba su té de equinácea a los labios para dar un pequeño sorbo.

—¿Es el yoga la infusión que te da la vida?

—El yoga es mi vida, me lo da todo, me llena de vitalidad, mejora todas mis percepciones, multiplica el estado de mis sentidos, es curativo y, sí, en el fondo es como tomarme una infusión de vida plena. Y yo diría que aderezado con algo de té aumenta mi inmunidad natural; y entonces tendremos la gran muralla construida y lista para defendernos de todos los agentes externos que quieran hacernos daño. Mezclados son la barrera inmunológica perfecta contra la falsa ignominia en la que algunos creen vivir, y a la vez, es el bálsamo que ensalza la indulgencia. Esto es vital para conocerse a uno mismo, no autocastigarse y mejorar en las relaciones interpersonales.

—Equilibrio entre mente y cuerpo. ¿El yoga es el equilibrio que todo el mundo necesita?

—Sin duda. Seríamos un mundo mucho mejor, pero, para que nos vamos a engañar, no es capaz de curar a todos.

—Entonces, ¿no se acabarían las guerras si todo el mundo practicara yoga? —Aku se carcajeó.

—La naturaleza humana no es alterable. Llevamos milenios matándonos unos a otros y destruyendo la naturaleza, al menos en su estado salvaje. Apenas queda algo en pie que no haya sido ya alterado por el hombre. Pero seguro que un poco más de yoga le haría bien a la humanidad y, sobre todo, al resto de especies. El yoga siempre va acompañado de armonía con la naturaleza.

—¿Crees entonces en un estado superior de conciencia? ¿En una conciencia plena?

—Me hablas de *mindfulness*. Hay muchas formas de adoptar esta filosofía de vida. La conciencia plena, el conocimiento de uno mismo, la meditación como medio para enterarse de que estás vivo, sin juicios perniciosos. Yo lo practico. En el fondo, son herramientas orientales que han sido adaptadas para los occidentales. Pero para mí, el yoga es mucho más que el mantenimiento del estado físico, del cuerpo; podrías salir de una sesión de yoga agotada en cuerpo, pero con el alma fortalecida.

—Ni que lo digas.

—Y, a la vez, rejuveneces tanto tus músculos como tu espíritu. Hay otras disciplinas, como el Contact, que buscan el movimiento en contraste con la quietud, con la que se experimenta en estos otros métodos de meditación. A cada persona le va bien un método, hay gente que no puede estarse quieta. Es como si el mundo se estuviera moviendo sin ellos, y es una sensación que se les hace insoportable. Por ello, no pueden relajarse en un estado de quietud, necesitan moverse. Todo el mundo tiene una herramienta a su disposición, tan solo tienen que encontrarla.

—Y ¿no crees que llegan a ser un tanto egoístas? Centrarse tanto en uno mismo, ¿puede hacerte olvidar lo que te rodea?

—No es mi caso. Yo me fortalezco, y conmigo se fortalecen todos los que de mí dependen.

—¿Crees que estos métodos trascendentales son sanadores?

—Sanadores de espíritu. Claro.

—Y ¿qué le dirías a alguien que quisiera sanar una enfermedad con algún método de meditación trascendental?

—Pues, que el yoga puede ayudar a mejorar la fortaleza con la que enfrentarse a la enfermedad, pero yo nunca dejaría de ir al médico. —Y unas carcajadas precedieron a la pregunta que Ria andaba tanteando. El momento se aproximaba, creía que la tenía ya totalmente integrada en la entrevista y, quizá, fuera sincera.

—¿Has estado cerca alguna vez de la enfermedad?

—¿Perdona?

—Oh, perdóname tú. Pensé que quizá podrías haber experimentado algún momento en tu vida en el que, bueno, hubieras tenido que luchar contra la enfermedad con tanta fuerza que tuvieras que refugiarte en el yoga para fortalecerte, para sanar tu espíritu.

—No, yo he estado sana toda mi vida.

—Bueno, me refería a tu estado de salud por supuesto, pero también al de algún familiar, no sé, tu marido, tu hija.

El ritmo de la conversación se paró de forma súbita. Aku miraba su té dar vueltas en la tacita de porcelana, como intentando leer en los posos el destino de aquella conversación. Por fin, sus ojos aparecieron en su rostro negro, como dos faros extraterrestres tratando de comprender a aquella humana.

—¿Sabes que tengo una hija?

—Es algo que hacemos siempre. Es parte de nuestro trabajo informarnos lo mejor posible sobre nuestros entrevistados.

—Mi hija. Chayna.

—Es un nombre precioso. ¿Qué significa?

—Significa, «amorosa». Y lo es. Es una ternura de niña. Y no veas como sigue los pasos de su madre. —Le mostraba fotos de la pequeña en el teléfono, en posturas de yoga que ni ella misma lograría con un año de entrenamiento. Amorosa. Desde luego que tampoco parecían unos padres que no quisieran a su hija. ¿Serían capaces de utilizar a otros niños para curar a su hija?

—Se nota que la adoráis. Y pronto, seguro que estará en Instagram acompañando a su madre.

—Puede ser complicado. Tiene un defecto congénito. Una enfermedad en el hígado que podría llevarla a la muerte en pocos años si no es tratada a tiempo.

—Oh, lo siento muchísimo. —Ria intentó disimular, pero ya tenía bastante información sobre Chayna gracias a que Dawa la había encontrado entre los pacientes que habían salido de la lista de trasplantes.

—¿No has dicho que hacéis vuestro trabajo? —Los faros de Aku alumbraban a la islandesa, como en un interrogatorio en el que mentir podría estar duramente castigado.

—Mentiría si no te dijera que algo sabíamos. Vimos que acudían con frecuencia al hospital y nos enteramos. Nuestras fuentes nos dijeron que estaban en lista de espera para un trasplante de órganos.

—Así es.

—Pero ya no lo está. Por eso pensamos que ya se había curado, o que ya no lo necesitaba. De ahí mi pregunta. Creí que podría contar una historia de superación —mintió.

—Ya no lo necesita.

—¿Se ha curado entonces?

—Todo esto no es por mí, ¿no? No te interesan lo más mínimo Aku, ni su yoga.

—No sé por qué dices eso. Claro que nos interesa.

—No puedo seguir hablando. Espero que nada de esto entre en la entrevista. Nunca hablo de mi familia en mis redes, tampoco quiero hacerlo en una entrevista. Mi hija nunca saldrá en Instagram. Y, sinceramente, creo que su investigación ha ido demasiado lejos. Desconozco qué interés tienen en mi hija, pero yo que ustedes me mantendría alejado de mi familia.

—Perdona, Aku. Solo tengo una pregunta más. ¿A qué estarías dispuesta para salvar a tu hija?

—A todo.

—Incluso ¿a matar a otros niños?

Aku mantuvo la compostura. Pero, ya en pie y girándose sobre sus pies, se dirigió a su entrevistadora. El gorila se había posicionado al lado de Aku y miraba con atención a Ria, quizá reconociéndola en aquella inocente mirada.

—No seas ridícula. —Se dio la vuelta y salió de aquel café acompañada por el guardaespaldas, quien no quitaba ojo a Ria. Había notado la tensión en su protegida y a punto estuvo de intervenir. Su cara le era familiar. La forma de esconderse cada vez que él intentaba escrutarla en detalle eran aún más sospechoso. Por radio, avisó a unos colegas y les envió la información que necesitaban.

Bonnie había cambiado de indumentaria. Incluso la moto era diferente, y había cambiado el negro por el azul. La Scooter eléctrica Moma tenía un toque ochentero, mientras que ella parecía la versión azul ártico de Uma Thurman en *Kill Bill*. Aparcó la moto cerca de la estación de tren de Sants y caminó unos pocos metros hasta uno de los bares que, a aquella hora, estaban a rebosar de todo tipo de viajeros que saboreaban las últimas tapas antes de partir hacia destinos de toda Europa. Sentada en una mesa, sola, esperaba Osk. Con su habitual atuendo, su cazadora de cuero negra que resaltaba sobre una camiseta morada y que iba a juego con el mechón de pelo morado que caía cubriéndole media cara al estilo emo. Este destacaba sobre su pelo rapado por los lados y su rubio nieve original peinado hacia un lado. Cuando se juntaron ambas comenzaron las carcajadas.

—¡Hoy toca fiesta! —Osk levantaba los puños mientras se estiraba para dar un abrazo a Bonnie, y recibirla con un beso.

—Desde luego, hoy no nos reconocerán, pero es el último día que me meto en este traje. Es un poco incómodo.

—Pues yo tengo que decírtelo, Bonnie, estás *gourmet*.

—¿Qué han averiguado Zask y los demás sobre el tipo de la tienda de tatuajes? ¿Pudieron descubrir desde qué teléfono recibió la llamada?

—¿No te das ni un respiro? Siempre pensando en el trabajo. Han rastreado las llamadas de la tienda y han sacado la información de la compañía de teléfonos, y tenemos la localización.

—Podríamos habérsela pedido a la policía, ¿no? Ahora parece que tienen muy buenas relaciones con la Interpol.

—Creo que, en este caso, prefieren no darle demasiadas pistas a la poli. Esto no tiene nada que ver con el tipo que intenta matarnos, al menos eso creen los de Islandia. ¿Te pido algo?

—Un bitter.

—Venga ya, ¿le echamos algo a ese bitter?

—Soy abstemia.

153

—Pues yo quiero un White con Cola. —Y dirigiéndose al camarero, que ya se aproximaba a ellas, Osk pidió las dos bebidas.

—Ese tipo de los tatuajes, desde luego que sabe mucho más de lo que pensábamos.

—No tiene mucho sentido que el rastreo de su llamada coincida con la localización del tipo que nos está pasando toda la información.

—El fantasma.

—Sí. El fantasma. —Osk había evitado pronunciar el nombre que La Sombra de Clyde había elegido para sí mismo. Escuchar el nombre de su hermano podía sentarle mal a su compañera, y esta noche quería que su mente se distrajera lo suficiente como para poder disfrutar juntas. No sabía muy bien cuál era el límite entre las dos, pero estaba claro que ella estaba dispuesta a explorarlo.

—Y bien, ¿dónde vamos luego?

—Pues tenemos un noventa y nueve por ciento de posibilidades de acertar si vamos al Mojito Club.

—Perfecto. Veo que lo tienes bien estudiado.

—Llevo soñando con este momento toda mi vida. Vamos a sacar tu instinto latino, ¿eh, coreana?

—No somos muy latinas ninguna de las dos, y con estas pintas vamos a dar el cante. —Ambas amigas rieron a carcajadas. Después de haberse tomado la bebida, cogieron un taxi y se desplazaron hasta el *pub*. Aún no estaba muy lleno y fueron el centro de atención tanto de chicos como de chicas, casi todos bastante más jóvenes que ellas. Fueron varios los chicos que se ofrecieron a sacarlas a bailar, y Osk no pudo resistirse.

Bonnie miraba divertida desde su asiento en la barra, a la loca islandesa coquetear con los jovenzuelos del bar. Tras el cuarto baile, Osk se acercó a la chica escultural de ojos rasgados embutida en un impactante vestido azul, que remarcaba sus diminutas curvas, y que hasta ese momento había rechazado varias invitaciones, y la arrastró de la mano al centro de la pista. Allí comenzaron a bailar con el chico que había sacado a Osk, pero pronto le dieron de lado y comenzaron su baile privado, que poco tenía que ver con el reguetón, pero que despertó la libido hasta del más monje de todos los presentes, de ambos sexos, que en ese momento, más que bailar, no quitaban ojo a la exótica pareja. Pronto se acercó un tipo latino, bastante bien parecido, dibujando una silueta joven, musculosa y atractiva que les quitaría el aliento a muchas de las mujeres, algunas por encima de los cuarenta, allí presentes. Comenzó a rozarse con Bonnie, pero pronto Osk se le encaró. Lo tomó por el cuello de la camiseta y se le acercó al oído para susurrarle en inglés:

—Su novio se llama White Demon. Lárgate o te verás implicado en un conflicto *interdimensional.* —De alguna manera, el tipo lo entendió y se fue a bailar con otras mujeres más receptivas. La atención hacia la pareja de chicas pareció disiparse, hasta que Osk sintió una palmada en el hombro.

—¡Qué coincidencia!

—Oh, pues es increíble, ¿no? Con lo grande que es Barcelona... Bonnie, mira, te presento a… ¿Cómo me dijiste que te llamabas?

—Nunca te lo he dicho.

—Su hija va al colegio al que podemos llevar a nuestro bebé. —Osk abrazaba a Bonnie mientras le tocaba la barriguita, como si dentro estuviera madurando el fruto de su amor.

—Encantada. —Extendió la mano y Lola se la estrechó.

—Soy Lola. ¿Queréis venir allí? Estoy con otras mamis del cole, quedamos para bailar aquí a menudo. —Boonie y Osk siguieron a Lola, que movía sus grandes curvas al compás de la música a la vez que abría camino entre la multitud. Osk estaba sudando, no solo por el subidón que le había provocado Bonnie sino porque por un momento creía que Lola las tenía ya caladas. Bonnie miraba de reojo a Osk, sabía que aquello no podía ser una coincidencia. Por un momento, llegó a pensar que de verdad saldrían de fiesta a divertirse. Osk parecía pedir perdón, y acercándose al oído de Bonnie le susurró: «No creí que coincidiríamos a la primera». Bonnie hizo otro tanto, girando la cabeza para decirle: «Activa la cámara del bolso, y más te vale que Zask esté atento a la conversación».

Lola les presentó a las madres del cole.

—Miriam, es la madre de Nico; Gema, la mamá de Pera; Cinthia, la mamá de Alexia...; y por último, Celia, la directora del colegio. —De pronto el viento polar había llegado directamente de Invernalia. Osk acababa de comprender que, sin duda, Lola ya sabía que ellas no estaban allí por casualidad. A pesar de todo, siguieron disimulando y el grupo de las mamis fue muy agradable, salvo la propia Celia, que les preguntaba en modo inquisitorial como si pusiera a prueba a la pareja para comprobar que podrían asumir el papel que aquel colegio especial depositaba en todos los padres.

—¿Y lleváis mucho tiempo en Barcelona?

—No, tan solo unos meses —respondió Osk, ya que Bonnie estaba fuera de juego en una conversación en castellano. De pronto, Celia cambió de idioma y el interrogatorio fue directo hacia Bonnie, que no lo vio venir.

—*How long have you been pregnant?* —Bonnie se quedó paralizada ante la pregunta referente a su supuesta maternidad.

Al ver que su amiga no reaccionaba, Osk intervino, sin tiempo para advertir que Bonnie respondía a la vez:

—*Two months.*

—Un mes.

¿Por qué narices no habían acordado la fecha?

Sería lo más lógico. Otro error de aprendices de James Bond.

—Un mes y medio, aproximadamente.

—Y ¿pensáis que este colegio es bueno para vuestro futuro bebé? Yo lo entiendo, es un colegio genial. —Gema y Cinthia habían cogido la conversación y no paraban de hablar, ajenas a la tensión generada entre las otras cuatro. Tras una hora de desahogo, y tras acabar sus bebidas, las madres decidieron volver junto a sus familias.

—Bien, chicas, creo que por hoy ya está bien, es mejor que nos vayamos recogiendo o nuestros maridos van a acabar quedando entre ellos para salir también, y eso yo no lo permito. —Todas rieron ante la ocurrencia de Lola. Recogieron sus cosas y se despidieron una a una de Bonnie y de Osk hasta que solo quedaron Lola y Celia. Lola fue directa:

—¿Qué es lo que queréis? ¿Quiénes sois? ¿Por qué me seguís a todas partes?

—Ya sabemos que ni hay niño, ni buscáis colegio, ni vivís en Barcelona. Lola, voy a llamar a la policía.

Osk interrumpió para cortar aquella reacción de la directora, que parecía firme en su acción.

—Somos periodistas. Periodistas de investigación.

—¿Sí? ¿Para qué medio?

—HeroLeaks.

—Jamás escuché tal periódico.

—Verá, no es un periódico al uso. Somos más bien una agencia de noticias. Desvelamos casos encubiertos y denunciamos a los potenciales criminales públicamente para advertir a la opinión pública.

—Muy bonito. Y ¿qué tengo yo que ver en todo esto? ¿Me están buscando por criminal?

—Más bien como víctima. Verás, Lola, creemos que estás en contacto con una peligrosa red criminal, y nos gustaría ayudarte. Pero antes necesitábamos confirmarlo. ¿Qué planeais para vuestra hija?

—No es de tu incumbencia. Y os aconsejo que os alejéis de mí y de mi familia.

—¿No te parece peligroso para tu hija? En fin, con todo el tráfico de órganos de niños y esas cosas que se ven por internet.

—Habladurías. Lo más prudente es terminar aquí la conversación. No me sigáis. No interfiráis en mi vida. Espero no volver a veros. Si lo hago, no tendré más remedio que denunciaros. Buenas noches. —Y dándose la vuelta agarró del brazo a Celia, que estaba haciendo fotos de las chicas para tener una prueba incriminatoria. En cuestión de segundos, aquellas fotos viajaron al teléfono de Lola, luego al de Jordi, posteriormente al de Pere, luego al tipo de la tienda de tatuajes, y desde este a otros teléfonos, algo positivo para Zask, que seguía en la distancia todos los movimientos de varios de los teléfonos en cuestión, y ahora empezaba a completar el puzle. Cuando llegaron a la habitación del hotel, Osk pensaba que tal vez no había hecho una buena elección de local, en vista de los acontecimientos. Ella lo que quería era sacar por ahí a Bonnie y volar juntas. Pero tan solo conocía el bar que había visto en la tarjeta de Lola, y pensó que podía ser una buena idea ir ellas dos a desfogarse. Y, bueno, dentro de su plan también estaba entrevistar a Lola. Tras intercambiar mensajes con Zask y los chicos de Islandia, y advertir que ellas también eran objeto de vigilancia, Bonnie se metió en la ducha. Osk entró en el cuarto de baño para quitarse el maquillaje. Intentó romper el muro que se había interpuesto entre las dos.

—No sabía que irían esta noche, de verdad. Pensé que podríamos divertirnos un rato.

—Está bien, Osk, teníamos que hacer esta entrevista. La próxima vez necesito que me informes de todo. Soy tu superiora. Lo entiendes, ¿no?

—No nos va a denunciar. Es ella la que está fuera de la ley, no le interesaría.

—No estoy preocupada, tengo otras cosas rondando por mi mente ahora mismo. Tengo los datos de su teléfono y podemos seguirla por el rastreador de Apple.

—Joder, ¿cómo lo has hecho?

—No importa. Ya te enseñaré. Ahora necesito saber si entiendes que soy tu superiora y que debes obedecerme. —La ducha sonaba fuerte y el vaho creado impedía a Osk verse en el espejo. Osk no sabía qué responder, la pregunta era realmente extraña—. ¿Lo entiendes?, ¿sí o no?

—Sí, Bonnie, joder...

—Vale, solo necesito saber que de verdad es así. Ahora, entra en la ducha conmigo.

Osk pasó de un estado a otro sin saber muy bien cómo se puede pasar de sólido a gaseoso sin hacerlo antes por líquido. Pero hizo caso. No lo habría hecho en otra situación. Pero aquello la había pillado desprevenida. Se desvistió y entró en la ducha. Bonnie se abalanzó sobre ella y comenzaron a besarse olvidándose de respirar. Los besos pasaron a mayores y sus manos exploraron cada rincón de sus cuerpos. Un juego tras otro las llevaron a través de múltiples orgasmos de la ducha a la cama hasta que, exhaustas, cada chica se quedó a un lado de la cama. Sin embargo, cuando Osk comenzaba a vislumbrar los destellos de Morfeo, agarrada a Bonnie como a un peluche que no quieres que te quiten, Bonnie la despertó.

—No te duermas. Aún tenemos tiempo de hacer una visita. Será esta misma noche para aprovechar el factor sorpresa. —Bonnie leía el último comunicado sobre una conversación en casa de los catalanes que Zask le había hecho llegar con carácter urgente.

El agua de la tetera bullía en un grito desesperado por-que alguien fuera a apagarla.

—¿Y si tienen razón? ¿Y si en realidad esta mafia lo que quiere es secuestrar a nuestra hija? ¿Y si trafican con órganos de otros niños?

—Confío en Pere. Él me ha instruido en cómo sería el proceso, y hasta ahora han cumplido su parte del trato. Recuerda que él ya ha pasado por esto y si no le hubiera ido bien, no nos lo recomendaría. —Jordi apagó la placa de inducción y llenó dos tazas con el té relajante, para antes de dormir—. Y además, llevo un tiempo estudiándolo todo. No temas. Ya solo queda el último paso.

—Un viaje a Moldavia. ¡Estás loco! Solos atravesando en coche media Europa. ¿En serio te parece sensato?

—Está todo bien planeado, no te preocupes. Haremos una ruta muy común, de turismo. ¿Sabes que se compran coches de segunda mano en España y se venden más caros en Moldavia? Ya tengo organizado todo el viaje. Tardaremos un par de días en llegar y lo haremos con un par de días de ante-lación para evitar posibles contratiempos. Nos dijeron que tres días después podremos regresar a Barcelona. No hay de qué preocuparse.

—Yo sí me preocupo. Ese tipo, el de la tienda de tatuajes, es bien raro.

—Es su estética, Lola, no tiene nada de malo.

—A mí me da mala espina. Nunca me han gustado esas pintas. Me dan miedo.

—A esa gente precisamente no hay que temerla. Se ponen tanta parafernalia en el cuerpo para alejar a gente como tú, así se sienten más seguros en su vida íntima. ¿Qué tal tu tatuaje? ¿Te duele?

—Un poco —Se quitó la gasa que le cubría la oreja, siguiendo las instrucciones del tatuador, y le mostró el lóbulo a su marido.

—A mí me parece que está quedando muy chulo. No creo que se note demasiado, con los pendientes que usas no creo que se vea. —Y comenzó a reírse él solo, con esa risita inocente cruzada con hipo cada pocos segundos, que rápidamente contagió a su mujer.

—Idiota. —Y se abrazó a él mientras trataba de calmarle el hipo y la risa—. Si no fuera por ti no habríamos llegado tan lejos, confío en ti cariño. Me da igual que se me caiga un cacho de oreja, si consigues salvar a nuestra pequeña.

—Todo va a salir bien.

Ria había comenzado el deshielo de su temperamento. Como un glaciar recién expulsado del ártico, se dirigía sin rumbo hacia un estado demasiado caliente, demasiado alterado para su espíritu calmado. Sigfredur la observaba desde la silla en la azotea del albergue. No había tenido ganas de mudarse. Habían comprado comida turca y se la habían subido a la terraza. A esas horas no había ningún turista por allí perdido y Ria estaba explayándose.

—No lo comprendo. Esa mujer transmite paz. No podría ser tan cruel, ni siquiera para curar a su propia hija.

—Y ¿por qué hemos llegado ya a la conclusión de que haya alguien traficando con órganos de niños?

—Según Palmar, su hija estaba en la lista de trasplantes del sistema de salud holandés, pero fue dada de baja hace menos de un mes. Según los *emails* de la familia que hemos interceptado se puede pensar que están haciendo una transacción, quizá por un órgano. Según el análisis de datos de Dawa, la lista de personas que se dan de baja de forma aleatoria de la lista de trasplantes ha aumentado un 2 % en el último año.

—Entiendo tu razonamiento. Pero eso no implica que haya tráfico de órganos, ni que haya niños raptados, ni que se les extraigan los órganos… No sabemos nada de dónde pueden sacar estos órganos.

—Y ¿de dónde crees tú que salen?

—No lo sé. Hay hospitales que ofrecen sus servicios por dinero, pero sin la necesidad de extirparles los órganos a un niño secuestrado de no sé qué tribu.

—Sigue siendo algo ilegal.

—No en todos los países.

—Es ilegal el tráfico de órganos, es ilegal la compraventa de órganos, hay gente que se extirpa un hígado por dinero, eso es un tipo de explotación que se aprovecha de la vulnerabilidad de algunas personas que necesitan el dinero.

—Aquí en Holanda está legalizada la eutanasia, ¿por qué no la eutanasia de una parte de tu cuerpo?

—Increíble. ¿En serio eres tú el que habla?

¿Te estás escuchando? Desde luego, la vida matrimonial te ha cambiado profundamente. Pareces un liberal.

—Anarco liberal.

—Idiota liberal.

—Ven, toma, la comida era un poco mala, pero este vino es espectacular.

—No me vas a vender tu teoría con vino, por muy bueno que sea. —Ria dio un pequeño sorbo al vino y sus nervios se enfriaron.

—Ya sé que no. Pero tenemos unas duras jornadas por delante y será mejor que nos relajemos un poco antes del día de mañana. —Sigfredur dejó un hueco a su lado para que Ria pudiera tomar asiento junto a él.

—No pienso dejar que le hagan nada a esa niña.

—Si vemos algo que pueda ser ilegal, lo denunciaremos a tiempo, no te preocupes. Los tenemos vigilados día y noche. Palmar los tiene localizados y nos avisaría si ocurriera algo. Tal vez, podamos pedir algún refuerzo para nuestra unidad en Holanda. Al parecer hay más familias en esa situación en los Países Bajos y en otros países cercanos. Necesitaremos ayuda.

—No crees que nos bastemos tú y yo. —Ria ya se había aproximado lo suficiente a Sigfredur como para que este notara su aliento fresco, al alcohol afrutado y condimentado del vino. Desde luego había hecho su efecto. El calor se apoderó de él y no pudo sino sucumbir a la tentación. Cerró los ojos para no ver el pecado. Sus labios se rozaron y él trató de besar el carnoso labio inferior de la chica, pero solo consiguió apresar el aire entre los labios. Ria se había echado hacia atrás y sorbía de nuevo el vino, partiéndose de risa. Como una conquistadora que acababa de romper una barrera hasta ahora infranqueable. El islandés se quedó unos segundos cohibido y tomó su propia copa para ahogar la humillación en un buen trago de alcohol, pero antes de que llegara a su boca Ria se había echado sobre él. La copa a duras penas pudo ser depositada en el suelo sin derramar el preciado líquido. Sus camisas habían volado y Ria devoraba la boca de Sig, totalmente desarmado. Él, llegados a ese punto, se dejó llevar, porque en segundos estaba desnudo en la azotea del hostal. Ahora sí que habría disfrutado de la visita de aquellos italianos. No pudo pensar en nada más que en satisfacer los deseos de aquella mujer a la que había deseado durante décadas y que ahora lo poseía a él.

Septiembre de 2019
13 días para el final de la oferta
10,4 millones de euros

Zask envió a su jefa de inmediato la conversación entre los catalanes. Debían entrar en contacto con el tatuador y, si hubiera suerte, con la propia Sombra de Clyde. Estaba claro que la llamada del tatuador había sido a un teléfono que andaba cerca de la dirección que Ozú había conseguido al cercar al *hacker*. La casa del tatuador debía de estar en el mismo edificio, y había sido más fácil de localizar: un bloque de pisos no muy lejos de la propia tienda de tatuajes. Podían ver la vivienda desde la calle. Bonnie se tocó la cadera, como efecto reflejo para palpar su pistola, pero recordó con amargura como Osk la convenció de que no hacía falta salir con ella para ir a bailar, y después del arrebato sexual con su subordinada no recordó cogerla de la caja de seguridad de la habitación. Una pareja de jóvenes regresaba a su casa y Bonnie aprovechó para evitar que se cerrara la puerta. Esperaron a que los jóvenes desaparecieran escaleras arriba. El edificio era antiguo y ni siquiera había hueco para meter un ascensor. Subieron por la angosta escalera hasta el tercer piso. Allí escucharon con la oreja pegada a la puerta. Ya habían pasado las 2 de la mañana, pero podía escucharse un televisor. Bonnie llamó al timbre. Esperaron unos segundos antes de volver a llamar. Nadie respondió, pero a través de la mirilla se pudo ver un cambio de luz, lo que les hizo pensar que había alguien dentro del apartamento.

—Buenas noches, sentimos venir a estas horas pero necesitamos hacerle unas preguntas. Somos periodistas de HeroLeaks.

Nadie contestó y aquello puso más nerviosa a Bonnie. Osk se adelantó, y comenzó a aporrear la puerta hasta que su mano agitó el aire al abrirse la puerta.

—¿Qué es lo que quieren? Estas no son horas. ¿Quieren que llame a la policía?

El tatuador se encontraba frente a ellas, y su tamaño las intimidó.

—Lo sentimos de veras, no es necesario que llame a la policía. Verá, estamos haciendo un reportaje para nuestra revista, y creemos que usted tiene mucho que aportar. Si fuera tan amable, solo serán unos minutos.

—¿Creéis que la dos de la mañana es la hora ideal para entrar en casa de alguien a hacerle una entrevista sin avisar?

—Sabemos que no, y le pedimos disculpas, pero el tema que nos trae aquí es de cierta urgencia y no podíamos esperar. De vida o muerte me atrevería a decir.

Entre tanto dibujo y tanto pendiente era complicado entender las expresiones de su cara. Abrió la puerta del todo y las invitó a pasar. La casa era bastante pequeña y el salón tenía un sofá para dos personas. El tipo sacó una silla de debajo de la mesa comedor y se sentó en ella con los brazos apoyados sobre el respaldo, cruzados en posición defensiva, invitándolas a tomar asiento en el sofá.

—Yo solo hago entrevistas en revistas de tatuajes. Nada de vida o muerte. ¿De qué revista se trata?

—HeroLeaks.

—Ni idea, nunca escuché su nombre.

—No somos muy conocidos, pero le aseguro que tratamos de ayudar a la gente que lo necesita.

—Y bien, ¿en qué puedo ayudaros?

—Perdone, pero ¿podría decirnos su nombre?

—Venís a hacerme una entrevista sobre un tema que desconozco y ¿ni siquiera sabéis mi nombre? —El hombre se levantó y desapareció por una puerta que daba acceso a otra parte de la casa. Bonnie aprovechó para levantarse y echar un vistazo. Había muchas revistas: de tatuajes, de motos, de rutas. Y tenía una biblioteca pequeña pero interesante.

—Todo ha sido muy precipitado.

—¿Cómo me habéis localizado? Me acuerdo de tu cara, entraste a mi tienda, recuerdo todas las caras, pero no suelen entrar muchos asiáticos. —La voz sonaba lejana y se escuchaban ruidos que parecían indicar que estaba en la cocina.

—Bueno, es complicado. Digamos que lo hemos sabido por un método no muy legal, pero en cuanto nos aclare algunas cosas nos iremos. Tratamos con total discreción a nuestros confidentes.

—Y ¿qué te hace pensar que voy a ser tu confidente? Yo solo hago tatuajes.

—¿Conoce a Lola Forcada?

El tatuador apareció de nuevo por la puerta con tres cervezas y un aperitivo de diversos embutidos y aceitunas, y dejó la bandeja sobre una mesa pequeña, haciendo que Osk retirara los pies un poco cortada por su indiscreción.

—No te preocupes, tiene el tamaño perfecto para hacer de reposapies. Yo suelo usarlo también.

Osk pensó que lo mejor sería agradecer el ofrecimiento.

—Lluis.

—¿Lluis?

—Mi nombre. Me lo habías preguntado.

—Pues encantada, Lluis, y gracias por las cervezas.

—Y por el aperitivo. —Interrumpió Osk con la boca ocupada por una rodaja de lomo ibérico.

—¿Conoce a Lola Forcada?

—Sí, la conozco, es una clienta reciente.

—¿Qué le tatuó?

—Ya me lo intentaste preguntar. Pero yo no hablo de lo que hacen los clientes. Algunos, los que uno menos se espera, a veces tienen unos deseos que prefieren no dar a conocer.

—¿Conoce a La Sombra de Clyde?

Unas cortas carcajadas precedieron a un largo trago de su cerveza.

—Ni idea. No sé de qué me habla.

—Verá, nuestra organización ha sido amenazada, y a través de la red oscura se ha reclutado a un sicario para matarnos. La voz de alarma la dio ese tal Sombra y necesitamos contactar con él, porque, además, dejó un rastro que nos llevó hasta Lola, y después hasta usted.

—Por favor, puedes tutearme. Te estás tomando unas cervezas en mi casa.

—Además, hemos localizado a ese tal Sombra, y coincide con su localización.

—Pues yo vivo solo.

Bonnie se levantó de forma brusca y le apuntó con la botella de cerveza como si esta fuera un arma peligrosa.

—Mi paciencia tiene un límite, ese fantasma ha adoptado el nombre de mi hermano muerto, dejémonos de juegos. Hemos llegado hasta aquí y queremos saber qué hay detrás de esa organización a la que ustedes pertenecen, y qué tipo de comercio se traen con niños que envían a Europa del Este. ¿Son ustedes una red de pederastas o simplemente trafican con órganos de niños?

—Joder. —Lluis se levantó y su corpulencia contrastó con el tamaño del tercio, inutilizándolo como arma—. Creo que os estáis pasando. Yo no tengo nada que ver con ningún niño. Creo deberíais marcharos. —El teléfono de Lluis sonaba con un ridículo tono sacado de la noche loca barcelonesa. Lluis contestó y estuvo callado escuchando atentamente durante unos segundos. Bonnie, que ya se había incorporado, miró por la ventana. Quizás alguien se había enterado de su presencia allí.

—Bien. —Lluis colgó y se guardó el teléfono en el bolsillo posterior del pantalón. Para ese momento, Osk ya se había percatado de que detrás de tanta corpulencia y tanto tatuaje se encontraban ante alguien con el que podrían haber coincidido en cualquier fiesta del orgullo—. La Sombra —dijo con rintintín— desea que probéis el tatuaje especial de la casa. Mañana podéis pasaros por la tienda a las 9 de la mañana, cuando vayamos a abrir, y tendréis un poco más de información. Ahora os pediría que me dejéis descansar.

—¿Estará allí?

—Buenas noches, señoritas. —Y las acompañó a la puerta.

—Buenas noches —Osk respondió con una sonrisa de complicidad.

Osk se detuvo en las escaleras y envió un mensaje a Zask, que había seguido la entrevista en directo.

—La llamada ha sido hecha dentro del mismo repetidor. Es probable que esté en el mismo piso, o incluso en la misma vivienda.

—Joder. ¿Qué hacemos?

—Nada. Mañana iremos a la tienda. Si está allí, espero que saquemos algo en claro.

Aún no había comenzado a amanecer y un manto de estrellas cubría las cabezas de los dos amigos, que ascendían la ladera del monte colindante. Después de media hora de una agotadora ascensión, para dos chicos que no habían subido ni las escaleras de una casa en las últimas semanas, llegaron a la

170

cumbre del pequeño monte y se sorprendieron con una espectacular aurora boreal.

—¡Guau! Jamás me habría imaginado que vería mi primera aurora en esta situación.

—Ves, no todo lo que nos rodea en el mundo es malo, ni tan siquiera nos persigue la mala suerte a todas horas. Yo es la segunda vez que la veo.

—No lo cambiaría por mi tierra, entiéndeme; mi pescaito, la guitarrita flamenca, las morenas, pero es verdad que tiene un aire salvaje esta tierra que atrae. —El silencio se apoderó de los dos amigos que sentados contemplaban como se difuminaba la aurora mientras los primeros rayos de sol comenzaban a alumbrar, a través de una cortina de nubes, regalando un arcoíris de colores a medida que salía—. A veces, tengo unas pesadillas horribles. Recuerdo la cara de los torturadores, recuerdo cuando me pateaban, o como me paseaban la cuchilla por la cara, y me quedo parado, no consigo salir de ese bucle.

—Te entiendo perfectamente, Ozú. A mí me sale una reacción alérgica en la piel cada vez que escucho el tintineo del metal. Me recuerda al sonido de los utensilios de tortura de aquellos cabrones. Pero están bien muertos.

—Todos, no.

—Todos, no.

JJ se reincorporó y sacudiéndose el pantalón del barro que mojaba sus pantalones, recogió su mochila y se la colgó.

—Vamos, compi, tenemos que regresar al Escondite antes de que se haya despertado todo el mundo.

—Espera. —Ozú sacó la tableta que había llevado a pesar de que Ozú le intentó persuadir de que sería un peso extra, y tecleó la contraseña.

—Venga, Ozú, eso puede esperar. Hemos venido a desconectar.

Pero Ozú se levantó y enfocó la cámara para retratar aquel momento.

—Necesito un fondo de pantalla nuevo, que me inspire.

Ozú grabó el paisaje. También grabó el amanecer, que ocurrió cerca de las siete y media, y estuvo largo rato observando aquella maravilla. Juntos se relajaron y disfrutaron unos pocos minutos más. Ya eran cerca de las ocho y habían prometido volver antes, así que JJ insistió, pero la llegada de un mensaje iluminó la pantalla. Una nueva conversación había sido grabada en casa de los catalanes, Zask se la había enviado y en un momento de cobertura entró.

—Relájate unos minutos, joder, cuando volvamos lo vemos.

—Moldavia.

—¿Moldavia?

—Llevan a la niña a Moldavia.

En ese preciso momento se transmitió un mensaje de emisión en directo de vídeo. Zask les estaba invitando a entrar. JJ se unió a la plataforma de vídeollamadas creada por HeroLeaks para su comunicación interna, pero tan solo pudo ver el techo de un lugar irreconocible y miles de cristales y objetos destrozados volando por el aire.

—Mierda. Voy a llamar a Olgeir. Hay que ayudarles.

—Seguro que Palmar está conectado también, no te preocupes por eso. Pero tenemos que bajar. Vamos, Ozú, corre, tenemos que llegar a la casa.

Ozú dio por imposible contactar con Olgeir, pero sí le envió un mensaje y siguió a su compañero, y juntos comenzaron el descenso. Se habían dado un baño de endorfinas, pero ni el sol que ahora les saludaba ni las hormonas creadas a través de su piel respondían. Les habían hundido su momento. Ya veían a lo lejos la casa, y también vieron como Olgeir se apresuraba a abrir el portón que daba acceso al garaje. Olgeir estaba siempre preocupado porque aquello pareciera un hogar, no solo para que resultara confortable para todos, sino para que además no levantara demasiadas sospechas sobre los nuevos inquilinos. Pero nunca había vuelto al garaje desde que dejaron allí los vehículos en los que llegaron. Ozú, que iba saltando de piedra en piedra con torpeza, se sobresaltó al recibir el impacto de la mano de JJ. Ambos se pararon en seco. En lo alto del camino, escondido bajo un frondoso roble, veían la figura de un motorista. Se había quitado el casco y espiaba El Escondite con unos prismáticos.

—Mierda, Ozú, mírale la piel de la cabeza. —Parches blancos y oscuros de piel componían la cabeza rapada del individuo que observaba los movimientos de Olgeir, que seguía en la terraza.

A Ozú se le heló la sangre y se tiró al suelo. Reptando, se apartó de la carretera y se metió en los arbustos. Parecía viajar al pasado. Bonnie en peligro y ellos atrapados en un camino pedregoso. Otra vez en aquel camino pedregoso de la Selva Negra, alguien tenía que correr y hacer ruido. El vehículo se acercaba hacia ellos y podían descubrirles. Ozú sintió la angustia volver a sus entrañas. JJ estaba a su lado, malherido, y tenía que ayudarle; la única opción era correr para que le siguieran a él. La noche oscura lo protegería y por lo menos tenía una pistola, aunque jamás la había utilizado. Ozú se levantó y acumuló el coraje necesario para gritar y atraer a aquellos asesinos hacia él, al menos JJ podría salvarse. El grito quedó mudo. Notaba la presión de una gran mano tapándole la boca, y haciéndole recobrar el juicio. JJ abrazaba con fuerza a Ozú mientras le tapaba la boca. Había notado lo que le pasaba a su amigo en cuanto escuchó de su boca aquellas palabras: «cacería humana, ¿recuerdas JJ?». Entonces lo sujetó con su abrazo de oso y le tapó la boca, porque sabía que lo siguiente que haría sería gritar.

—Ozú, ¿estás bien? No estás en Alemania. Estás en Islandia, ¿recuerdas? —Ozú seguía contrariado, pero al menos parecía que se le habían pasado las ganas de gritar—. Vamos, amigo, necesito que aguantes un poco. Quiero hacer unas fotos a ese tipo. Toma. —Y le dio uno de los comunicadores que ahora llevaban todos los miembros de HeroLeaks en Islandia. JJ podía ver como Olgeir estaba leyendo el mensaje sobre Bonnie ahora que ya tenían señal. Debían actuar con rapidez, todo se precipitaba—. Envía un mensaje a Olgeir y avísale. Tendremos que preparar la huida.

JJ dejó el escondite y consiguió una pocas fotos antes de que su supuesto sicario se colocara de nuevo el casco y despegara con la moto hacia la ciudad. Olgeir, en la distancia, pudo ver como la moto se alejaba y recibió el segundo mensaje de Ozú sobre el motorista que él mismo también había visto.

Estaban en peligro y debían huir con lo puesto, y a la vez, debían ayudar a Bonnie y a Osk. Algo pasaba con ellas. JJ intentaba captar más imágenes de la moto y el motorista antes de que se perdieran de vista.

—Vamos. —Ayudó a Ozú a levantarse y juntos caminaron en dirección a la casa. Ozú tenía la mirada perdida, pero JJ seguía mirando al horizonte por el que había desaparecido el motorista y cuando estaba llegando a la altura del porche, lo volvió a ver, ahora en la lejanía, subido en la moto, mirando a través de la visera del casco. Los observaba, los habían descubierto.

SEGUNDO MENSAJE

Me gustan los retos. Así que os agradezco que no seáis un plato fácil de cocinar. Tengo que reconocer que no es sencillo seguiros la pista, pero debéis saber que ya he perdido demasiado dinero con vosotros. Me he curtido en muchas guerras, siguiéndoles la pista a muchos que intentaban huir. Pero vivir en una isla y tratar de huir, es complicado. ¿Sois conscientes? No cabreéis a nadie si vivís en una isla. Esto me recuerda a otro trabajito que hice hace ya unos años. Espero que no os moleste este formato de contaros mis aventuras. Fui uno de los mayores admiradores de los relatos de SK. Qué tiempos, ¿eh? Me pregunto qué fue de él. Uno de mis últimos trabajos fue precisamente en una isla, la de Malta. El encargo vino a través de un exsocio de tiempos anteriores, y vaya si pagaban bien. Esa gente de verdad necesitaba que les libraran de alguien en parti-

cular. Necesitaban de mi experiencia militar con explosivos. Aquello olía a mafia, a altos cargos políticos o empresariales. Sin quererlo, me había convertido en un especialista del asesinato de un tipo de personajes: los periodistas; de los verdaderamente molestos. La verdad es que no tengo nada en especial contra este gremio, pero de lo que sí me di cuenta fue de lo cotizados que podían llegar a estar sus pellejos y, claro, «business is business». Luego me pusieron el título de misógino, y así me fui especializando. Al parecer a los sicarios les es más fácil matar a hombres que a mujeres, pero a mí no me va eso de discriminar por el sexo. Por el historial de aquella mujer a la que tenía que asesinar, estaba bien claro que podría tener a mucha gente interesada en eliminarla. Años después, solo fueron capaces de coger a unos pocos cabezas de turco, y a algún empresario incauto, pero los principales culpables, aunque yo no los conocía directamente, estoy seguro de que siguen libres, disfrutando de los millones amasados en sus sucios negocios. Aquella periodista se dedicaba a sacar los trapos sucios de gente muy poderosa, ¿os suena? Política, mafia y extrema derecha son un cóctel explosivo, y aquello fue exactamente lo que me pidieron. Preparé un equipo de pringados que se encargarían de coordinar la detonación, y así yo saldría intacto de aquel asunto. Me desplacé al pequeño pueblito y me ocupé de acoplar la bomba lapa en los bajos del coche junto al teléfono que detonaría el explosivo. Luego di las órdenes a los tres paletos que coordinarían el golpe. Les di instrucciones precisas de cómo detonar la bomba sin que supieran siquiera lo que estaban haciendo. Uno se quedaría cerca de la casa para avisar de cuando salía la mujer, y desde un barco pegado al monumento La Campana del Asedio se activaría la bomba

178

mediante un mensaje dirigido al teléfono móvil del vehículo. Este quedó destrozado dejando un cráter en la carretera, y de la periodista solo se encontraron pedazos. Luego las instrucciones fueron claras, lanzar los teléfonos al agua en alta mar. Pero aquellos incautos se los quedaron hasta el último segundo, hasta que un informante dentro de la policía maltesa les llamó para avisarles de que les iban a hacer una visita. Entonces los tiraron a las aguas del puerto, cerca de la nave en la fueron detenidos. Los teléfonos fueron encontrados y los tres acusados sentenciados, pero nunca se supo nada de quién preparó la bomba o de quién andaba detrás de semejante asesinato.

Oh, perdonad si esto pudiera asustaros. Intentaré no tardar demasiado. Venir a un lugar tan recóndito en esta isla no solo requiere ingenio para seguiros la pista, además necesito trabajarme una buena huida.

TERCERA PARTE

Olgeir y Palmar habían leído el segundo mensaje del supuesto sicario y habían despertado a los demás para comunicarles la noticia, que no impactó a todos por igual. Las chicas habían entendido que eran el objetivo principal. Sin embargo, las mujeres de HeroLeaks señaladas no estaban en esa casa precisamente. También llegó el momento de que Olgeir se sincerara con todos y reconociera que aquel no era el primer mensaje. Olgeir trató de apaciguar el ambiente, bastante alborotado tras la confesión y el contenido de los mensajes. Trató de excusarse. No podían saber si se trataba del verdadero sicario, o de cualquier idiota con la intención de crear más miedo. Pero tomó las riendas con rudeza y ordenó a los chicos y chicas que debían implementar de inmediato la siguiente fase. Sin embargo, a esas horas tempranas, Ozú y JJ habían salido de excursión. Tenían unas dos horas para preparar todo y salir de allí. Esas habían sido las órdenes de Olgeir y posteriormente este comunicó a Ingimar su decisión. No sabían si aquella amenaza había sido un farol, o era cierto que los habían descubierto. No tenían tiempo para averiguarlo, tan solo esperaban que los montañeros bajaran rápido de su excursión. Mientras esperaban, una transmisión de vídeo entró bruscamente en el único ordenador que quedaba abierto, el que Palmar utilizaba para comunicar a los grupos operativos que estarían desconectados un tiempo. Las imágenes que enviaban desde Barcelona ayudaron a crear un ambiente aún más estresante.

A las nueve y media ya estaban entrando en la tienda. Lluis atendía a unos chicos, y atrás, en el taller, parecía haber movimiento. Bonnie se acercó y espió a través de la cortinilla, disimulando mientras hojeaba uno de los libros de tatuajes. Detrás de las cortinas, alguien de espaldas a ella le hacía un tatuaje a una chica, a la que veía a la perfección y, por lo que pudo imaginarse, el tatuaje estaba en una parte bastante íntima. La chica hizo un gesto y el tatuador paró. El hombre se levantó y Bonnie pudo apreciar que, por lo menos, era del mismo tamaño que Lluis. Al aproximarse vio a un tipo que parecía su clon, barbudo y lleno de tatuajes, que se acercó a la cortinilla. Bonnie bajó la mirada al libro que tenía entre las manos y solo atisbó a ver como el clon cerraba la cortinilla del todo.

—No le molestéis. Se pone hecho una furia cuando le sacan de su estado de trance. ¿Sabéis ese estado en el que entran los músicos?, ¿que empiezan a poner todo tipo de expresiones extrañas porque han dejado de controlar los músculos de su cara, porque se han convertido en parte de su obra musical y han dejado el mundo consciente? Pues Francis es igual con los tatuajes. Una vez se pone, entra en un estado de éxtasis del que no le gusta salir, para no estropear su obra. De todas formas, es un encargo rápido, un repasito sobre un trabajo que ya hizo.

—¿Es tu hermano?

—Ja, ja. No. Es mi pareja. —Confirmado. Osk, que miraba por la ventana hacia la calle, sonrió por su buena percepción. Quién iba a pensar que un tipo que se mostrara tan peludamente masculino era realmente gay. Pero ella se había metido en todo tipo de religiones, y más de una vez se había metido en garitos de barbudos. Eran muy divertidos.

—¿Es La Sombra? —El ruido de la máquina del tatuador parecía suficiente como para no desconcentrarle, si hablaba en voz baja.

—¿Qué Sombra?

—Vuestro jefe. Ese que os envía a la gente para que la tatuéis.

—Nosotros no tenemos jefe. Pero no, tampoco es ese al que llamas «Sombra».

—Me dijiste que estaría aquí.

—No. Te dije que vuestro fantasma quería que probarais el tatuaje especial de la casa.

—No estamos para bromas. Queremos hablar con La Sombra de Clyde.

—Ya. Todo a su tiempo. Francis está a punto de terminar. Os aconsejo que os relajéis y, quién sabe, quizá veáis el tatuaje con el que siempre habíais soñado.

Osk pasaba página a página un libro de letras tribales, hasta que llegó a las letras coreanas. No sabría por qué estas le atraían. Mucho más que las chinas. A modo de juego fue preguntando a Bonnie por diferentes letras y su significado. Bonnie pareció relajarse y tradujo una a una.

—Amor, esperanza, sueños, felicidad y confianza.

—Me encantan.

—Tú ya tienes suficientes tatuajes, ¿no crees?

—Mira, este es una pasada. —Lluis echó un vistazo al tatuaje.

—Es de un artista coreano. Están muy de moda. Dicen que esos árboles alargados están

inspirados en los del bosque de bambú de la región de Damyang.

—¿Cómo sabes todo eso?

—Bueno, es mi trabajo conocer los tatuajes que vendo.

—Y bien, ¿qué tatuaje es ese que nos ofreces?

—Es un tatuaje muy especial. Tan solo se lo hago a los que vienen recomendados por… —Un silencio dejó el final de la frase en el aire.

—La Sombra o el fantasma de mi hermano.

La cortinilla se abrió.

—Lluis, ven echa un vistazo. ¿Te gusta cómo quedó? — Lluis observaba a la chica que se incorporó y se acercó hacia

184

ellos a la vez. Andaba de una manera un tanto extraña, como si hubiera montado a caballo todo el día. Mostraba sus partes nobles, como quien enseña un cuadro recién comprado.

—Quedó bellísimo, querido, no esperaba menos de esas manos de Dalí.

—Muchas gracias, Lluis. Sois fantásticos. —La chica se despidió con un beso en la mejilla de Francis. Lluis se agarró al brazo de la chica y se dirigieron a la puerta.

—Me voy a acompañarla, y luego me paso a comprar. ¡Oh! Esta es la parejita de la que te hablé esta mañana.

—Encantado, chicas. Siento no haber estado anoche, pero trabajaba. Ya sabéis, tugurios de Barcelona.

—Os dejo en buenas manos, es el mejor tatuador de toda Calatuña. —Y Lluis y la chica escocida salieron de la tienda entre risas.

—¿Cuánto tardarías en hacer este tatuaje?

—Osk, para. No hemos venido aquí para hacernos tatuajes. Hemos venido aquí para conseguir información.

—Yo solo puedo daros lo que me han dicho.

—¿Un tatuaje? Y ¿por qué demonios voy a querer yo un tatuaje?

—Escucha. Creo que vuestro fantasma tan solo quiere ayudaros. Es buena gente. Creo que lo estáis exagerando todo.

—Queremos saber qué van a hacerles a todos esos niños, y no tan niños, que hemos sacado de sus listas.

—Yo de eso no tengo ni idea. Pero sí conozco en profundidad a vuestro fantasma, y no me lo imagino metido en nada que comprometa la vida de niños. Pero no me sé todos los negocios en los que puede estar metido. Él quiere que os tatúe esto. —Y saco una botellita de cristal transparente con un líquido incoloro en su interior.

—Joder. Yo me largo. Esto es una mierda. —Bonnie empezaba a estar cabreada, mientras Osk disfrutaba de imaginarse con el bosque de bambús tatuado en su espalda. Pero regresó desde su estado ajeno a la conversación y se levantó para dejar claro que seguía allí, en esa habitación.

—¿Por qué tatuarnos con un líquido invisible? ¿Es que toma color al contacto con la piel? Y ¿por qué tanta importancia? Si no hay respuestas a nuestras preguntas, mejor nos vamos. —No tenían ningún motivo para confiar en alguien que no habían visto jamás. Ambas se dirigieron a la puerta para salir de la tienda, cuando el sonido de un disparo hizo que se agacharan. Bonnie se tiró encima de Osk y la arrastró debajo de una de las mesas. Los disparos no cesaron. Esta vez palpó con —Yo de eso no tengo ni idea. Pero sí conozco en profundidad a vuestro fantasma, y no me lo imagino metido en nada que comprometa la vida de niños. Pero no me sé todos los negocios en los que puede estar metido. Él quiere que os tatúe esto. —Y saco una botellita de cristal transparente con un líquido incoloro en su interior.

—Joder. Yo me largo. Esto es una mierda. —Bonnie empezaba a estar cabreada, mientras Osk disfrutaba de imaginarse con el bosque de bambús tatuado en su espalda. Pero regresó desde su estado ajeno a la conversación y se levantó para dejar claro que seguía allí, en esa habitación.

—¿Por qué tatuarnos con un líquido invisible? ¿Es que toma color al contacto con la piel? Y ¿por qué tanta importancia? Si no hay respuestas a nuestras preguntas, mejor nos vamos. —No tenían ningún motivo para confiar en alguien que no habían visto jamás. Ambas se dirigieron a la puerta para salir de la tienda, cuando el sonido de un disparo hizo que se agacharan. Bonnie se tiró encima de Osk y la arrastró debajo de una de las mesas. Los disparos no cesaron. Esta vez palpó con Osk miraba a Bonnie y se preguntaba por qué narices no llamaba a una ambulancia. Al otro lado de la línea sonó una voz que le resultó familiar. Qué coño, parecía como si el mismísimo Donald Trump estuviera al otro lado del teléfono.

—Es una llave. La necesitaréis. Os están siguiendo.

—¿Qué llave? ¿Quién nos está siguiendo? —Pero ya habían colgado, y en ese instante entró Lluis, descompuesto al ver la tienda tiroteada. Se acercó a su pareja, que yacía junto al mostrador principal, nervioso le tocó la yugular y la muñeca. Al ver que tenía pulso reaccionó rápidamente.

—No retires las manos de las heridas. —Aunque para Osk era difícil dar con las heridas ya que había sangre por todas partes. Lluis se acercó con todo un equipo quirúrgico de campaña. Utensilios que podrían hacerle falta en caso de tener que solucionar un mal corte durante sus sesiones de tatuajes y *piercing*. Sobre todo esto último, había algunos extremadamente arriesgados. Con los guantes puestos localizaba las entradas de la balas y palpaba por si pudiera haber rotura interna, y desinfectaba y cauterizaba allí donde pudiera haber una mayor perdida de sangre. Las sirenas de un coche de policía se escuchaban en la distancia.

—¡Debéis iros! ¡Rápido! —Bonnie ayudó a Osk a levantarse. En el primer paso que dio empujó con el pie la botellita, que se estampó contra la pared derramando el líquido. Encima de la mesa había algunas cajitas más con aquel misterioso líquido. —Bonnie pensó por un segundo en lo que le había dicho aquella voz al teléfono. ¿Sería La Sombra de Clyde? Porque estaba claro que Donald Trump no iba a llamarla. Cogió un par y se las guardó en el bolsillo de la cazadora de cuero. Salieron como dos atracadoras, con los cascos puestos, ante la mirada aterrada de decenas de viandantes y vecinos apostados en sus ventanas, que las observaron huir en su propia moto.

Mientras Osk conducía, Bonnie recibió un mensaje de Palmar.

«Hemos sufrido un atentado en nuestro Escondite. Perdimos capacidad de comunicación. Espero que estéis bien. Hemos visto las imágenes.

Debéis hacer seguimiento directo e incrementar al máximo las precauciones. Os informaremos cuando seamos capaces de recuperar el material informático y podamos transmitir con seguridad. Buena suerte».

«¿Quién narices había disparado contra ellas? ¿El sicario? Si estaba en Islandia. ¿Quién había atacado a los del Escondite? ¿Habría más de un sicario?»

No había tiempo que perder. Olgeir tenía el plan en la cabeza y lo había estudiado con cada grupo. Era momento de dividirse. Lo harían en tres grupos, cada uno con un destino diferente, una nueva localización en la isla. Los chicos estaban nerviosos y él tenía que demostrar que podía estar al mando en una situación extrema. Había dado instrucciones a JJ para que no volviera a abandonar a Bonnie y Osk a su suerte, ya que Zask tenía poca experiencia. Él estaba al cargo de ese grupo, mientras que Palmar se encargaba de Ria y Sigfredur. El resto tenían que controlar otros equipos activos por Europa, todos muy novatos, pero en las últimas horas habían conseguido cuadrar varias operaciones, y no podían dejarlos colgados en este preciso momento. Cogieron sus equipos electrónicos y sus maletas, y cada unidad se dirigió a cada uno de los coches que tenían en el garaje de la vivienda. Cada grupo llevaría un líder. JJ era el líder del primero, que llevaba a Eyla y a Ozú. Fueron los primeros en salir, y los primeros en recibir los impactos de bala que volaron la luna delantera que, por suerte, no hirieron a nadie. Sin embargo, Eyla, que conducía el coche, no frenó. Siguió en dirección a la pista de barro, contraria a la procedencia de los disparos. Sin embargo, el segundo grupo, capitaneado por Palmar, no tuvo tanta suerte. Su vehículo quedó inutilizado en la puerta del garaje. La balacera destrozó las ruedas del lateral del conductor. Olgeir, que dirigía el tercer grupo, no llegó ni a arrancar. Palmar, Dawa y Tanya estaban atrapados en el coche, que seguía recibiendo disparos. Todas las lunas habían estallado y los chicos no pudieron hacer otra cosa que agacharse. El motor comenzaba a echar humo y había peligro de que el coche comenzara a arder. Olgeir, que se había quedado solo, pues sus planes eran reunirse con su hermano en el tercer escondite, agarró una plancha de metal a modo de escudo y se acercó a la puerta del conductor. La abrió para dejar salir a los chicos, que estaban en la parte delantera.

—Entrad en el garaje. ¡Vamos! —Palmar y Dawa salieron rápido y se metieron en la casa. Mientras, la chapa recibía una nueva ronda de disparos, y alguno la atravesó. Tanya, que estaba en la parte trasera, se encontraba paralizada. Su rostro estaba pálido y Olgeir se temió lo peor. Tuvo que sacarla a rastras mientras las balas seguían silbando. Una vez dentro del garaje, cerraron la puerta entre los tres.

—Dawa, contacta con Ingimar, dile que necesitamos ayuda. Desvela nuestra localización a Silfa. Palmar, ayúdame con Tanya. Tenemos que meterla dentro. Tiene al menos una herida de bala en el brazo izquierdo. Dawa, busca algo con que taponarla. —Parecía haber perdido algo de sangre, pero si taponaban podrían controlar la hemorragia al menos un tiempo. Tanya se había desmayado y, al tomarle el pulso, no lo notó—. Tiene un paro cardiaco. Palmar, tráeme el desfibrilador. Dawa, mantén presión sobre la herida.

Los disparos habían cesado y Dawa tapaba la herida con una mano mientras, con la otra, enviaba un mensaje de emergencia a Ingimar. Después, activó la llamada en altavoz al teléfono personal de la inspectora. No podía dejar de mirar a las ventanas que, aunque tapiadas por dentro, podrían ser derribadas con facilidad si se decidían a reventarlas con un arma potente.

—Nos están atacando con armas de fuego.

—¿Me has enviado la dirección?

—Sí, por favor, daros prisa. —Justo en eso estaría pensando Silfa, cuando reconociera el sitio en el que se habían refugiado, a 40 kilómetros de Reikiavik. ¿Cómo podrían llegar a tiempo?—. Tenemos una herida en estado crítico. —Intentad estabilizarla y manteneos a salvo. Estamos en camino.

Olgeir comenzó la maniobra de resucitación cardiopulmonar. Tanya seguía sin pulso, pero Palmar había conseguido sacar un respirador de emergencia, y se lo colocó. Habían visto como se hacía, lo habían practicado, pero nunca lo habían hecho en una situación real. Olgeir dio otra descarga y volvió a tomarle el pulso. Palmar bombeaba oxígeno a los pulmones. No estaba seguro de hacerlo al ritmo apropiado, pero si Olgeir no le decía nada, no debía de estar muy desencaminado. Dawa trataba de que no se desangrara. Olgeir volvió a tomarle el pulso.

—Creo que ha recuperado el pulso. Tapemos bien esa herida. Aquí tenemos unas grapas.

—¿No deberíamos extraer la bala?

—¿Tú sabes hacerlo? —Palmar se concentró en grapar la herida, tras comprobar que no había orificio de salida. Si hubiera alguna arteria afectada, se desangraría igualmente aunque le cerraran la piel, por lo que aquello parecía un movimiento algo inútil, salvo por el hecho de que los chicos podrían desentenderse de ella mientras trataban de defender su posición.

Dawa se acercó a las ventanas.

—Chicos, veo movimiento. El motorista está acercándose. Joder. Va a eliminarnos. ¡Mierda!, y yo ni siquiera estaba en esa lista.

—Dawa, cálmate. Atranca bien las puertas. Asegúrate de que no lo tenga fácil para entrar. Palmar, busca armas para defendernos. Sigfredur nunca deja armas en las casas y no hemos traído ni una pistola.

Palmar apareció con varios cuchillos de cocina y los repartió justo cuando la ventana estallaba en mil pedazos, mezclando cristales con astillas y trozos de madera. Entonces creyeron ver la luz frontal de una moto entre la polvareda levantada. Dawa, enloquecido, comenzó a vaciar el extintor en dirección al asesino, hasta que se fusionó en una nube blanca junto a la humareda provocada por la explosión. Sus gritos tronaron en toda la estancia. Olgeir y Palmar cargaban a Tanya hacia uno de los dormitorios interiores. Mientras, Dawa volvió a esconderse tras la puerta que daba acceso a las habitaciones. Apretaba con rabia la empuñadura del cuchillo de cocina. Quizá tenía alguna opción de cargarse al sicario. No había matado a nadie, pero en su largo periplo huyendo del gobierno chino sí había visto varios asesinatos y había tenido que pelearse. Tampoco debía de ser tan difícil clavarle el cuchillo. El humo se disipaba lentamente. Por primera vez, desde que se confinaron, empezó a ver la claridad del día entrando en la vivienda. Tosió un poco, y aquello le produjo un escalofrío. Podría haber desvelado su posición. Dawa esperó durante largos minutos, hasta que escuchó el sonido de un helicóptero. Se armó de coraje y salió al exterior aún con el cuchillo en la mano. La escena que Silfa se encontró al bajar del helicóptero le recordó a una película de la Segunda Guerra Mundial. Dawa parecía un japonés enloquecido a punto de convertirse en kamikaze. Frente a ellos, al cerciorarse de que

192

era Silfa la que había venido a buscarlos, Dawa cayó de rodillas y comenzó a rezar a los mil budas.

Sigfredur se había quedado traspuesto. Como copiloto era malísimo, siempre se quedaba dormido. Ria escuchaba el interior de la casa de los Dangote, pero tenía un problema, no entendía nada. En familia hablaban en una de las lenguas nativas de su país. Ni siquiera sabía cuál. Pero el traductor simultáneo le decía que podía pertenecer a algún dialecto dentro del yoruba. Algo sí quedó claro. Se iban a Moldavia. Ria llevaba horas esperando una reacción de la familia. Pero hacía ya un rato que solo escuchaba mucho movimiento, y ninguna voz. Sig resoplaba como un caballito de mar, con ese piquito que se le formaba al dormir con la boca abierta. Probablemente, esa era una de las razones de su mal dormir. Le daba pena despertarlo, así que ella siguió con la vigilancia. Alrededor de las 9 de la mañana llegó una limusina Ford negra que parecía un tanque, y aparcó como pudo enfrente de la casa. Al chófer ya lo conocía, y Ria se hundió en el sillón del coche. Mientras, activaba la comunicación de su cámara para que Palmar pudiera seguir el curso de los acontecimientos. El corpulento hombre del fénix tatuado se apresuró escaleras arriba hasta la puerta principal de la mansión y llamó a la puerta. Alguien del servicio abrió y desapareció para aparecer segundos más tarde con varios bultos y maletas. Repitió el proceso varias veces hasta que, en el quinto viaje, salió con la pequeña en brazos y el gran danés a su lado. La pequeña era una monada, no tendría más de cuatro años, y Ria sintió un murmullo interno que le recorrió todo el tracto digestivo. Por último, vio salir a la pareja. Aku estaba radiante, como siempre, y su marido seguía con ese aspecto de dictador africano. Ria no pudo esperar más y salió del coche. Intentó comunicarse con Palmar, que no daba señal. Intentó cerrar la puerta del coche, pero algo paró el golpe. Sigfredur reaccionó mínimamente y volvió a quedarse dormido.

Ria corrió hasta la pareja con la cámara del teléfono grabando sin saber si había alguien al otro lado. Esperaba que, al menos, se estuviera guardando el vídeo en algún servidor de la empresa. Fue directa hacia Aku.

—¿Dónde lleváis a vuestra hija? ¿Qué le vais a hacer?

Aku, sorprendida, se refugió en el coche. Mientras, su marido, se dirigió a Ria.

—Por favor, no sé qué pretende, pero aléjese de nosotros.

—Saldrán en las noticias. Se lo prometo. No le hagan daño.

El diplomático hizo una señal y se metió en el coche haciendo caso omiso a la periodista, que empezaba a perder los nervios y no paraba de gritar. Trataba de llamar la atención de un vecindario bastante discreto. El islandés abrió un ojo y vio el hueco vacío que había dejado su compañera a su lado. Se incorporó asustado, solo para ver como Ria desaparecía detrás de aquel enorme vehículo. Los gritos quedaron ahogados, rebotando inútilmente contra los gruesos dedos que le tapaban la boca y la nariz. Sus brazos, atrapados por el oso negro, no podían hacer nada. Solo patalear. Después de varios segundos de lucha, comenzó a perder fuerza y su vista se relajó en la visión de un fénix negro incrustado en un anillo de oro. Ria fue introducida en un cubículo especial del coche, en la parte posterior, en lo que sería un gigante maletero. Intentó gritar otra vez, a la vez que aporreaba la ventana, pero parecía insonorizado. Se dio la vuelta para mirar hacia el interior del maletero y comprobó quién era su compañero. El gigantesco gran danés la miraba despreocupado. Ria retrocedió hasta la esquina más alejada del animal.

Sigfredur corrió hacia la limusina, pero esta ya se alejaba y tan solo pudo recoger del suelo el teléfono de Ria. Fue hacia el coche alquilado para seguir a Ria, pero no encontró las llaves. ¿Se las habría llevado ella? En el teléfono que había recogido del suelo observó que llegaba un mensaje de Palmar.

«Hemos sufrido un atentado en nuestro Escondite. Perdimos capacidad de comunicación. Debéis hacer seguimiento directo e incrementar al máximo las precauciones. Os informaremos cuando seamos capaces de recuperar el material informático y transmitir con seguridad. Buena suerte».

Encontraron a Olgeir agotado tras una eterna media hora practicando la reanimación a Tanya. Cuando Silfa llegó, junto con otros agentes y dos sanitarios, el motorista ya no estaba. Las huellas de coche hacían presagiar que podía haber ido detrás del grupo de JJ, pues coincidían en la dirección. Pero también podría haberse dado a la fuga sin más. Llevaron rápidamente a Tanya al helicóptero, que salió camino al hospital de Reikiavik. Olgeir logró mantenerle el pulso, pero no había recuperado el conocimiento. Palmar, Dawa y Olgeir prestaban declaración a los miembros de la policía islandesa que acompañaban a la inspectora. Además, Silfa había puesto a todo su equipo de la científica a explorar el lugar en busca de algún indicio, y emitió una orden de busca y captura del sicario. Sin embargo, algo no encajaba en aquella historia. ¿Por qué querría un asesino profesional atacar de esa manera tan poco selectiva para luego marcharse sin cumplir su misión?

Dawa fue a revisar todo el material que habían recuperado de los vehículos y no faltaba nada. Tampoco había sido un robo. No encajaban las piezas de ninguna manera. Eso sí, todo el material que habían guardado en los coches estaba dañado. Difícil saber si recuperable.

—¿Qué sicario viene a buscarte y no te mata cuando lo tiene todo a favor?

—Quizá tiene a alguien que le ha avisado de que estábamos en camino. No descartamos que tengamos un infiltrado en la policía. Imagino que lo sabes.

Pero Olgeir, que seguía sentado en una silla con la cabeza apoyada en las manos ensangrentadas, intentaba comprender qué había pasado, y no lo conseguía. Había unas cuantas piezas por encajar en el puzle.

—Si ese tío quiere su recompensa, querrá matar a cuantos más mejor, y lo antes posible. Quizá nos ha dado por muertos tras la explosión.

—Parece una granada de mano. Este tipo no anda escaso de recursos, y no es fácil conseguir ese tipo de armamento en Islandia. Yo diría que no la tiró con suficiente fuerza, o lo hizo con mala puntería, tal vez a propósito. Eso os ha salvado, si llega a entrar en la casa…

—Tenemos que saber si JJ y los demás han llegado a salvo al otro escondite.

—Dime dónde es y mandaré a alguien para que los vigile.

—Lo siento, Silfa, pero no podemos confiar en nadie. —Olgeir seguía afligido por todo lo que había pasado. Él estaba al mando de El Escondite, y todo se había ido al carajo. Tanya había recibido un disparo, Ozú estaba en un estado lamentable y para colmo ahora tenía que afrontar otro episodio. El estrés postraumático que jamás llegó a superar ahora se vería agravado y Olgeir ni siquiera sabía si habrían conseguido llegar a su nuevo escondite. Tenían varias operaciones en marcha en Europa que debían ser controladas desde Islandia, y habían dejado a sus equipos solos, sin asistencia, en el peor momento. Todo a la vez.

—¡Joder! —Todos se quedaron mirando a Olgeir, al que nunca antes habían visto perder los nervios. Este cogió su teléfono móvil y tecleó el número de Ingimar. Al mismo tiempo, le hizo un gesto a Silfa y se la llevó a la parte trasera de la casa para poder tener una reunión privada.

—Ingimar.

—¿Cómo estáis, hermano?

—Bien, nosotros bien. Aunque aún no tengo noticias del resto. Tanya ya debe de haber llegado al hospital, y JJ, Ozú y Eyla deben de estar llegando a su nuevo escondite, si se libraron del motorista. Pero tampoco sé nada de los equipos desplazados en Europa. Nada más que están pasando por problemas similares a los nuestros. Los hemos dejado solos en medio de operaciones muy complejas. ¡Joder, Ingimar! Eso es lo que quieren. Los están aislando.

—Puede que tengas razón, hermano. Tendremos que recuperar el contacto lo antes posible. Intentaré ir a visitar a Tanya.

—No corras riesgos. Aquí nos han destrozado todas las comunicaciones. Es como si estuvieran esperando que consiguiéramos cierta información, y una vez que la tuviéramos nos eliminan. Nos quitan de en medio. Nos están utilizado.

—Ya sé que preferís actuar al margen de la policía, pero nosotros podríamos seros de utilidad. Podemos montar un equipo de comunicaciones donde nos digáis y pondré a varios de mis hombres a vigilar el perímetro. Siempre y cuando decidáis colaborar con nosotros.

—Pero…, tú misma nos has dicho que es posible que haya algún infiltrado dentro de la policía islandesa.

—Bueno, es una teoría posible. Lo único que puedo hacer es recomendaros a mi mejor oficial en comunicaciones. Alguien de confianza, y la comunicación será directa conmigo. Nadie más conocerá nuestras conversaciones. Pero nuestras acciones serán coordinadas.

—¿Tú qué dices, hermano? A mí me parece bien.

—De acuerdo, Olgeir, pero tened mucho cuidado. Busca a todos los chicos. Confío en ti.

Bonnie salió de la ducha. Había tardado horas en quitarse toda la sangre que le cubría el cuerpo. Mientras, Osk había metido toda la ropa en unas bolsas. Tenían que hacerlas desaparecer. Aún con la toalla puesta, la coreana se acercó a la mesilla donde había dejado las dos cajitas que se había llevado de la tienda. Una estaba abierta.

—La he abierto yo.

—Y ¿sabes ya qué es?

—Pues no lo sé exactamente. Es como para hacerte múltiples pequeñas inyecciones de este líquido transparente. Bueno, en realidad no sé qué tiene que ver esto con un tatuaje. Tiene una especie de microagujas, una jeringuilla mini y un bote pequeño de cristal. Con la jeringuilla se cargan las microagujas, que se acoplan a modo de pendiente en el lóbulo de la oreja, como un sándwich de pavo y tu oreja es el pavo. Sea lo que sea, ese líquido es inyectado en la piel. No pone nada más.

—¿Ni siquiera tiene una marca? Esto no parece muy legal. ¿Se supone qué debemos inyectárnoslo nosotras?

—Yo no pienso inyectarme nada.

Sin embargo, Bonnie miró durante un rato el botecito dándole vueltas a lo que le había dicho la voz del teléfono. Mientras Osk se desnudaba, era su turno de ducha, ella cogió uno de los botes y cargó una de las jeringuillas que usó para cargar, a su vez, las microagujas. Luego, las usó a modo de pinzas y se las apretó contra la piel del lóbulo de la oreja derecha. Notó leves punzadas poco dolorosas.

—¿Ni rastro de los islandeses?

—Ni rastro.

—Pero sí tenemos grabaciones en la casa de nuestra amiga Lola. ¿Has comprobado el localizador?

—No se me ha ocurrido. Después de lo que hemos vivido hoy...

—Si quieres, lo puedes dejar ahora. Yo continuo sola.

—Ni lo sueñes. Me voy a duchar. Ya me cuentas luego de qué va esa charla.

Osk abrió el agua caliente y se apoyó en la pared. El agua se escurría por su cuerpo y empezó a frotarse con las manos para quitarse los restos de sangre. Necesitaba llorar, pero le costaba arrancar, y lo intentó a la fuerza. Apretaba los puños, ahora apoyados contra la pared, estrujó las cuencas oculares y abrió la boca para sacar de su interior un grito, que tan solo consiguió salir mudo. Toda su rabia comenzó a brotar en un llanto desconsolado al que solo le faltaban las lágrimas, que no conseguía sacar, como si sus glándulas lacrimales estuvieran bloqueadas.

—No tardes. Salimos en una hora.

«¿Ahora? ¿Es que no descansaba nunca?». Terminó de ducharse y salió a la habitación compartida.

—Estoy agotada, necesito dormir un poco.

—Tranquila, dormirás en el coche. Viene Zask a recogernos y él conducirá. Lola y familia están en movimiento, y ya han pasado la frontera francesa.

La pista se había convertido en una polvareda, pero Eyla no aminoraba la marcha. El todoterreno se movía entre las rocas como una ambulancia ante el tráfico. Parecía que se apartaban justo a tiempo para evitar la colisión, pero sin disminuir la velocidad. JJ desviaba la mirada del mapa de su teléfono, que le guiaba a su nuevo escondite, a la luna trasera, cubierta de arena y barro, y al retrovisor, para comprobar que nadie los seguía. Ozú estaba en la parte trasera, tumbado en posición fetal. Se encontraba conmocionado, hecho un ovillo con la cabeza entre las manos como si quisiera no escuchar nada.

—¡Por ahí! —JJ señaló un camino lateral que descendía por la carretera hacia el lago. Ambos sabían en qué lugar se encontraban. Aquel lago era famoso y formaba parte del Círculo Dorado. De hecho, se podían ver grupos de turistas y algunas caravanas.

—Ozú, ¿cómo estás? —La pregunta quedó en el aire.

—Tranquila. Sigue atenta a la carretera. —JJ había activado los sentidos que le faltaban al gaditano pero no le daban para llevar también el volante.

—¿Nos siguen? —Eyla parecía alterada, pero no cometía errores en la conducción.

—Creo que no, pero no podemos disminuir la velocidad.

—¿No te parece un poco arriesgado que vayamos directamente al escondite?

—Tienes razón. —Entonces le pareció ver un bulto negro en el horizonte, que podría ser un motorista—. Mierda. Necesitamos escondernos para pasar la noche.

—Hoy puede hacer frío. Pero creo que conozco un sitio.

—Justo, estaban llegando a un cruce de caminos en el que había una parada de rigor para turistas, que en ese momento disfrutaban de las vistas. Eyla cogió el teléfono de JJ y lo comparó con el navegador del propio coche—. Aquí nos desviaremos.

—De acuerdo. Entra rápido en el *parking* y salimos en la dirección precisa, pero tienes que hacerlo rápido. Las huellas se confundirán con las del resto de vehículos que han circulado por aquí hoy.

Eyla captó la preocupación de JJ. Posiblemente había visto a su perseguidor, pero lo último que debían hacer era decirlo en voz alta. Entonces JJ pudo descargar el vídeo que Bonnie había grabado horas atrás. Habían perdido la pista a las chicas, pero esperaba que Zask pudiera hacer el trabajo él solo. Por lo menos, había conseguido subir los vídeos al servidor seguro. No pudo concentrarse en el vídeo. Aquellas imágenes le retrotraían a momentos que no quería volver a vivir. Lo apagó, ya habría tiempo de analizarlo. Solo esperaba que estuvieran vivas. El sitio que Eyla había escogido era un cañón en el cual no había señal ni cobertura. Mejor, ahora sí estaban incomunicados. Tan solo esperaba que no les hubieran seguido.

Septiembre de 2019
12 días para el final de la oferta
9,6 millones de euros

Aquello, más que una clínica, parecía una fábrica escondida en un polígono industrial. Habían llegado justo a tiempo para ver como Lola, Jordi y la pequeña Martina eran recibidos en la puerta del edificio. Por el cartel que había en el porche, parecía que producían y vendían diferentes tipos de productos biológicos para agricultura. Zask demostró ser un hábil conductor, aparte del buen trabajo que había hecho siempre desde el otro lado de la pantalla. Llevaba el seguimiento de la pareja a la perfección, siempre a una distancia prudencial del coche de la familia, que seguían a través del GPS. Zask era un chico jovial, de fácil conversación, que había amenizado el viaje con todo tipo de aventuras.

—Para aquí. No queremos que nos descubran aún. —Bonnie quería hacer algunas cosas antes de entrar en acción.

—Aquella va ataviada de enfermera, ¿no os parece? —Zask señalaba hacia la puerta principal.

Allí, una mujer de unos 50 años y constitución más que robusta, hacía señales a la pareja de catalanes desde el otro lado del cristal, de un grosor digno de una prisión de alta seguridad. Osk hacía fotos desde el asiento del copiloto. Bonnie estaba completamente entregada a una de sus actividades preferidas: hackear los sistemas de conexión de la empresa y descargar toda la información a un servidor seguro para que los chicos desde Islandia pudieran estudiarla. Aquello sí que era un robo industrial en toda regla. Pero había pasado algo con sus compañeros. No habían podido establecer contacto con ellos en las últimas veinticuatro horas, ninguno de los teléfonos que podían usar para contactar de forma segura funcionaba, y los buzones muertos, las cuentas de *email* en las que se escribían mensajes sin llegar a enviarlos, no los abría nadie.

—¿Tienes algo interesante, Bonnie?

—De momento no. Solo aparecen facturas y fotos de los aparatos de producción de abonos industriales. Parece una nave enorme dedicada a control microbiológico agroindustrial. No es un hospital, desde luego.

—Yo diría que el edificio parece a prueba de bombas. Ya podían tomar nota nuestros jefes. —Aquel comentario del islandés no gustó demasiado a Bonnie.

Zask se percató del movimiento que hacía Lola acercando la cabeza a un dispositivo electrónico biométrico que estaba en el exterior del edificio, y se abrió la puerta.

—Están entrando. ¿Habéis visto eso? —Zask alertó a sus compañeras, que andaban absortas cada una en su tarea, y alzaron la vista a la vez. La enfermera acariciaba la cabeza de la pequeña con dulzura. Mientras, hablaba con el padre, siempre bajo la atenta mirada de la madre, que además no hacía más que escudriñar todo lo que le rodeaba. Hasta que se cerró la puerta de cristal oscuro y la familia entera desapareció tras ella.

—¿Ver qué? —Bonnie no entendía a que se refería Zask.

—Parece como si hubieran usado un sistema biométrico de reconocimiento facial, o algo así. Eso ha hecho que se abrieran las puertas.

—Vale. He subido las fotos que he hecho a nuestro servidor. Quizás podamos indagar en detalle que es lo ha hecho para entrar en el edificio.

—Bien hecho, Osk. Zask, analiza bien esos vídeos, a ver si ves qué ha hecho Lola exactamente antes de entrar.

—Tenemos que saber a qué piso van. Voy a seguirles. —Cuando la islandesa iba a abrir la puerta, Zask la agarró del brazo.

—No te apresures, mira, se ha encendido aquella luz en la tercera planta. —Pronto apareció ante su vista Jordi con una sonrisa en la cara. Estrechó la mano de un tipo que tendría más de sesenta, y este sí, con aspecto de doctor.

—Y ¿ahora qué? ¿Cómo nos enteramos de la conversación?

—Imposible, no tenemos un micro dentro. Tengo que acercarme. —Sus dos compañeros volvieron a mirar a Osk con intimidación, para que no se moviera de su sitio.

—Aún estoy descargando datos y va a llevarme un rato. No tengas prisa. —¿Qué era eso de que Osk tomara la iniciativa? Era ella, Bonnie,

la que inicia la acción, la que daba las órdenes.

—Pero ¿y si la pequeña está en verdadero peligro? ¿La van a operar ahí? ¿Sin más? —Osk se mostraba preocupada—. Parece muy arriesgado para una niña tan pequeña. ¿Qué clase de padres son?

—Quizá sean de los que darían todo por salvar a su hija, aunque no sea biológica. —Bonnie cortó los pensamientos de Osk con cierta rudeza.

Bonnie había tomado el control de la situación y del equipo, y no tenía ganas de que cuestionaran sus órdenes constantemente. Quizás aquella aventura con la islandesa estaba perjudicando el mantenimiento de una jerarquía en el grupo. Osk amplió al máximo el objetivo para ver más de cerca lo que ocurría en el tercer piso. Aunque tan solo veía la coronilla de Jordi. Se quedó perturbada al ver como Martina se subía encima de su padre y como el doctor, al que ahora veía con nitidez, comenzaba a hacerle algunas pruebas. Se puso a hacer fotos como poseída, no quería perder detalle, hasta que un mensaje la alertó de que la memoria de su cámara estaba llena. Acopló la cámara a su teléfono y comenzó a subir todas las fotos a la nube de HeroLeaks, pero esta seguía inactiva y no podía utilizarla. Mejor usar el pequeño servidor que Zask había montado.

—¿Dónde narices se meten estos tíos cuando más los necesitamos?

—Me da mala espina, Osk. Nos disparan y a la vez desaparece toda nuestra empresa. Tan solo nos envían el comunicado de que han vuelto a sufrir un atentado, y nos quedamos solas.

—Tal vez sea una trampa.

—Si es una trampa, ya estamos en ella.

Cuando terminó de descargar las fotos, volvió a apuntar con su cámara a la misma habitación, pero ya no estaban allí. Zask, que se percató de que Osk había perdido la pista a la familia, la dirigió con el dedo hacia la ventana en la que se les veía ahora.

—Se han movido a esa otra habitación.

Dos habitaciones más allá se podía ver al mismo doctor hablando al aire. Aparecieron un par de enfermeras y comenzaron a organizar un equipo robótico quirúrgico. Lo siguiente que vio le aceleró el corazón aún más. La niña estaba de pie y le colocaban unos aparatos en su cuerpo semidesnudo, para luego pasar a reclinarse hasta un punto en el que Osk la perdió de vista.

—Voy —dijo Osk, y sin preguntar más, salió corriendo del coche en dirección a la fábrica. No tenía un plan concreto, tan solo parecía interesada en interrumpir la operación.

—Tú espera aquí, no te muevas hasta que regresemos. Y dime qué ves en esas malditas fotos de Osk.

Zask asintió sin mediar palabra. ¿Para eso le habían traído? ¿Para hacer de conductor? No iba a ser él quien no respetara las órdenes de su jefa, que parecía bastante cabreada con Osk.

Las instalaciones no parecían las de un hospital de la asfixiada economía de la Europa del Este. Todo estaba radiante. Tal grado de limpieza le daba el toque que Lola necesitaba para sentirse más confiada. Aunque todos esos equipos de cirugía, y el currículum del doctor Hoffmann, daban credibilidad a la institución. Lo único, lo desamparado de aquellas instalaciones, la clandestinidad, el estar fuera de la ley. Eso no acababa de convencerla. Ella siempre había seguido las reglas. No es que estuviera de acuerdo con todas, pero desde pequeña aprendió a no saltarse ninguna norma. Fuera como fuera, confiaba plenamente en Jordi, él era muy bueno para los negocios y, gracias a Pere, había conseguido dar con aquella misteriosa organización. Suspiró.

—Vamos, siéntense. Tan solo serán unos minutos. Unos pequeños detalles que debemos conocer de la pequeña para evitar que corra ningún riesgo. Verán, deben rellenar este for- mulario *online*. —Les mostró una tableta electrónica con un cuestionario que comenzaba con datos básicos: edad, lugar de nacimiento—, pero no se preocupen, está todo encriptado. Nadie podrá acceder a ellos. Deben rellenarlo como protocolo de seguridad, debemos asegurarnos de que son ustedes quienes dicen ser.

Durante unos minutos estuvieron rellenando el cuestionario. Mientras, el doctor ayudó a subir a la pequeña a una camilla cerca de la ventana. Allí le hizo una serie de pruebas para comprobar su estado de salud antes de entrar al quirófano.

—¿Todo listo?

—Sí, doctor —Hoffmann tomó la tableta, introdujo una serie de números y se la mostró a Lola—. Ya puede firmar.

Lola buscó algún tipo de lápiz electrónico, pero el doctor le hizo una señal, se tocó varias veces el lóbulo de su propia oreja con su dedo índice.

—¿El tatuaje?

—Eso mismo. De la misma manera, será usted la que esté presente en la operación, ¿no? —Lola giró la cabeza mostrando el lóbulo mientras el doctor enfocaba la cámara de la tableta—. Todo listo. Muy bien, Martina, puedes venir conmigo, verás que lo pasaremos en grande.

Los cuatro se levantaron. El doctor Hoffmann llevaba de la mano a Martina, y Jordi, por detrás, iba contando historias para hacer reír a su hija. Lola, sin embargo, se dirigió a la ventana para relajarse. Necesitaba fumarse un cigarrillo, pero aquellas ventanas no se abrían. Entonces la vio, corriendo con una cámara de fotos en la mano. Aquello la exasperó. No podía ser que la hubieran seguido hasta allí. Primero miró en su bolso, tal vez le habían metido un rastreador. Después salió del despacho gritando:

—¡Doctor Hoffmann! ¡Doctor Hoffmann!

Ria no había quitado ojo al perro que dormía apaciblemente a un metro escaso. Llevaban varias horas de trayecto, cuando se detuvieron en una zona de invernaderos. A ella solo le venían a la cabeza ideas de lo que podrían hacer con tanto plástico. No quería morir. No así. Del coche se apearon primero Aku y a continuación la niña. Se dirigieron hacia el interior de una de las instalaciones. El chófer abrió la parte de atrás de la limusina y juntando su dedo índice y su boca le indicó que se quedara quieta y callada, mientras sacaba al gran danés. Luego volvió a cerrar la puerta trasera que daba acceso al enorme cubículo que hacía de maletero y jaula de perro, y Ria se echó a llorar. Entre la cortina de lágrimas observó como iba con el gran danés al mismo invernadero hacia el que se habían dirigido madre e hija, y luego regresó a por ella. Con la misma sutileza le indicó que lo acompañara. Ria no estaba para discusiones. Conocía historias de lo que les había pasado a otros miembros de HeroLeaks en el pasado, y no quería acabar como uno de ellos. Ria seguía al pico del fénix que adornaba el grueso cuello de su guía. No la habían tapado los ojos, no la habían amordazado. Ni siquiera la habían maniatado. Aquello quizá fuera una buena señal, y no quería ser ella la causa de que el trato recibido hasta ahora se malograra. A indicación de su anfitrión, se sentó en una silla rústica de hierro, bastante incómoda. Con las palmas se quitaba las lágrimas, hasta que una mano amable le ofreció un pañuelo de papel. Ria lo cogió y se dio cuenta de que era el padre de la familia el que se lo ofrecía. Se dirigió en nigeriano al chófer y este desapareció entre los cientos de plantas, dejándola sola con el funcionario.

—Charles me ha contado algo acerca de usted, ¿señorita?

—Ria.

—Señorita Ria. Al parecer lleva días siguiéndonos. Trabaja para una institución de dudosa profesionalidad y, al parecer, se hacen llamar periodistas de causas perdidas. Y por lo que me ha comentado Aku, usted cree que nosotros estamos implicados en alguna trama de trata de niños.

—Señor Emmanuel.

—Deje que prosiga y luego podrá intervenir. Ante todo quiero que sepa que no hemos pretendido en ningún momento secuestrarla. Nuestro perro es más inofensivo que un caniche, espero que no la haya molestado. Le diría que es libre de irse cuando quiera, pero como es usted quien ha venido a buscarnos creo que puede interesarle lo que le tengo que contar. Lo primero, como decía, siento que hayamos sido un poco bruscos, pero no me gusta alterar a mi hija, ¿sabe? Su hígado es muy sensible al estrés y ahora mismo está en una fase complicada. Necesita un trasplante de inmediato.

—Y ¿por qué han abandonado las listas de espera?

—Veo que le gusta hacer su trabajo y no puede evitar preguntar. Sin embargo, prefiero ser yo quien lleve el ritmo de la conversación. Verá, nosotros no creemos en la violencia y, por tanto, necesitaba asegurarme de que no intentaba nada. Nunca se sabe, hay mucho loco suelto. Incluso en este país, no se crea que los locos solo habitan en África. Verá, yo le voy a ofrecer la oportunidad única de venir con nosotros a la operación de nuestra hija. Creo firmemente en que irá bien. Quiero dejar a su elección el escribir la historia que prefiera, tan solo le voy a pedir una cosa.

—Me encantaría ir, pero creo que sería más conveniente ir con mi equipo.

—Eso no es posible. ¿No quiere oír entonces cuál es mi otra condición?

—Sí, señor Emmanuel.

—Necesito que me prometa el completo anonimato, sobre todo por mi hija. Creo que usted apreciará lo que hace-mos.

—No ha contestado a mi pregunta.

—Primero tiene usted que decidirse.

—Sí. Les acompañaré. De todas formas, es mi trabajo.

—Genial. Irá en el asiento junto a mi mujer y mi hija. Será un viaje largo.

Emmanuel hizo un gesto para que lo acompañara al exterior del invernadero.

—Verá. Mi hija tiene un defecto congénito. Un tras-plante, como el que le ofrecen en el sistema de salud holandés, no le serviría más que por un tiempo limitado. Pero existen técnicas mejores que nos pueden ayudar a evitar que mi hija viva su vida pendiente de uno de sus órganos. Los órganos a los que tendremos acceso son modificados genéticamente para evitar que ese defecto pueda volver a ser un problema.

—Y ¿cómo sabré la procedencia de los órganos? ¿Cómo sé que no se los han quitado a otros niños?

Emmanuel contempló a Ria con cierto aire de incom-prensión. Luego la ignoró, como si hubiera dicho una estupidez, y le abrió la puerta del coche. Se mostró algo impa-ciente y Ria sintió que la oferta no duraría eternamente. Entró en el coche sin pensarlo más y partieron rumbo al lugar donde se haría el trasplante.

Osk se había acercado sigilosamente hasta la puerta principal de la nave. Le temblaban las manos, no sabía qué podía encontrar. Por su mente iban pasando imágenes de críos secuestrados y almacenados como ganado para la extracción de sus órganos. Bonnie, mientras tanto, chequeaba las ventanas de aquella empresa. La producción agroindustrial era la coartada perfecta para albergar unas instalaciones que consumían gran cantidad de energía. Pero ni siquiera unos quirófanos modernos consumirían la cantidad de energía que su sistema de medición le decía que se utilizaba ahí dentro. Algo más escondían en ese lugar.

—Chicas, he visualizado las imágenes que hizo Osk. Creo que Lola acerca el lateral de su cabeza a esa ventanilla negra que parece tener una cámara dentro. De alguna manera, la ha reconocido.

—Muy bien, Zask, con eso me basta. Creo que sé lo que es.

—Bonnie, Osk, agachaos o escondeos. ¡Y apagad las linternas! —Zask se comunicaba con ellas a través de los pinganillos que llevaban ajustados en los oídos—. Alguien se acerca, son varias furgonetas negras. Maldita sea, vienen directos.

Bonnie y Osk corrieron hasta la entrada para resguardarse en el pequeño portal. Desde aquella posición vieron como bajaban varias personas con uniformes de guardia de

212

seguridad privada, y con aspecto de soldados del este de Europa, con las armas dispuestas. Se acercaron al coche donde estaba Zask. Este bajó la ventanilla y pareció dirigirse a aquellas personas con algún argumento. Lo acribillaron ante la mirada estupefacta de las chicas, sin mediar palabra. Uno de ellos habló a través de su intercomunicador y dispersó al resto de hombres con movimientos de brazos. Bonnie sacó la pistola, que esta vez sí llevaba consigo, y pudo ver en la cara de Osk que no se acostumbraba al periodismo armado. Ella solo pensaba en que acababan de asesinar a su compañero sin contemplaciones y que harían lo mismo con ellas.

—¡Qué co..! —Bonnie le tapó la boca a Osk, que estaba a punto de sufrir un ruidoso ataque de pánico.

—Tranquila. Respira. Tienes que calmarte.

—Pero Zask…

—No podemos hacer nada por él, pero sí podemos hacer algo por nosotras. Aún estamos vivas. —Osk parecía que se iba a echar a llorar. No podía creer que hubieran asesinado a Zask, así, sin más. Luego devolvía la mirada a la pistola de Bonnie. ¿Acaso no eran periodistas?

—Es lo que hay, Osk. No tengo ninguna para ti, así que dirígete ahí dentro, haz muchas fotos y envíalas cuanto antes. Yo intentaré retrasarles.

—No te voy a dejar aquí sola.

—No estoy sola. —Bonnie le enseño su pequeña pistola —, ya me ha sacado de algún problema, no te preocupes por mí.

—Tardaré unos minutos, no hagas ninguna heroicidad. —Osk trataba de encontrar alguna razón por la que se hubiera vuelto a meter en un lío semejante. Besó a Bonnie en los labios, esta vez fue un beso corto, y Bonnie sonrió. Se acercó a la puerta, pero no había modo de abrirla.

—¡Bonnie! ¡No puedo abrir!

Bonnie se acercó y puso la oreja cerca del sistema de imagen biométrico, y la puerta cedió, ante la mirada atónita de Osk.

—Una llave, ¿recuerdas? No tardes. —Y, en ese mismo instante, una ráfaga de balas repasó de lado a lado la cristalera de la entrada, que no pareció sufrir grandes daños. Bonnie se escondía tras la puerta y paró el fuerte ataque gracias al grueso cristal. Osk se había quedado parada en el interior del edificio—. ¡Corre! —Y Bonnie comenzó a vaciar su cargador contra aquellos desconocidos. ¿Cómo narices las habían descubierto? ¿Quién les habría avisado? Aquellos hombres y mujeres vestidos de negro, sobre los que destacaban su piel caucásica, volvían a disparar hacia ella. Eran demasiados, y ahora estaban tomando posiciones con diferentes ángulos desde los que dispararla. No tenía muchas opciones, pero su instinto le dijo que debía ganar algo más de tiempo, y aún le quedaba un cargador de repuesto. Podía vaciar lo que le quedaba. Sacó el brazo con la intención de disparar casi a ciegas, pero varios disparos la alcanzaron. Su pistola salió despedida por los aires, con pequeños trozos de sangre, piel y músculo. El brazo de Bonnie fue impulsado violentamente en una dirección incontrolable, dejándola expuesta a más balas que no tardaron en llegar y una le alcanzó en el hombro, aunque una vez más fue salvada por la puerta blindada, que consiguió cerrar con el otro brazo. Ahora podía ver como se acercaban hacia ella en movimientos cortos y rápidos. Desde luego, no estaba preparada para enfrentarse a militares, y aquella puerta no estaba construida a prueba de detonaciones. De pronto, sintió que desfallecía. Su cuerpo se echaba hacia atrás sin que pudiera controlarlo, y su cabeza se hundía en un abismo, hasta que vio la cara de Osk. Ella había vuelto al *hall* de la entrada al intuir, tras escuchar la violencia con que arremetían las balas, que era imposible que Bonnie aguantara. La coreana estaba lúcida, no había perdido el conocimiento. Ahora se veía arrastrada por Osk. La llevó hasta una estancia donde la dejó recostada mientras trataba de atrancar la puerta. Después regresó a su lado.

—Oh, dios, ¿qué te han hecho? No debí dejarte ahí fuera. Siempre jugando a hacerte la heroína.

—Incorpórame, por favor. —El dolor de la mano derecha era insoportable, la bala le había destrozado los nudillos de los dedos corazón y anular. —Mierda, el anillo.

—Venga, Bonnie, no te pongas romántica, tenemos que vendar esta herida rápido. No te vas a desangrar pero tengo que vendarte. —Los golpes en la puerta retumbaron en toda la sala, pero las estanterías que había volcado Osk sobre la entrada parecían funcionar de barricada—. Vamos, no tenemos mucho tiempo. Tenemos que entrar, dentro podré tratarte mejor.

Entraron en una amplia estancia con una decena de laboratorios separados por grandes ventanales. En los laboratorios había lo que parecían unas máquinas de impresión 3D que funcionaban de manera incesante, y cientos de algo así como incubadoras un tanto sofisticadas.

—¡Dios! ¿Qué es esto? Estamos en el submarino del capitán Nemo. O en el nido de Alien.

—No, es el acuario de Monterrey. Venga, Bonnie, concéntrate. A ver que te vea la herida, y para ese maldito ruido, va a llamar la atención de dónde estamos. —Bonnie miró su reloj de pulsera, aquel que le advertía de su estado de salud, aquel que hacía unos días le había dado el primer aviso de que algo más crecía dentro de su cuerpo—. ¿Ese maldito reloj otra vez? ¡Bonnie! ¿¡No te das cuenta!? Quizá sea el reloj el que permite que nos rastreen.

—No. Está inactivo. Le eliminé el rastreo, pero sigue monitorizándome. ¿Has grabado todo esto?

—Sí. No te preocupes. Los vídeos ya están a salvo. Mañana vamos a liarla en los medios.

—¿Sabes qué es este laboratorio? —Bonnie se acariciaba el abdomen, aún plano, con una sonrisa en la boca.

—Pues en esas peceras crece algo biológico.

—Creo que nos hemos equivocado de bando. —Justo en ese instante el dolor atravesó su pecho y su espalda como un cuchillo curvo.

—Vale, Bonnie, sigue conmigo. Cuéntame algo. Y apaga ese maldito reloj.

—Tienes razón, pero tengo que hacer algo antes. Tienes que hacer algo por mí. —Bonnie sufría un dolor extremo y en la pantalla del pequeño reloj podía observar un aviso de peligro vital. El aviso era doble, pero lo que a ella le importaba en ese instante era que podía perder el bebé.

—Lo que quieras, Bonnie.

Osk trataba de hablar con ella para mantenerla con lucidez mientras comenzaba a cerrar la herida con una pequeña aguja de sutura que llevaba en la mochila, en un minikit de supervivencia que Ingimar había insistido en meter dentro de la equipación de sus equipos, como si fueran periodistas de guerra.

—Osk, necesito que le envíes el siguiente mensaje a White.

Osk escuchaba mientras Bonnie dictaba, obligándola a memorizar cada palabra.

«No me perdonaré jamás si lo pierdo. Prefiero morirme yo y esperarte donde prefieras: en el cielo, o en el infierno».

Bonnie le dio a Osk unas instrucciones de cómo preparar aquella nota, que debía enviar a Erik. Le habló de la plataforma que ella utilizaba, no tardaría más de 24 horas.

—Una cosa más. Destruye el puñetero reloj.

—¿No dices que lo tienes capado?

—Sí, no creo que nos hayan podido rastrear gracias a él, al menos desde Barcelona, allí eliminé toda su capacidad de emitir información. No tenemos muchas opciones de todos modos.

—No digas tonterías. Claro que las tenemos.

La detonación hizo que parte del edificio se tambaleara, incluidas las incubadoras. De una de ellas, Bonnie pudo ver como caía al suelo lo que parecía ser un feto en sus primeras semanas de vida. Creyendo estar alucinando, Bonnie se dejó llevar hacia aquel supuesto sueño y se desmayó. Osk seguía aferrada a ella, a pesar de la tremenda explosión y de los disparos que ahora invadían la habitación. Sacó fuerzas para arrastrar el ligero cuerpo de Bonnie hacia el extremo opuesto. Allí, entre la humareda creada, pudo ver lo que parecía ser una puerta, o quizás un armario. Lo abrió e introdujo el cuerpo de Bonnie en él. Después entró ella, cerrando tras de sí. Al menos el humo no entraba en el armario. Esperó en la oscuridad. No se atrevía a abrir la puerta. Esta fue abierta de manera repentina desde fuera. Osk protegía el cuerpo de Bonnie, deslumbrada por la luz de varias linternas. Escuchó varias voces que les gritaban en un idioma que no conocía. Una mano agarró su chaqueta y tiró de ella sin reparar en el cuerpo inmóvil de su compañera, arrastrando a ambas con violencia. Entre varias personas las llevaron hacia el exterior. Osk se vio esposada y tirada en el suelo mientras repetía una y otra vez: «somos reporteras y ella está herida». Por el suelo pudo ver repartidos varios cadáveres y, por un momento, pensó «¿Bonnie?» Pero, rápidamente, descartó la posibilidad de que su compañera hubiera causado semejante matanza.

—¿Todo bien? Osk, ¿no? Tranquila, tu amiga está camino del hospital. Me llamo Halfdan, estoy en contacto con tus compañeros de HeroLeaks. Ya estás a salvo.

La pequeña miraba a la extraña que se sentaba en uno de los asientos más alejados del largo interior de la limusina. Agarrada a su madre, devoraba unas frambuesas enormes. Aku miraba distraída por la ventana intentando no prestar atención a la periodista. La niña acercó el cuenco con frutas del bosque hacia Ria, y esta le devolvió una sonrisa a la vez que aceptaba su oferta.

—¿Cómo te llamas?

—¿No lo recuerdas? —Aku interrumpió la comunicación con la pequeña.

—Creo que te llamas Blue.

—Ja, ja, ja. —La niña devolvió una sonora carcajada.

—¿Pink?

La pequeña devolvió un no, moviendo la cabeza de lado a lado.

—¿Violet?

—Me llamo Chayna.

—¿Chayna? Vaya, qué nombre más bonito. Yo me llamo Ria. Y me encanta tu vestido. —Chayna observó el vestido y sonrió coqueta mientras su madre le sujetaba la mano. Así, a primera vista, no parecía que la niña tuviera enfermedad alguna, pero el tono de su piel, algo amarillento, destacaba sobre el negro azabache de sus padres. Además, de vez en cuando, se echaba sobre el hombro de su madre, y se podía inferir que la afligía algún malestar. Ria buscó algo para jugar con la pequeña, pero se topó con su pequeño reloj navegador. Si de verdad la hubieran secuestrado, habrían sido los secuestradores más torpes que había visto jamás, y aquello hizo que se relajara. Sacó su libreta de la mochila que aún llevaba consigo, vio también las llaves del coche y pensó en el pobre Sigfredur. Debía enviarle un mensaje a través del reloj, utilizaría un buzón muerto de gmail que compartía con él, pero no en ese momento. Aquello podría parecerles mal, ya que el acuerdo había sido solo con ella. Comenzó a hacer un dibujo y le preguntó a Chayna qué era lo que había dibujado. Así, se fueron turnando a dibujar y adivinar, y fueron entretenidas todo el viaje. Al final no fue tan largo. Habían atravesado Alemania, y se habían adentrado en Chequia. Y fue allí mismo donde llegaron a una especie de hospital.

—Señorita, ya puede salir. No le he contestado antes, pero le puedo asegurar que nuestros intereses no incluyen hacerle mal a nadie. Yo mismo financio de manera filantrópica esta operación. Puede estar en contra del procedimiento, sí, pero si alguna vez tiene un hijo en esta tesitura, quizás cambie de opinión.

—Entonces, ¿vamos a Moldavia?

—Veo que hizo sus deberes, pero no. Moldavia es precisamente donde no vamos, gracias precisamente a unos colegas suyos. Por cierto, creo que gracias a su empresa hoy hay unas cuantas familias que no lograrán alcanzar la felicidad. Razón de más para que comprendan qué hacemos. Ahora necesito que esté tranquila. —El funcionario sacó una cajita y de su interior sacó una minúscula botella de cristal. Extrajo el líquido con una jeringuilla de unos dos centímetros y la acopló a un soporte plástico—. No le hará ningún daño, créame. Se lo inocularé en la oreja con estas microagujas que ni notará. Y, si su cuerpo rechazara lo que le voy a inyectar, tan solo tenemos que cortarle el lóbulo de la oreja.

—¡Qué tonterías dice! ¡A mí no me inyectará nada!

—Créame, no será el primer miembro de su empresa que se lo inyecta. Si quiere asistir a todo el proceso, lo necesitará. Es como una llave y, si no la tiene, hará que todo el proceso deje funcionar.

220

Ria se quedó pensativa y después accedió. Tal y como le prometió aquel amable padre de familia, no le dolió. Pero en cuanto pudo, envió ese mensaje al buzón muerto. Al menos que supieran donde buscarla.

—Este es el hospital. Necesitamos máxima discreción. Ellos saben que viene con nosotros, pero todo podría terminar si comete el mínimo error. Por favor, pregunte siempre antes de hacer nada, pida permiso incluso para preguntar.

El último de los coches, que habían hecho compañía a Eyla y sus dos compañeros, acababa de marcharse. Eran los últimos que quedaban en la zona de aparcamiento, que debía ser el inicio de una ruta popular de senderismo por aquel cañón. Llevaban horas esperando como ratas a que llegara la noche. Ni rastro del motorista asesino. Pero ahora que todo se había calmado, también se había vuelto todo más tétrico. Eyla era la única que seguía vigilante. Ozú se había acostado como un niño pequeño, con la cabeza escondida en el regazo en la parte trasera del coche. Mientras, JJ trabajaba en su computadora. No había posibilidad de trabajar en la red, así que tan solo podía hacerlo con los datos almacenados en los discos duros que había sacado de la casa antes del ataque. Analizó las conclusiones emitidas por el *software* de Dawa, que eran resultado del análisis de las toneladas de datos que habían descargado de la red oculta. Estaba claro que aquellos datos se habían utilizado para clasificar a las personas y conocer su dinámica vital. Pero qué relación tenía todo aquello con los niños, con los trasplantes y con las listas de espera.

Si aquello era un mercadillo de datos, tan solo veían la mitad. Les faltaba algo fundamental: el mercadillo de *software* que analizara tales datos. Tal vez, el misterio radicara en cómo se analizaban tales datos. Lo que fuera que buscaban no estaba allí. Debía de estar en algún lugar de la red oculta. O, tal vez, en las manos de algún comprador. Tenía que contarles su teoría a Eyla y a Ozú, pero esta le indicó con el dedo índice que no despertara a su compañero. JJ le escribió una nota, no podía ser él el único dándole vueltas a aquel asunto.

«¿Para que querría alguien todos estos datos?

¿Qué poder te confieren?

¿Qué se podría hacer con estos datos con el *software* adecuado?».

Eyla le sonrió y le indicó que le daría unas vueltas, pero que lo mejor que podían hacer ahora era dormir y no llamar la atención de ningún despistado que pasara por allí con una moto y una ametralladora automática.

Septiembre de 2019
11 días para el final de la oferta
8,8 millones de euros

Steve Bauchman llevaba un buen rato esperando en la cola para llamar por teléfono. Hoy era un gran día, no podía perder la ocasión de felicitar a su madre el día de su cumpleaños. Se acariciaba el mechón de pelo grasiento, lo único que le quedaba a lo que poder agarrarse en su calva cabeza. Aún le quedaban un par de años en el correccional. Pero, gracias a su buen comportamiento, no tendría problemas en salir un poco antes. Su madre no había podido ir a verle porque el viejo gruñón con el que ahora vivía no tenía ganas de gastar un dólar en mover su furgoneta para llevar a su pareja a ver a su hijo. Sí, ese descerebrado que cumplía condena en el correccional de Fishkill, a decenas de kilómetros de su casa. Steve no soportaba al nuevo novio de su madre, sentimiento que era mutuo. Por fin llegó su turno. Agarró el auricular e introdujo la tarjeta que había conseguido gracias a sus trabajos de artesanía con material reciclado. Objetos que luego vendían y cuyos beneficios eran donados a una asociación que ayudaban a familias desfavorecidas, como la suya. Lo primero que notó fue cómo una enorme mano agarraba la suya y el auricular a la vez, mientras observaba como otra mano del mismo tamaño se adueñaba de la tarjeta.

—Hola, Steve. ¿No te importaría prestarme tu tarjeta? —Prestar no era exactamente la palabra que definía lo que le estaban sugiriendo. Por el grosor de las manos, la heridas en los nudillos y el ronco rugido de aquella voz que parecía provenir del más allá, Steve reconoció a su compañero de celda.

—Es toda tuya. —En su voz no había un atisbo de temor a aquella bestia humana, más bien había respeto. Le quedaba muy poquito tiempo en la cárcel y no iba a estropearlo por una maldita llamada de teléfono—. Si no te importa, ¿me podrías dejar unos segundos? Es el cumpleaños de mi madre.

—No te preocupes. —White Demon había dejado de ser Erik por unos días. Sus ojos estaban al rojo vivo. Sus colmillos parecían haber crecido, como si estuviera realmente convirtiéndose en un auténtico lobo estepario—. No me llevará mucho tiempo.

Erik marcó el número que tenía anotado en el antebrazo y que, hacía unas horas, había conseguido que le pasara su abogado.

—¿Quién eres? ¿Osk? ¿Cómo está? —La voz al otro lado de la línea sonaba lejana, temblorosa. La cara de White llegó a volverse insoportablemente blanca. No era el típico que mostrara su cólera con rojo. Y eso Steve lo sabía. Su tonalidad blanca era presagio de algo malo—. ¿Cuándo sabremos si está fuera de peligro? —Esperó unos instantes antes de seguir con la siguiente pregunta—. Y ¿el bebé?

Steve se apartó justo a tiempo de ver como el puño marfilado estrellaba el auricular contra la pared en tres ocasiones. Agachado en cuclillas mientras se tapaba la cabeza para no cortarse con los restos del plástico que saltaban por los aires, esperó a que la tormenta blanca amainara. Luego, vio como la misma mano de antes le entregaba la tarjeta.

—Aún hay algo de dinero. Felicita a tu madre de mi parte. —Steve se quedó sentado un rato más hasta que apareció un guardia que lo miraba con aire acusador.

—No he sido yo. —El primer porrazo no pudo evitarlo y le impactó en el antebrazo, haciendo que la tarjeta saliera volando—. Mierda, revisa las cámaras antes de golpear, joder.

—¿Tienes algo que denunciar? —El guardia esperó unos segundos la respuesta, y después continuó con los golpes. Steve se encogió de hombros, recogió la tarjeta del suelo y salió de la sala. No quería que le quitaran sus opciones a los primeros permisos penitenciarios, pero menos aún morir estrangulado por aquel Yeti.

Erik Hietala acariciaba con ternura el delicado pelo de una chica que yacía, inmóvil, sobre una triste cama de hospital. Una mezcla de olores, entre afrentados y nauseabundos, transmitían una sensación de querer salir corriendo de allí. El único consuelo que Bonnie tenía era poder sentir la gruesa piel de su dios nórdico. Él posó los labios sobre las deshidratadas grietas que aferraban el grueso tubo de plástico endotraqueal que la mantenía con vida. Mientras, con la otra mano, acariciaba el vientre que guardaba el fruto de su amor. Bonnie intentó levantar el brazo para devolver las caricias, pero los músculos no le respondían. Entonces unas lágrimas brotaron y Erik las limpió con la delicadeza de un King Kong enamorado. Pero la sensación de agobio aumentaba, tenía el cuello rígido, la mandíbula tensa pero estática y los ojos…, los ojos estaban cerrados y, sin embargo, habían visto a Erik. Ella lo había olido, y quería sentir de nuevo su piel. Luchó con todas sus fuerzas hasta que consiguió abrir los ojos, y lo que vio fue algo muy distinto. Enfundados en trajes quirúrgicos, varios médicos y enfermeros se movían agitadamente a su alrededor. Una voz le retumbó en los oídos.

—¡Se ha despertado, necesita más anestesia!

—Aumenta ketamina a 0,3 mg.

Bonnie no regresó al submundo en el que compartía aquellos momentos con Erik. Se desvaneció en la nada, y un eterno e incómodo pitido invadió la estancia.

Los primeros rayos de sol debían de alumbrar ya los llanos de aquel país nórdico. Pero, encajonados en aquel barranco, no les quedaba más remedio que esperar un par de horas más, o salir ya de manera sigilosa. Eyla creyó que lo segundo sería más prudente. JJ se había quedado dormido con el ordenador en las rodillas y Ozú emitió un quejido al perder la almohada. Los dos chicos se incorporaron al oír el ronquido del motor del vehículo todoterreno.

—¿Qué pasa?

—Nos vamos. Creo que conseguimos despistar al motorista. Tenemos que llegar a nuestro destino y dar señales de vida.

—Gracias, Eyla.

—Gracias.

—Gracias…, ¿por qué?

—Por habernos cuidado tan bien. —Ozú estaba algo avergonzado por su comportamiento el día anterior.

—Tiene razón, si no hubiera sido por ti, no sé qué habría sido de nosotros.

—Vamos, chicos, no os vistáis ahora de corderitos camino del degüello. Tenéis más experiencia que nadie, habéis salido de situaciones mucho más complicadas y, sobre todo, tenéis algo que es la envidia de todos, os tenéis el uno al otro.

—Eso es verdad, JJ, gracias también a ti.

—Vaya despertar tenéis. Esto parece una congregación de *Barbis*. Vamos, chicos. JJ, cuéntale tus teorías a Ozú. Ahora está despierto.

226

—Vale. Mira. —El ordenador no se encendía—. Mierda, se quedó sin batería. Bueno, puedo resumirlo fácilmente. Ozú, yo creo que no estamos buscando lo que realmente importa aquí. Los datos son datos, se venden y se compran, no es nada nuevo. Se hace de manera legal y se hace de manera ilegal, eso ya lo sabíamos, aunque no podíamos saber el gran interés que hay por ellos. Pero lo que no hemos buscado son los *software* que analicen estos datos. Si queremos saber para qué los utilizan, debemos saber qué *software* hay ahí fuera preparado para analizarlos.

—Eso nos llevaría a los compradores. Los grandes beneficiarios.

—Exacto.

—Pero no es fácil dar con ellos.

—No lo es. Pero tampoco es fácil esconder toneladas de datos, y analizarlos cada día, y sacar algo provechoso de ellos. Esto solo puede suceder en grandes centros de análisis de datos, y no todo el mundo puede permitírselo.

—Grandes multinacionales.

—Exacto. Vayamos a por los conocidos. Busquemos esos datos y así sabremos quién los utiliza y con qué fin. Quizás ahí esté lo jugoso de esta historia.

—Es una buena idea, JJ. ¿Crees que eso podría suscitar el interés que estamos soportando? No sé, parece haber diferentes grupos implicados y dispuestos a matar por algo. ¿Crees que puede ser un *software*?

—No lo sé, pero tenemos que averiguarlo.

Tras un par de horas conduciendo por carreteras secundarias, con los tres ocupantes del vehículo siempre alerta ante la presencia de una moto sospechosa, llegaron al escondite que les habían asignado. Una pequeña cabaña, no tan apacible como su refugio anterior, pero que para tres no estaba nada mal. Conectaron sus ordenadores, consiguieron contactar con Olgeir e informarse de las últimas noticias. Sin esperar a más acontecimientos, los tres se sumergieron en el mundo del código binario en busca del destino de aquellos datos.

Palmar no se había movido del lado de Tanya. Ella seguía inconsciente. Había recibido una transfusión que, gracias a su compatibilidad sanguínea, había donado él mismo. Dawa había partido con Olgeir a preparar una nueva estación de trabajo para HeroLeaks, con la ayuda y protección de uno de los agentes de confianza de Silfa. Palmar no dejó ni un segundo de acariciar la mano de Tanya. Quizás en otra vida podían haber hecho una buena pareja, pero trabajando para aquella empresa suicida no parecía la mejor idea. Nunca se atrevió a compartir sus sentimientos con ella. Admiraba su belleza, pero no tanto como su pundonor. Callada, seria, atenta, era sin duda la que más horas echaba en el trabajo, pero nunca se vanagloriaba de sus logros. Dejaba la fama para otros. Tanya sudaba y deliraba un poco. Parecía febril, a pesar de los fármacos que le inyectaban. Entre delirios, comenzó a murmurar algo ininteligible. Su acento, mezclado con el inglés, siempre resultaba costoso de entender. Palmar le acercó el oído a la boca y escuchó más claro lo que decía, pero no le encontró ningún sentido.

—NFNC.

—Tanya, ¿me oyes?

—NFNC.

—Tanya, soy Palmar, tranquila, estás bien cuidada, saldrás de esta.

—NFNC.

No paraba de repetir lo mismo. Algo trataba de salir de su subconsciente, y Palmar decidió hacer una comprobación. Abrió su ordenador y acopló uno de los discos duros grabados antes del tiroteo, de los que no se separaba. Buscó la carpeta de Tanya. Si ella tenía algo que la diferenciaba del resto de compañeros, era su capacidad organizativa. Tenía archivos Excel para todo. Palmar hizo una búsqueda de NFNC en su carpeta. La lista parecía interminable. No solo había encontrado al destinatario de la cuenta en la que se ingresó el dinero de Lola y Jordi... Cientos de transacciones financieras, y todas tenían algo en común, en el concepto aparecían esas siglas: NFNC, seguidas de un número siempre diferente. ¿Qué narices eran esas siglas?

Sigfredur esperó un par de horas angustiado. El tiempo que tardó un trabajador de la empresa de alquiler de coches en aparecer con una llave de repuesto, que le dio de mala gana y por la que le cobraron más de lo que le había costado alquilar el coche ese día. Durante la espera había intentado localizar a los chicos de Islandia, pero aún no daban señales de vida. Estuvo tentado de llamar a la policía, pero comprobó que podía rastrear el reloj GPS de Ria. ¿Podría ser que no se lo hubieran quitado? El islandés condujo durante horas siguiendo el camino, a través de Alemania, que le indicaba el GPS. Aquel trasto en el que iban los Dangote estaría equipado con todo tipo de detalles, incluso, con toda probabilidad, con un baño. Pero ¿y el conductor? ¿Acaso no necesitaba ir a mear? Él no aguantaba más y decidió parar en una estación de servicio, repostar, comprarse una hamburguesa y aliviar la vejiga. Después de todo, les había ganado mucho terreno y ahora les separaban tan solo unos veinte kilómetros. Volvió al coche y comprobó en el navegador que la limusina por fin se había parado. ¿Habrían llegado a su destino? No podía perder más tiempo, tenía que rescatar a Ria.

¿Era otro delirio?

Escuchaba una voz que no terminaba de reconocer. Tampoco acababa de entender qué decía.

«Bonnie».

Esa voz que estaba llamándola no era Erik. Aquella voz era diferente.

«Bonnie, despierta, tú puedes, tenemos que hablar».

Bonnie luchaba por mover los brazos, por mover la cabeza, por abrir los párpados.

«Bonnie, soy Clyde...».

En ese momento se le cruzó por la cabeza que tal vez estaba muerta.

«¿Estoy muerta?».

Pero no lograba ver la famosa luz. ¿Dónde narices estaba la luz?

«¿Hermanito?».

Solo sentía su cuerpo flotando. Podía viajar por el aire, pero no ver.

«Soy La Sombra de Clyde».

Aquello hizo que recuperara cierta consciencia. No estaba muerta. Estaba drogada.

Muy drogada. Ahora sabía que tenía que salir de aquel estado. Tenía que luchar por despertar. Por fin, pudo abrir parcialmente un ojo. Estaba oscuro, pero podía ver algunas luces que venían de diferentes aparatos. Uno de ellos vibraba de manera intermitente. Consiguió girar el cuello lo suficiente para ver que era su teléfono el que se iluminaba. Alguien debía de haberlo dejado ahí. Quizá sí que había escuchado realmente la voz de Erik y no todo había sido un sueño.

—Bonnie.

Ahora escuchaba claramente aquella voz. La voz del presidente de los Estados Unidos de América, que no cejaba en su empeño de despertarla. Observó la luz que indicaba que la cámara del teléfono estaba activa. ¿Cómo narices habían podido hackearla a ella?

—Sé que estás ahí. Puedo verte. Perdona mi intromisión, necesitaba asegurarme de que estás sola. Es genial que te hayas despertado. Eso quiere decir que ya has pasado lo peor. Espero. Escucha. Te dije que os estaban siguiendo. Algunos de mis camaradas han sufrido las consecuencias de vuestra imprudencia.

Bonnie trató de sacar fuerzas para hablar, pero se dio cuenta de que tenía un tubo insertado en la boca, y aquello le agobió.

—Tranquila, Bonnie, enseguida volverá a hacerte efecto la anestesia. La máquina que tienes al lado reconoce tus constantes vitales y te suministra un calmante cuando detecta que te estás despertando. Ya sé que te desprendiste de todo tu material electrónico, hasta apagaste ese maldito reloj. Lo sé porque no pude meterme en él. Te lo agradezco. Pero no fue suficiente.

La cara de la coreana mostraba cierto desagrado. Aquel tipo era un impertinente, que encima usaba el nombre de su hermano. La anestesia volvía a hacer efecto, y la voz fue más concisa.

—Tienes insertado un localizador en tu cuerpo. Por eso te siguen a todas partes. Piensa en quién te vigila y en quién ha podido insertártelo. Yo no me fiaría de alguien así.

Bonnie trató de recordar aquellas palabras y a su mente llegaron imágenes a modo de *flashes*.

¿Quién podía estar detrás de aquella intromisión? Aquello cambiaba su perspectiva sobre la misión. La habían utilizado. Se sumió en un sueño profundo y no volvió a despertar hasta el día siguiente.

Sigfredur llegó a lo que parecía un hospital de pueblo, más de media hora después de que la señal del localizador de Ria se parara. Buscó en el coche algo que le sirviera de arma y lo más parecido que encontró fue la palanca del gato del coche. Se dirigió a la puerta del hospital, pero esta se encontraba cerrada. Intentó forzarla sin llamar la atención, pero no respondía a ningún truco conocido. Observó la cámara, que debía de estar grabándolo todo o, tal vez, fuera un sistema biométrico de reconocimiento. Tal vez ocular. Agarró la palanca y golpeó la puerta. Repitió la acción una y otra vez hasta que consiguió el primer chasquido del cristal. Aún estaba lejos de romperlo, así que imprimió mayor ferocidad a su gesto y comenzó a golpear como poseído hasta que se encontró literalmente volando, sujeto por dos brazos enormes que le impedían moverse. En ese momento la puerta se abrió y entraron él y el grandullón, que lo asía como si fuera un macuto. Lo transportó hasta una habitación del hospital y el gorila, que enseguida reconoció como el chófer de la familia, lo abandonó allí. Sigfredur se acercó a la puerta y empezó a aporrearla gritando que le dejaran salir, pero mientras la golpeaba con una mano sabiendo que era inútil, con la otra había desplegado su juego de ganzúas y ya jugueteaba con la cerradura. Estas cerraduras sí que las abría él con una mano. Una vez que consiguió abrir la puerta, dejó de aporrearla. Pegó el oído contra la puerta y escuchó algún sonido, como de máquinas, pero lejano. Abrió sigilosamente y observó el exterior, la planta baja del hospital vacía. Parecía un hospital de día. Tan solo para determinadas consultas u operaciones. El chófer había desaparecido y él decidió seguir su instinto, o más bien, el leve murmullo de sonidos que venían del piso superior. Cuando llegó, observó a una enfermera que se dirigía con un carricoche lleno de material de cirugía y lo depositaba en una zona de lavado y esterilización. Luego regresó por el mismo camino y Sigfredur decidió seguirla. Entró en una sala de cirugía y puso el pie en el sitio exacto justo antes de que la puerta se cerrara. Entró sin hacer ruido y pudo ver en el otro extremo de la sala a Ria, y aquello lo asustó. Echó de menos la palanca que le arrebató el guardaespaldas, pero apretó los puños, y cuando había dado dos pasos en la habitación, una alarma comenzó a sonar. Los cirujanos se volvieron hacia el intruso, Ria lo observó desde el otro extremo con cara asustada y esta vez dos pares de brazos lo sacaron de la habitación. Él intentó resistirse, pero aquel tímido guardaespaldas decidió imprimirle el sello del fénix en su mejilla, noqueándolo.

Septiembre de 2019
   10 días para el final de la oferta
   8 millones de euros

El ritmo constante de las máquinas que mantenían la respiración de la paciente habían hipnotizado también a su acompañante que, con la cabeza ladeada, descansaba al costado de la cama mientras un hilillo de babas dibujaba una mancha en las sábanas, mofa de la vulnerabilidad humana ante el cansancio supremo. Osk no se había separado de su chica desde que recibió su propia alta médica. Al menos para ella era su chica, con permiso del demonio, claro. Tan dormida estaba que no notó que Bonnie había abierto los ojos. Le habían bajado la medicación y le habían dicho que recuperaría la conciencia en unas horas. Bonnie notaba la mano de Osk asida a su propia mano, y gracias al tacto de su piel pudo dar a sus neuronas la primera orden de movimiento. En cuanto sus dedos temblaron Osk reaccionó, levantó la cabeza y sonrió al ver a su compañera y amante abrir los ojos, estrujándole aún más las manos, lo que dio a su vez a Bonnie la oportunidad de despertar más neuronas, acompañadas de un calambre que se vislumbró en la expresión de su cara.

—¡Oh! Perdona. Te hice daño. Mi niña pecosilla, yo no quiero hacerte daño. —Y comenzó a besarle la mano, lo que hizo que Bonnie recuperara algún que otro sentido más. A un gesto de impaciencia, Osk replicó para calmar los ojos angustiados de Bonnie—. Tranquila, llamo a los doctores, dijeron que podrían desintubarte si despertabas. Eres una campeona. Cuatro balas te han sacado. —Osk ya había marcado el timbre que llamaba a la enfermera, pero la mirada de Bonnie iba más allá e insistía en una pregunta que Osk intuyó al cabo de un segundo—. Está bien. El bebé. Era pequeñito y tuvo suerte, ninguno de los disparos lo tocó. —Bonnie relajó sus músculos faciales—. Es un bebé muy fuerte. Los médicos temían que no aguantara todas las operaciones, anestesias, tratamientos, pero se nota que es el hijo de un dios de la guerra. Y, hablando de ese dios, te llamó, y habló conmigo..., y le dije que se fuera al cuerno, que tú eras mía. —Bonnie palideció y hasta consiguió mover la mano en un intento de agarrar a Osk, que amagó con retirarse y soltó una carcajada—. Era broma, leona. Vaya uñas tienes, tengo que cortártelas. Tranquila, no le dije eso, solo tuvo palabras de amor para ti. Estuve a punto de colgarle por ñoño. —Pero la mirada de Bonnie volvía a relatar impaciencia—. Dijo algo así como que atravesaría el infierno para devolverte a la vida. Muy de su estilo. Creo que va a ser difícil sacarlo antes de tiempo, creo que ha atizado a más de uno desde que sabe que estás en el hospital y… que estás embarazada. Sí, hice que le mandaran tu notita tal y como pediste.

La enfermera entró y detrás, al fin, una cara conocida: Ingimar. Era el único que había volado desde Islandia hasta Moldavia para verla. Detrás de Ingimar, pudo ver a alguien más, pero no supo quién era porque la enfermera estaba encima de ella sacándole aquel incómodo tubo y desenchufando varios cables. Ingimar se acercó y le cogió de la mano.

—Bienvenida, grumetilla. —Osk sonreía al otro lado de la cama al ver la reacción de Bonnie y la obsesión de su jefe con los piratas—. Estamos encantados de tenerte de vuelta. No, no, no intentes hablar todavía. Bebe un poco de agua. Suaviza la garganta durante unas horas. Ya habrá tiempo para eso.

Entonces la enfermera se apartó y detrás de ella apareció una figura que no esperaba. Sonriente, radiante, con su cazadora de cuero, no parecía la misma persona que cuando la vio por última vez. Si hubiera tenido fuerzas suficientes y una cerveza en la mano, se la habría lanzado a la cabeza en ese mismo instante. Osk percibió el desagrado de su jefa al ver a la recién aparecida.

—Me alegro de que estés bien, Bonnie. Siento mucho el espectáculo que di la última vez que nos vimos. No era yo misma. Estaba drogada. Casi no recuerdo los últimos días. Pero me recuperé y fui lo suficientemente prudente como para esconderme. Estuve siempre en contacto con Ingimar.

—Bonnie, Celeste ha vuelto para sustituirte mientras te recuperas. Se ha ofrecido ella misma y no he podido negarme por lo mucho que nos une a todos. Necesitamos a los mejores en estos momentos. —La cara de Bonnie no era precisamente de alegría.

—Ni lo sueñes. —Trató de pronunciar cada sílaba, pero falló en la mitad, sus cuerdas vocales no respondieron bien y apenas se le entendía. Intentó incorporarse.

—No lo intentes aún. Con esa voz podrías hacerle los coros a tu amado. —Encima se permitía el lujo de bromear—. Aún recuerdo cómo te sacó de la mansión de aquel hijo de puta. Un auténtico héroe. Por eso he vuelto. Yo lo perdí todo allí, pero ahora creo más que nunca en nuestra causa.

Alguien más entró en la habitación justo cuando la enfermera abandonaba la estancia, haciendo caso omiso a esta, que aseguraba que aquello era una multitud. En ese momento Bonnie giró la cabeza y vio el móvil sobre la mesa. ¿No había sido un sueño?

—Oh, aquí está el inspector Halfdan. Tu nuevo héroe. — Bonnie apretó la mano de Osk, que volvía a estar asida a la suya, y esta miró con desconcierto al miembro de la Interpol.

—Me alegro de que estés mejor. Necesitamos tu testimonio cuanto antes para aclarar los hechos.

Ya hemos puesto a disposición de la justicia a varios de los implicados, aunque el doctor Hoffmann se nos ha escapado. Dentro del contrato que la Interpol firmamos con vosotros nos gustaría que cumplieran con su parte y nos proporcionaran toda la información posible sobre la familia y sobre todo lo que hayan descubierto. —Las imágenes de Lola esposada, seguida por Jordi, y la chiquita llorando desconsolada se le vinieron a la mente a Bonnie, y aquel dolor psicológico se transformó en un dolor en el vientre que mostró en su expresión facial. Fueron los últimos segundos de lucidez antes de sucumbir al sueño del opio. Estaba segura de que vio en la cara de Lola esa mirada de reproche, culpándola de que su hija no fuera a tener un futuro, y todo gracias a ella, y le dio vueltas una y otra vez a aquella voz del teléfono, a las imágenes de los fetos flotando en incubadoras, y no se aclaraba.

—¿Estás bien? —Osk se apresuró a sujetarla mientras Bonnie se doblaba de dolor.

—No es nada. Pero creo que quiero hacer caca. —Uno no, al menos pasaron dos ángeles antes de que Osk se levantara y haciendo aspavientos con las manos lograra echar a todos. Cogió el sanitario de cama y fue a colocárselo a Bonnie, pero se paró al ver que Bonnie se había recompuesto.

—Colócalo, igual consigo liberar algo de toda la mierda que tengo dentro. —Su voz sonaba entrecortada, con altibajos, pero Osk hacía por entenderla.

—No me digas que te lo has inventado.

—Realmente me dolía, pero no para hacer caca. Y sí, necesitaba que se fueran. No me fío de ese tipo. Mientras estuve dormida soñé que llamó La Sombra de Clyde y me dijo que estábamos siendo seguidas por alguien en quien confiábamos.

—¿Piensas en Halfdan?

—¿Qué coño hacía ese tío en Moldavia?

—No sé, pero se cargaron a todos nuestros atacantes, por lo que deberíamos estarle agradecidas.

—¿Quiénes eran esos que nos atacaban?

—No lo sabemos aún.

—No tiene pinta de que un doctor llame a un ejército para liquidarnos. Y no tendría sentido que nos disparen en dos sitios diferentes, primero en la tienda de Barcelona y luego en el hospital de Moldavia, y que la gente que trabaja con La Sombra salga herida, y sus planes rotos.

—Las unidades dirigidas por Halfdan debían de conocerlos, no dudaron en liquidarlos.

—Entonces no parece que el intercambio de comunicación con Interpol sea recíproco. —Bonnie hizo un gesto a Osk para que se acercara y le susurró—. La Sombra me dijo que tengo un implante dentro del cuerpo por el que me están siguiendo. ¿Quién podría haberme implantado algo?, ¿y cuándo?

—Cuando te operaron en Nueva York.

—No se me ocurre otro sitio mejor para hacerlo. Estaba custodiada por agentes. ¿Recuerdas?

—Tenemos que sacártelo.

—Sí, pero no podemos llamar la atención. Necesitaremos un detector del transmisor para localizar su ubicación en mi cuerpo, y material para hacer la disección. ¿Te animas a hacer de cirujana?

—Tú estás loca. Pero sí, claro, si tu chico atravesaría el infierno por ti, ¿qué no haría tu chica?

La reunión tuvo lugar a través de la *app* más utilizada en el mundo empresarial, no había habido tiempo de organizarlo mejor. Ingimar hacía de anfitrión, y con un café en la mano fue dando la bienvenida a los que se incorporaban. Los chicos que quedaban en Islandia se habían distribuido en dos sedes. Ingimar y Celeste se encontraban en Moldavia, mientras Bonnie se recuperaba. Durante la reunión se preparó a los equipos para la operación que Celeste lideraría, como en los viejos tiempos. Ozú, sentado en un sofá junto a JJ y Eyla, no podía estar más a gusto. Se alegraba de no tener nada que ver con esa operación de campo. Vio como Ingimar y Celeste la planeaban, y ahora le iba a tocar hablar a él.

—Ozú, me dijo JJ que habíais sacado algunas conclusiones, ¿quieres exponerlas?

—Sí, claro. Lo primero es que hemos descubierto varios sitios en los que se ha estado manejando parte de la información substraída y, por tanto, son sospechosos de ser compradores. Aquí hablamos de grandes corporaciones. Tenemos sus nombres y creo que serán grandes titulares de prensa. Las más interesantes para nosotros ahora mismo serían las potentes aseguradoras. Al parecer, hay todo tipo de *software* para clasificar clientes con base en la información que sacan del mercado negro, de los datos personales recabados de sus clientes. Lo más importante es que rompen el anonimato. El resultado que obtienen es simple, cuánto les costará el asegurado. De esta manera, ellos deciden si les sales rentable, y cuánto deben cobrarte. Vamos, que si tienes más opciones de desarrollar una enfermedad cara de tratar, o si ya la tienes, te saldrá caro el seguro de salud. Esto lo averiguan a partir de toda esta información personal obtenida sin tu permiso.

—Muy interesante, Ozú. Te veo en plena forma. Tremendo trabajo, chicos. Enhorabuena. Esto va a ser un

240

bombazo. Os quiero a los tres trabajando a tope, quiero un artículo mañana por la mañana. Solo para avisar del tipo de información que hemos detectado, sin dar aún detalles.

—¿Esto no pondría en peligro a nuestros agentes?

—No lo creo. Esperaremos un par de días como mucho.

Le quitó el poder del micrófono a Ozú y se lo dio a su hermano, que estaba junto a Dawa y Palmar.

—¿Qué tal, chicos? He oído que Tanya evoluciona bien. Parece que le salvasteis la vida.

—Bueno, hicimos lo que pudimos. Podría haber sido mucho peor. Pero ese tipo sigue siendo una amenaza.

—Tienes razón, pero no podemos rendirnos. Hay que reactivar todo para que podamos trabajar al cien por cien. Necesitamos estar seguros de que el sicario no logra encontrarnos otra vez. Quiero que os reunáis en un escondite nuevo, junto con el agente de Silfa. Creo que es mejor que estéis todos protegidos. Os daré detalles en breve.

—¿Estás seguro de que podemos fiarnos de él? —Palmar susurró porque el agente, que no se despegaba de ellos, hacía unos instantes estaba en la habitación, y acababa de dirigirse a la cocina.

—Puedo fiarme de Silfa, y si nos ha dejado en manos de él, creo que debemos confiar.

—De todas formas, hermano, creemos que el asesino no ha salido del país. Dawa y Palmar han estado revisando los vídeos en los aeropuertos, junto con el agente de Silfa. Es muy bueno. Deberíamos ficharlo. —Todos rieron ante la pequeña broma, ya que el susodicho acababa de entrar en la misma habitación, y lo había escuchado todo—. Y nada. No parece que haya pasado por allí. Hemos usado *software* de cribado rápido de reconocimiento facial, pero sin suerte. Ese tío debe de seguir por aquí, por lo que no podemos bajar la guardia, además recuerda que en el primer vídeo eran dos. No sabemos nada del segundo tipo, el que conducía la moto.

—Seguimos en alerta máxima, pero recordad una cosa, cada día que seguimos con vida, es una derrota para ellos. Nuestras cabezas ya solo valen ocho millones. Si aguantamos un poco más, quizá decidan que no merece la pena arriesgarse por tan poco dinero.

Ingimar hizo una pausa para dar un sorbo al café, que ya debía de haberse quedado frío.

—Chicos, hay que reconectar con Ria y Sigfredur, me tienen preocupado, llevan más de 48 horas desaparecidos.

—Una cosa más. —Palmar se acercó a la cámara del ordenador hasta que su cabeza ocupó casi toda la imagen—. Hemos comprobado los mensajes de Tanya, y un nombre aparece constantemente en las transacciones: NFNC.

—¿No sabéis qué significa?

—No tenemos ni idea, pero ella no paraba de repetirlo entre delirios cuando estaba en el hospital. Aparece como receptor de mucho dinero, sobre todo en criptomonedas, podría ser el fantasma.

—Tiene toda la pinta. Esta vez lo vamos a pillar. Seguid con esas investigaciones. Tenemos que desconectar. Un abrazo, piratas.

Ria echó una botella de agua fría en la herida de Sigfredur. El pico del fénix seguía bien grabado en su rostro. El islandés se despertó sobresaltado, pero se tranquilizó al ver que Ria le observaba con una sonrisa y sus infinitos hoyuelos que, como un agujero negro, absorbían toda su energía negativa.

—Deja que te ponga hielo en la cara.

En su visión, aún nublada por el edema, pudo ver detrás de Ria al mastodonte africano y de un salto se alejó dos metros.

—Tranquilo. Ya ha pasado todo.

—Pero nos tienen secuestrados. ¿Te han hecho algo?

—No me han hecho nada, no te preocupes.

—No entiendo nada, Ria. Ayer estabas histérica porque se iban a llevar a la pequeña.

—Chayna.

—¿Qué?

—Se llama Chayna.

—¡Ah! Has intimado entonces. Me he recorrido media Europa para liberarte de una red criminal que mataba niños para utilizar sus órganos en trasplantes de otros niños. ¿No era así la historia? ¿Síndrome de Estocolmo tal vez?

Charles hizo como si no hubiera escuchado nada. Su especialidad no era hablar.

—Puede que me equivocara.

Emmanuel entró en la habitación y le hizo un gesto con la cabeza a Charles para que esperara fuera.

—Siento mucho lo que le ha ocurrido en el ojo. Ya le advertí a Ria que era importante que todo el mundo que atendiera a la operación llevara la llave.

—¿Qué llave?

—Da igual. Eso ahora no importa. Chayna está bien, se está recuperando. Quería saber qué opina ahora, señorita Ria, y si tiene alguna pregunta más.

—Bueno, tenemos muchas preguntas. Usted dijo que no se trata de órganos que provengan de niños.

—No exactamente. No llegan a ser niños.

—Joder, esa respuesta no me gusta nada.

—Se trata de abortos.

—¿Abortos? Tenéis la mente jodida, locos de atar. —Sigfredur no entendía cómo el hombre podía dar esa respuesta y quedarse tan tranquilo—. ¿Es acaso legal?

—No todo en la vida es legal cuando se empieza a utilizar, pero con el tiempo acaba por ser admitido en una sociedad moderna y justa, con ganas de evolucionar a un sistema mejor. A veces algunos tenemos que dar ese paso, e incluso sufrir las consecuencias.

—¿Y hemos venido hasta el país más católico de Europa para hacer esto?

—Gracias a las inquietudes de su empresa, nuestra primera opción fue destruida y los especialistas han tenido que buscar refugio. Hay muchos países interesados en nuestra tecnología y cada país usa sus métodos para intentar hacerse con ella. Unos nos persiguen y nos cazan como si fuéramos conejos silvestres, otros nos quieren vivos y a otros tan solo les interesa la tecnología, por lo que con robarla les vale.

—¿De dónde sacan los fetos? —Sigfredur había tomado las riendas de la entrevista y su compañera creyó acertado el guion que seguía.

—Son madres que iban a abortar en clínicas clandestinas. Tenemos un *software* que en base a una serie de parámetros registrados en diferentes aplicaciones nos dice quién podría estar en esa situación. Por otra parte, contamos con un equipo que las contacta y les ofrecemos una opción mejor. Nosotros vemos vida donde otros ven muerte.

—Joder, no sé si aplaudir o vomitar. Creo que por esto podrían pasarse años en la cárcel.

—Y yo le diría más; parece que hay alguien que les está utilizando a ustedes para sacarnos a la luz. Verá, lo que hacemos quizá no tenga una aprobación en gran parte de los países del mundo, pero se puede contratar un vientre de alquiler en países tan diversos como Canadá, Estados Unidos, Rusia, Ucrania, Georgia, Grecia, Reino Unido, Australia e India. Se puede elegir el color de los ojos mediante manipulación de embriones y estudio de su genética en otros países. ¿Sabe cómo se llama eso? Eugenesia. Nosotros solo utilizamos material que iba a ser un ser vivo, pero que las sociedades permiten eliminar en ciertas condiciones como deshechos. Les ahorramos a muchas mujeres el tener que hacerlo en clínicas clandestinas donde arriesgan sus vidas, y sí, luego utilizamos sus órganos, los cultivamos en sistemas 3D y los podemos modificar genéticamente, como ha sido el caso de mi hija, para que jamás vuelva a rechazar su trasplante. Solemos trabajar con casos perdidos, enfermedades raras que tardarían décadas en conseguir que alguna farmacéutica se fijara en ellas, porque no son rentables. Añadimos un toque de ingeniería genética para conseguir los órganos perfectos para cada paciente. Medicina personalizada, pero de verdad. Si la madre es capaz de decidir el destino de su embrión, ¿por qué no de sus órganos? Verá, es muy difícil conseguir órganos enteros con todas sus funcionalidades a partir de células, pero sí es posible a partir de un órgano en potencia dentro de la mejor máquina que lo construiría: el cuerpo humano. Además, podemos hacer edición genética sobre un órgano en desarrollo, y no en uno ya formado, lo que permite mejorar el resultado en muchos órdenes de magnitud. Por último, tiene la ventaja de que todos los efectos adversos de la edición genética se llevan a cabo dentro de un feto que no dará lugar a un ser vivo. El embrión es eliminado antes de que alcance la edad en la que se le considera un feto, en la mayor parte de países occidentales.

—¿Cuál es su implicación? Parece que nos estuviera vendiendo la tecnología de su empresa. ¿Es usted el presidente de alguna empresa? ¿De alguna organización? ¿Es acaso un especialista en ingeniería genética?

—Verá, antes de meter a mi hija en una situación peligrosa me gusta enterarme muy bien de todo. Soy buen estudiante. Con el tiempo me he integrado muy bien y les apoyaré en lo que pueda. Si han ayudado a mi hija y están dispuestos a ayudar a otros muchos seres humanos, pueden contar conmigo, y con mi dinero y todo el que pueda recaudar.

—¿Y le introdujo en esto un tal La Sombra de Clyde? — A Ria aún le quedaba esa duda. Entendía el rollo que les había soltado de los trasplantes, no estaba ahí para juzgar si estaba bien o mal. Pero el fantasma entró en sus vidas para avisarles de una amenaza, y esa amenaza seguía viva.

—No conozco a nadie con ese nombre. Lo siento. Creo que todo ha terminado para ustedes aquí. Veo que han traído su propio vehículo, así que, no les interrumpiremos más. Les avisamos de que, si publican nuestros nombres, negaremos toda la información, pero además romperán el contrato y dejaremos de ser tan amables. Ahora, por favor, Charles, acompáñales a la puerta. Espero que sepan sacar la noticia a la luz como se merece.

Bonnie yacía desnuda en la cama. La habitación de aquel hospital no parecía el sitio más erótico y, sin embargo, Osk no podía parar de comérsela con la mirada.

—Concéntrate, por favor. No tengo intención de batir el récord mundial de cicatrices.

—Pues yo diría que andas cerca de ganarlo.

Sacó el material quirúrgico que había robado del almacén cercano a los quirófanos, y lo desplegó temblorosa sobre una de las sillas que había cubierto cuidadosamente con papel para camillas. Desenfundó el detector de localizadores GPS recién adquirido en una tienda *online* y comenzó a explorar el cuerpo de la coreana. No le fue muy difícil dar con el localizador. Justo en el mismo sitio donde tenía una de las cicatrices que le quedaron tras ser apuñalada en Nueva York. Osk palpó con los dedos la cicatriz y rememoró algunos de los momento vividos con Bonnie. La adoraba por su valor, y la ansiaba por su inteligencia. Quiso lamerle la herida como un animal, pero Bonnie se incorporó y comenzó a inspeccionarse a sí misma. Al poco sus dedos, más adiestrados en inspeccionar sus propias heridas, dieron con el diminuto artefacto.

—Aquí. —Cogió la mano de Osk y la llevó hacia el lugar repasando con los dedos de la islandesa el aparato que le habían insertado—. Sácamelo. Con una pequeña incisión creo que podría salir.

—No parece que esté muy profundo.

Osk empuñó el bisturí con poca destreza. El primer corte apenas arañó la superficie de la piel. A ese ritmo no llegaría nunca, pero le daba algo de miedo y grima profundizar. Tuvo que dar varios cortes hasta que llegó a la profundidad adecuada, haciendo el proceso algo más doloroso a pesar del anestésico local que le había administrado. Al fin, consiguió sacar el detector y lo guardó en una bolsita de plástico. Mientras, Bonnie grababa con su móvil la operación por si fuera necesario usarla como prueba en algún momento.

—Eres increíble. Ni una mueca de dolor y estás ahí grabándote a ti misma mientras unas manos inexpertas te cortan la carne. ¿Vas a seguir grabando mientras te coso?

Osk ya tenía la grapadora en la mano. Se había tirado el día entero estudiando en Youtube cómo abrir y cerrar un corte quirúrgico. Capa a capa.

—Serás inexperta, pero me has salvado la vida en varias ocasiones ya, así que yo creo que eres mi ángel de la guarda.

—Un ángel y un demonio, no está mal para una sola chica, ¿no?

—No serás celosa.

Bonnie se había tumbado mientras decía aquellas palabras a su amiga, amante, o lo que fuera. Tampoco se había planteado en ningún momento que le gustaran las chicas. Osk, sí. La islandesa era la única mujer que la había hecho vibrar, y su atracción sexual era tan real como inexplicable. Tampoco sabía cómo contárselo a Erik, ni cómo reaccionaría.

—Y qué prefieres, ¿a tu ángel o a tu demonio? —Alguien empujó la puerta y la encontró bloqueada.

—¡Hola! ¡No puedo abrir la puerta!

—La enfermera.

—¡No se preocupe, necesitábamos descansar y atranqué la puerta para no ser molestadas!

—¡Señorita, tengo que entrar, tengo que comprobar que todo está correcto!

El guardia que habían puesto para proteger a Bonnie empujó la puerta hasta que la silla, que habían colocado para atrancarla, cedió. Cuando entraron el guardia y la enfermera, se encontraron a Bonnie subiéndose las sabanas y a Osk subiéndose los pantalones.

—Señoritas, no sé qué estaban haciendo, pero este no es el lugar ni el momento. Si vuelven a hacer algo parecido, tendré que pedir que le prohíban entrar.

—Perdónenos, no volverá a ocurrir. —Osk trató de parecer avergonzada y Bonnie se puso boca abajo para tapar la herida recién cosida y tapada ya con gasas. Todo el material que habían usado en la operación había sido volcado en una bolsa grande depositada en una esquina junto a otras pertenencias de Bonnie. Osk la recogió y se dirigió a la puerta de la habitación, ante la mirada atenta del guardia.

—Te traeré ropa nueva, necesitarás estar radiante el día de tu alta.

—Aún le quedan semanas. —Intervino la enfermera algo contrariada por el comentario.

Osk guiñó un ojo a Bonnie, para que no se metiera a discutir con la enfermera gruñona.

Septiembre de 2019
4 días para el final de la oferta
3,2 millones de euros

Llevaba una semana en el hospital y debía de quedarle otra por lo menos antes de conseguir el alta, pero a Bonnie no se le daba bien esperar. Celeste estuvo aquella mañana discutiendo con Bonnie cómo se haría el encuentro con La Sombra. Bonnie tuvo sus breves minutos para relatar los pormenores de la operación que la llevó hasta Moldavia y todo lo que habían visto allí dentro, pero algo seguía carcomiéndola por dentro. La operación fallida de la niña. Realmente ¿había estropeado la única oportunidad que aquella niña habría tenido de tener una vida similar a la de sus compañeros? Cel se ocuparía de todo lo relativo a la próxima operación, así ella podía dedicarse a otros menesteres. Debería de estar agradecida de que Cel tomara su relevo, pero no se iba a quedar al margen por muchas heridas que tuviera en su pequeño cuerpo. Llevaba mucho tiempo detrás de La Sombra para que ahora llegara Celeste y le quitara la gloria. Se escaparía del hospital. Lo había planeado con Osk, que era de todo menos la típica compañera que velara por la prudencia. Ella sabía que Osk no la dejaría tirada en el hospital. Osk llevó la ropa para el día del alta, tal y como prometió. Ropa de enfermera y una peluca idéntica a la de la gruñona enfermera alemana que la cuidaba por las noches. En el último turno, la enfermera entró como de costumbre, se acercó a Bonnie y esta le inyectó un anestésico mientras le tapaba la boca. En unos segundos, estaba de visita por tierras de Morfeo. La introdujo en la cama y se vistió con la ropa y la peluca. Salió de la habitación gruñendo, al estilo de la enfermera, y el guardia ni siquiera se fijó en su cojera. Osk había dejado pagado un taxi Mercedes en la puerta del hospital, destino Barcelona. Esta era su misión y no iba a permitir que se la arrebataran.

CUARTA PARTE

Septiembre de 2019
2 días para el final de la oferta
1,6 millones de euros

Celeste había preparado todo. Había estudiado toda la información que le habían proporcionado los diferentes equipos europeos y se ocuparía personalmente tanto de ir al encuentro del fantasma, como del interrogatorio posterior. Le había dado la localización del encuentro Bonnie, aunque a regañadientes. La Sombra accedería a conceder una entrevista inédita, eso sí, bajo el secreto profesional periodístico. Allí, Celeste debía sacar una confesión y destapar toda la trama. No podía dejar que ese fantasma jugara con ella como lo había hecho con el resto del equipo. Palmar y Dawa seguían la operación desde las cámaras integradas en la ropa de Celeste, y lo grabarían todo con micrófonos de precisión. Osk condujo a Cel hasta un edificio de apartamentos cerca de la villa olímpica.

—Espérame aquí. Ten el motor en marcha por si algo fuera mal.

—Pero…

—No hay peros. No sé qué tal se te daba obedecer a Bonnie, pero a mí si me vas a obedecer. ¿Entiendes?

—Entiendo. —Osk sonrió para dentro por la ocurrencia de su contestación. «Pues claro que entiendo, bien que lo sabe Bonnie».

Celeste entró al edificio y se dirigió al ascensor, subió hasta la planta séptima. Se dirigió hacia el apartamento cuya puerta estaba pintada de rojo, tal y como se lo había indicado el fantasma, y llamó tres veces.

La puerta se abrió y detrás de ella apareció Lluis, el tatuador.

—Pase.

—Gracias. —Celeste avanzó hasta el salón y Lluis le indicó dónde podía sentarse.

—Siento mucho lo de tu compañero. ¿Qué tal está?

—Recuperándose. En el mismo hospital que Bonnie. ¿Qué tal está tu amiga?

Celeste pensó si de verdad podría llamarla amiga. Le tenía cierto aprecio y admiración por su valor, pero nunca habían llegado a congeniar. Y sentía que todo esto de llegar de repente y apartarla de su propia investigación no parecía haberle sentado muy bien.

—Creo que podrá salir en un par de semanas. Se está recuperando rápido. No sé qué tiene esa chica, es como si el fantasma de su hermano la protegiera.

Lluis sonrió mientras servía una cerveza que le ofreció a Celeste.

—No, no, gracias. No bebo alcohol. Tal vez, si tienes un refresco.

—¿Nestea?

—Me vale.

Lluis apareció con el Nestea y una bandejita con embutidos. No le gustaba tener una conversación sin cerveza y una tapita.

—Hablando del fantasma, ¿dónde está La Sombra?

—Aquí mismo.

—¿Qué quiere decir *aquí mismo*?

—Delante de ti.

—¡Ajá! ¿Me quieres decir que eres tú? Por lo que me contaron los chicos en la visita anterior se supone que te llamaron por teléfono, y que era el fantasma el que llamaba, pero ¿eras tú mismo?

—Así es.

—¿Simulaste la llamada? Y ¿la llamada de la tienda durante el tiroteo? No habías llegado aún.

—También. Tengo una *app* que me hace cambiar el sonido de mi voz al que me plazca, y usar el del presidente Trump me pareció gracioso.

—De momento, te creo. Ahora te voy a hacer unas preguntas y, si puedes, por favor, te agradecería que contestaras con franqueza, así podremos sacar el reportaje.

Dejó pasar unos segundos mientras revisaba en su teléfono el guion de la entrevista, y comenzó a grabarla.

—¿Os dedicáis a la trata humana?

—No.

—No traficáis con órganos humanos.

—No traficamos, reciclamos.

—No cobráis dinero por esos trasplantes.

—Digamos que son donaciones, para mantener nuestra causa.

—¿Cuál es vuestra causa?

—Tenemos muchas causas, señorita…

—Celeste. Perdón. No me había presentado.

—Esta es una causa que creemos justa, Celeste, el acceso a la medicina más innovadora.

—Pero sus clientes son bastante adinerados.

—Son los que más donan, pero no tienen ninguna preferencia. Es una casualidad.

—¿Qué es el NFNC?

El estruendo levantó del sillón a Celeste. Al grito de «policía, Interpol» entraron varios hombres armados. Cuando el inspector Halfdan apareció en escena, se quedó algo sorprendido.

—Tienen derecho a permanecer en silencio.

—¿Se está refiriendo a mí, inspector? —Celeste había tenido varias conversaciones con Halfdan y le había parecido un tipo bastante razonable. No entendía qué hacía allí, ni por qué le había interrumpido en medio de su entrevista—. ¿Se puede saber qué hace usted aquí? ¿Me han seguido?

—¡Cállese! —ordenó Halfdan mientras sus hombres les ponían las esposas tanto a Lluis como a Celeste.

Llevaba en la mano un localizador GPS, y este le condujo hasta el bolso de la directora de operaciones de HeroLeaks. De allí sacó un chip de menos de un centímetro. Miró a Celeste y solo vio incomprensión en su rostro. Entonces comprendió. Se giró sobre sí mismo, pero la habitación se había llenado de Mossos d´Escuadra. Y entre todos esos agentes que ahora desarmaban a los hombres de Halfdan, se encontraba una policía que estaba fuera de su dominio.

—Silfa, ¿qué haces aquí?

—Eso nos preguntamos nosotros. Habíamos preparado una operación conjunta con la policía catalana. Una operación cepo. Y el cepo te ha saltado a ti. Curioso, ¿no?

Los Mossos esposaron a Halfdan que miraba con expresión retadora. ¿Cómo podrían haberse saltado órdenes de la Interpol? ¿Qué demonios hacía Silfa en un país extranjero?

—No sabes dónde te has metido, Silfa.

—Quizá tú nos lo expliques. Creías que podías engañar a una policía islandesa de barrio, ¿no? No esperabas este montaje, pero tú eres el experto.

Quizá tengas que explicar en este país qué haces deteniendo gente sin haberlo comunicado. Creía que teníais mejor comunicación dentro de la Interpol.

Halfdan y sus agentes fueron arrestados y llevados a un furgón de la policía catalana mientras Silfa comentaba la jugada con uno de los inspectores de los Mossos, que llevaban tiempo mosqueados por no ser incluidos en la Interpol y disfrutaban de poner en entredicho a la policía nacional de su país.

No había ninguna luz encendida en el edificio en el que vivían la pareja de tatuadores. La coreana había vuelto al lugar en el que conoció a Lluis, tal y como el fantasma le había indicado. El encuentro sería en el mismo sitio. Una luz se iluminó tres veces dando la señal que Bonnie esperaba. Se acercó cojeando, torcida hacia el lado derecho, aquel en el que había recibido dos balazos, cerca del costado. No había dejado de tomar analgésicos, pero, definitivamente, no eran suficientes para aliviar el agudo dolor que sentía. Sin embargo, debido a su estado, no debía tomar más medicamentos que pudieran comprometer la vida de su bebé. Había acudido sola, sin cámaras, así había sido el acuerdo. A ese fantasmita no parecía preocuparle que ella llevara encima más heridas que el general Custer en Little Bighorn.

Se acercó al portal y buscó el piso que le había mencionado. El tercero C. Lo curioso es que no había más que izquierda y derecha. Y sí, había tercero, pero ninguno con la letra C, por lo que no podía llamar al telefonillo. Tampoco le había dejado ninguna forma de comunicación. Siempre había sido él el que llamaba, y estuvo muy complaciente cuando Bonnie le explicó la trampa que podrían tender a aquel que estuviera buscando el comunicador que ella llevaba insertado en su cuerpo. Lo escondió en el bolso de Celeste. ¿Cómo se lo habría tomado? En ese momento no le preocupaba demasiado, aunque por segundos le hacía algo de gracia imaginar la escena y aquello la cargaba de un poquito de mala conciencia. Osk se encargó de la colocación, de manera que no pudiera retirarlo en caso de que vaciara el bolso. Ese estúpido bolso americano que ahora le había dado por llevar.

Le tentaba probar con alguna de las dos puertas del tercero, pero por lo poco que conocía a La Sombra no cuadraba demasiado que hubiera errado en la letra. Debajo del telefonillo, cubierta por una placa de cristal se encontraba lo que parecía una señal luminosa, como una cámara con una luz roja. Se encogió de hombros y, algo incrédula, acercó el lóbulo de la oreja a la misma y la puerta cedió de manera instantánea.

—Vaya, sí que le voy a sacar partido al tatuaje.

Subió por las escaleras, sigilosa. No quería que nadie más supiera que había entrado en el edificio. No sabía cuántos pisos más pertenecían al mismo grupo, pero cuando pasó por el segundo derecha los ladridos de un perro la delataron. Su ritmo cardiaco se aceleró y sonaba como la batería de un grupo de *trash metal.* Llegó al tercero y, por supuesto, solo había dos puertas, que pertenecían a dos pisos. El izquierda, donde tuvieron la primera charla con Lluis, y el derecha.

—Muy bien, fantasmita. ¿Te gusta jugar? ¿Tengo que restregar la oreja por toda la pared del piso?

El corazón se le paró de forma súbita cuando vio como se descolgaba una trampilla del techo, y del interior de aquella buhardilla cayó a su vez una cuerda gruesa de gimnasio.

—Sube.

Aquella voz no la había escuchado en su vida.

—No tengas miedo. Vamos. Date prisa. Nadie puede ver esta entrada.

—Pero…

—No te preocupes, tú agárrate a la cuerda con fuerza.

Bonnie obedeció, pero no tenía fuerzas para trepar y notó cómo ascendía sin que ella moviera un músculo, hasta cierto punto en el que le sorprendió un brazo musculado. Consiguió entrar en el angosto pasillo de una casa fantasma, que probablemente no estaba ni en el plano del que la construyó. El tipo cerró la trampilla. Giró la cabeza y apartó la luz de su frontal de los ojos de Bonnie, que ahora empezaban a adaptarse a la oscuridad de aquel falso techo.

—Perdona. No me he dado cuenta. Ven. Acompáñame.

Bonnie siguió al tipo, que se desplazaba en una silla de ruedas de manera sigilosa. Entraron a una sala no muy espaciosa, con unos pocos agujeros que permitían la entrada de haces de luz y que correspondían a diferentes ornamentos de la fachada del edificio. El tipo apuntó con un dedo a un viejo sofá e invitó a que Bonnie se acomodara. Esta lo hizo con una mueca de dolor en la cara.

—Vaya. Estás hecha mierda.

—Vaya. Tú también.

No había sido su intención meterse con un inválido, pero el aspecto decrépito del tipo iba más allá de estar en una silla de ruedas.

—No te preocupes. Te ha salido así. Tengo una parálisis de columna para abajo, pero procuro cultivar mis brazos.

Y, efectivamente, sus brazos estaban totalmente atrofiados, si se comparaban con el resto de su cuerpo escuálido.

260

—Ya veo. Lo siento. Pero lo decía más bien por tu cara. ¿No tienes ducha? ¿Hace cuanto que no te peinas?

—Oh, joder. Tienes razón. —El tipo intentó aplastarse los alocados pelos con la mano, pero estos volvían a su sitio como un resorte—. No he tenido mucho tiempo estos días, me habéis dado mucho trabajo. Tienes unos amigos muy curiosos. Por eso creo que lo más sensato es que hablemos. Creo que al final sacaréis un sarta de mentiras en vuestros periódicos y me parece que necesitamos explicarnos. Aunque parte de la historia ya la conocéis a través de vuestros amigos de Ámsterdam.

—Nosotros solo publicamos verdades, y nos gusta informarnos bien antes de montarle un pollo a una organización, sea o no criminal.

—A vosotros solo os leen cuatro locos. Vuestras noticias son manejadas por los periódicos a los que se las vendéis, y cada redacción se debe a una agencia y cada agencia a unas corporaciones mayores. No existe la libertad de prensa. Y nosotros vamos contra todas las grandes, las *Big 4*, los grandes grupos financieros, las grandes aseguradoras, somos el nuevo tema de conversación del Club Bilderberg.

—Nosotros luchamos por que sí exista la libertad de prensa. Analizamos cada reportaje que sacan los periódicos.

—¿Y si sacan algo que no cuadra con vuestra versión?

—Lo denunciamos.

—¿Dónde?

—En nuestra web.

—Vuestra web que no lee nadie.

—Basta ya de hablar sobre nosotros y empecemos con lo que me ha traído hasta aquí. ¿Quiénes sois?

—Vas al grano. Somos una organización que se dedica a crear un mundo mejor. Consideramos todos los aspectos que incumben al ser humano: el lado científico, tecnológico, económico, sociológico... Lo que quieras.

—Su mundo mejor. ¿Por qué cree que es mejor que el mundo mejor de otros?

—Tenemos una premisa: que sobreviva nuestra especie sin eliminar ninguna otra especie del planeta. Y utilizamos la mejor técnica que nadie haya desarrollado jamás, el más potente *software* de análisis masivo de datos.

—Pero para eso necesitarán una infraestructura informática enorme.

—Sí y no. Vivimos del espacio que la gente nos dona en sus ordenadores, y de lo que tomamos prestado. Pero sí, estamos trabajando en dotarnos de esa infraestructura, de ahí que necesitemos donaciones.

—¿Hackeais ordenadores para obtener la potencia necesaria para hacer correr vuestro *software*? ¿Traficáis con órganos humanos para conseguir supuestas donaciones?

—No es la primera vez que se hackean superordenadores, pero hasta ahora se hacía con objeto de minar criptomonedas. ¿Has oído hablar de Alexandra Elbakyan?

—No.

—Digamos que creó una forma de dar acceso universal a todas las revistas científicas. Gratis. Con el objeto de que todo el mundo se beneficie, sin importar su capital, de los avances científicos. De esta manera, hizo universal el acceso a la ciencia, y de su repositorio se han beneficiado miles de científicos sin recursos que, antes de su creación, no tenían forma de acceder a esa información. ¿Cómo lo hizo? Pues colaborando con los mismos científicos que ceden sus contraseñas para ser utilizadas en la web.

—Y ¿qué tiene que ver esta historia con la vuestra?

—Digamos que personas con acceso a estos supercomputadores nos ceden sus credenciales de acceso, y nosotros siempre prometemos ser silenciosos. Nadie se entera que estamos dentro. No ralentizamos sus servicios, pero nos permite analizar una cantidad de datos que nadie en todo el mundo podría conseguir de manera independiente. Además, tenemos grandes desarrolladores de *software* y una curiosidad inmensa. Utilizamos los datos para el bien común y, a veces, hay que saltarse normas estúpidas que impiden que gente sin recursos pueda acceder a los grandes avances científicos. Nos rodeamos de los mejores científicos y tecnólogos, de esos que no tienen miedo al progreso.

—Interesante, esto podría explicar el interés que podrían tener algunos en ustedes. Pero ¿los órganos?

—Exactamente, Bonnie. Hay alguien que os ha dirigido hacia nosotros. Necesitan que nos deis a conocer para así hacerse con nuestra tecnología, con nuestras ideas. Pero en ningún caso podrían hacerlo de manera legal, y por eso prefieren usaros de pantalla. Nos acusarán de algún delito, de tráfico de órganos o de cualquiera de las múltiples historias que hacemos. Esto que habéis visto no es más que la punta del iceberg. Realmente, no traficamos con nada. Recogemos embriones humanos que irían a la basura y los reconvertimos en órganos con un método de cultivo del embrión e impresión 3D de determinados componentes, que no se podrían generar si no estuvieran dentro de un cuerpo humano. El objetivo es la generación de determinados órganos dentro del embrión, recreando el ambiente en el que se generarían en realidad. Estos órganos superan con creces en funcionalidad a los órganos que proceden de fallecidos. Además, somos capaces de reducir el porcentaje de rechazo con técnicas moleculares. En ningún caso podemos recuperar el embrión. Sigue siendo algo que tal vez pudo ser un ser vivo, si no hubiera sido abortado, pero como sí ha sido así, es imposible que llegue a nacer. No al menos con nuestra tecnología. Sabemos que es algo ilegal, pero dentro de nuestra ética lo vemos correcto. Y dentro de la ilegalidad, nosotros no sacamos beneficios de su uso, que es de lo que se nos podría acusar, pero eso es difícil de demostrar. En determinados casos, hemos conseguido implantar la tecnología de edición genética para curar enfermedades raras, de manera que el trasplante sea más que un éxito. Un órgano útil para toda la vida de ese paciente.

—Y, si no queríais ser descubiertos, ¿por qué dejarnos pistas que nos llevaran a vosotros?

—Nosotros no hemos dejado ninguna pista.

—Nos enviasteis varios mensajes a nombre de La Sombra de Clyde que nos indicaban cómo acceder a vuestros negocios, en concreto, a este de tráfico de órganos.

—Yo os envié un único mensaje, un aviso de que habíais aparecido anunciados en una web de contratación de *hitmen*. Quizá nos hayan tendido una trampa mutua para que coincidiéramos en espacio y tiempo. De alguna manera, les habéis ayudado a sacarnos a la luz como si fuéramos una organización criminal indeseable desde el punto de vista social. Un grupo terrorista. Si consiguen sacarnos del mercado se asegurarán el reparto de datos que ahora mismo nosotros dirigimos, y controlarán toda la ciencia que hemos desarrollado. Además, están como locos por hacerse con nuestro *software* de análisis. Por eso durante todo este tiempo siempre habéis tenido un equipo cerca de vosotros, listo para entrar primero en nuestras instalaciones. Ese inspector, Halfdan, trabaja para alguien que no es la Interpol, puede ser la CIA, pueden ser las grandes corporaciones, yo no lo sé, tenemos muchos enemigos. No solo quieren sacarnos del mercado, quieren nuestras herramientas, y no solo una agencia, esto es una guerra, ¿entiendes? Rusos, europeos, chinos, estadounidenses. De ahí los diferentes tiroteos en los que os habéis visto implicados últimamente. Son los nuevos espías, las nuevas agencias de inteligencia jugando al mismo juego de siempre. Una puñetera guerra por el control de los datos de la gente corriente, y en la que les sobra un enemigo independiente como nosotros.

—Cuando hablas de nosotros, ¿a quién te refieres? ¿Quiénes sois?

—Ya lo sabéis. NFNC.

—¿Qué significa?

En aquel momento un fuerte ruido llegó del piso inferior. La Sombra buscó en uno de los muchos monitores repartidos por el falso techo, hasta que sintonizó la imagen del piso de Lluis.

—¿Te han seguido?

—Imposible. —Bonnie se levantó la camiseta para mostrar la herida aún fresca.

—Te va a quedar una cicatriz bien fea.

—¿Quiénes son?

—No tengo ni idea.

Tres hombres registraban la casa de Lluis de una manera bastante violenta.

—¿Qué buscan?

—Ssshhh. Debemos permanecer callados. Desactiva todos tus aparatos electrónicos. Yo apagaré todo salvo el monitor por el que les observamos.

Un cuarto hombre apareció en la imagen con un aparato en la mano. Rastreaba la casa en busca de aparatos electrónicos. Se paró ante la misma cámara por la que observaban la escena desde el piso de arriba. Acercó la mano hacia ella y la arrancó. Lo último que vieron fueron los ojos claros de quien lo había hecho, y luego oscuridad.

—Ha debido destruirla. Creo que ni tú ni yo somos los mejores atletas ahora mismo, pero nos daré algo de ventaja.

El fantasma activó un mecanismo, que a su vez despertó una tormenta en el piso inferior. Miles de petardos estallaban por todas partes dentro de la casa de Lluis mientras los intrusos se replegaban.

—Tenemos que salir, Bonnie, esto es solo el principio.

Bonnie miró hacia la cuerda encima de la trampilla por la que había trepado, y miró con aire de incredulidad a su anfitrión. Este ya se había desplazado hasta una de las paredes de la casa y se tiró al suelo. Arrastrándose, alcanzó una manivela con la que desplegó otra trampilla.

—Sígueme.

Se dio la vuelta, introdujo las piernas y se impulsó con los brazos por lo que parecía ser un tobogán. En ese momento, una pequeña explosión hizo que la buhardilla comenzara a arder. Bonnie no se lo pensó. Se lanzó hacia lo desconocido. Se dio un buen golpe cuando llegó al suelo, y eso que el fantasma se había preocupado de poner somieres y cojines por si algún día tenía que huir. Él la miraba simulando, con una mueca, el dolor que debía estar sintiendo Bonnie en ese momento.

—Uff, lo siento. No es una salida fácil. Escucha. Yo no te puedo ayudar más de momento. Es vuestra decisión y vuestra conciencia la que os debe dictar qué hacer con todo lo que sabéis. Debemos separarnos antes de que a esos se les ocurra mirar en el patio trasero. Adiós, Bonnie. Ha sido un placer.

—¡Espera! ¿Tu nombre? ¿Qué coño es NFNC? ¡Quizá si puedas ayudarnos!

—*¡No Frontier! ¡No Country!* No pertenecemos a nadie, Bonnie, no tenemos país, no tenemos nacionalidad. Hasta siempre.

Septiembre de 2019
1 día para el final de la oferta
0,8 millones de euros

La operación fue orquestada por la propia Silfa, y la pudo llevar a cabo gracias a un contacto en asuntos internos de la policía islandesa y a la colaboración de los Mossos d'Escuadra, que vengaban así la negativa de su gobierno a incluirlos en Interpol y Europol. Tampoco sabían si Halfdan trabajaba por cuenta propia, o esto era una misión en la que colaboraban distintas oficinas de la Interpol. De momento, el cuerpo de policía internacional en Islandia se lavaba las manos sobre Halfdan. Adujeron que debía estar recibiendo órdenes de otras potencias extranjeras, quizás europeas o quizás americanas. Halfdan fue trasladado a Islandia tras recibir el visto bueno del juez, y del mismo gobierno de España, que tramitó su extradición tras llevar a cabo su propio interrogatorio. Halfdan se había negado a declarar y, por lo que parecía, los policías que lo acompañaban no sabían gran cosa de la operación, se limitaban a ejecutar las órdenes de su superior.

Aquello no satisfacía a Silfa, que seguía sin creer que nadie se preguntara qué hacían trabajando en diferentes países, como si fueran agentes secretos, a no ser que realmente lo fueran.

—¿Quién es tu superior?

—El alto comisionado del ministerio de justicia de la oficina central nacional de Interpol en Islandia.

—Vamos, Halfdan, si esos son tus jefes estás jodido. ¿Tus órdenes vienen directamente de él? ¿Qué narices hacías en Moldavia? ¿Qué leches hacías en España?

—No tengo por qué contestar a ninguna de tus preguntas. No tienes jurisdicción en este caso y estoy a la espera de que llegue mi abogado.

Silfa había entrado en la sala de interrogatorios bajo la supervisión del agente principal de asuntos internos que estaba al mando del caso, pero una vez en custodia los interrogatorios no le correspondían a ella.

—Tienes suerte de que aún no se haya asesinado a ningún miembro de HeroLeaks, aunque tu equipo sí ha intervenido en diferentes países con el resultado de muerte en muchos casos. Las autoridades moldavas han puesto un requerimiento a Interpol y han pedido explicaciones sobre la intromisión en su Estado de agentes de otros países. Y lo que es peor, la muerte de agentes moldavos que, según otras fuentes, tenían cierta conexión con el servicio de inteligencia exterior ruso.

—Siempre he actuado bajo la supervisión de las autoridades de la Interpol de cada país en el que he estado, incluso de Moldavia. Tal vez, eso debería hacerte razonar si estás en el bando equivocado.

—Interviniste en el sistema de vigilancia de la policía islandesa, has borrado todos los vídeos que había para dar con el asesino contratado a sueldo para asesinar a los miembros de HeroLeaks en aquella web.

—Venga ya, no te creerás ese cuento de hadas.

—¿Mandaste tú poner la bomba? O ¿no serás un buen motorista?

Halfdan giró la cabeza hacia el lado contrario al que estaba la agente. Silfa dio la vuelta a la mesa para enfrentarse de nuevo cara a cara al inspector.

—¿Quién es el tipo que tiroteó a los chicos de Hero-Leaks? ¡Vamos! ¡Tú sabes quién! ¿Cuál era vuestra misión? ¿Eliminarlos? ¿Asustarlos?

—Ya está bien, Silfa. Querías tener una charla de tú a tú con tu colega y te he dejado unos minutos, pero estás haciendo acusaciones muy serias.

—¿Quién es Ursu?

Halfdan pareció sorprendido, pero la inspectora no pudo cerciorarse de ello. No sabía si había reconocido el nombre o simplemente sabía quién era el personaje por el que le preguntaban.

—¡Tú sabes quién es! —gritó mientras otros agentes la acompañaban fuera de la sala.

Octubre de 2019

Un final a medias no es un buen final. Silfa acudió a una reunión con los chicos de HeroLeaks. No había rastro del supuesto asesino. Halfdan se había negado inicialmente a declarar, pero cuando vio que las autoridades de la Interpol lo habían abandonado a su suerte, amenazó con tirar de la manta. Silfa tuvo ocasión de reunirse con él otra vez. Confesó que su misión no era asesinar a nadie, sino usar a HeroLeaks para llegar hasta una organización terrorista mundial. Ursu había sido recomendado por su entrenamiento y experiencia militar. A él no le gustaba demasiado. Lo de los mensajes de La Sombra de Clyde les pareció una idea interesante para aumentar la tensión en la empresa de Ingimar. Después de que Halfdan viera el primer mensaje fue fácil imitarle. El objetivo era dirigir las investigaciones de HeroLeaks hacia lo que ellos querían.

—Dijo que esa organización, NFNC, está en el puesto número uno de organizaciones terroristas perseguidas por las agencias de inteligencia más importantes. Querían sacarla a la luz, apoderarse de todos sus conocimientos y meterlos a todos en la cárcel. Aunque había otras agencias que preferían verlos muertos antes de que su información pasara al enemigo.

—¿Y qué ha sido de nuestro amigo Ursu?

—La pista está perdida. Pero no deberíais preocuparos. En ningún caso la intención era asesinar a nadie de Hero-Leaks. Además, la oferta de la web ya ha expirado.

Aplausos y gritos de excitación llenaron la sala. Aquello requería de algún tipo de celebración, pero no todos estaban para celebraciones.

—Pues estuvieron muy cerca. —JJ interrumpió la conversación.

—Lo estuvieron. Seguimos buscando a Ursu. No tenemos constancia de que haya salido del país. Parece un exmilitar de alguna de las repúblicas balcánicas, muy bien entrenado, muy peligroso. Capaz de asesinar si se lo propusiera. De todas formas, la web en la que se puso precio a vuestras cabezas está bloqueada. Vuelvo a repetir, vuestras cabezas no valen dinero.

—Es un alivio. —Al alemán le costaba animarse. Ozú parecía mostrar la misma preocupación—. Perdonad, debe de ser que se nos hace difícil acostumbrarnos a la libertad.

—¿Cómo ha pasado lo de Halfdan? —Esta vez fue Celeste la que preguntó. No parecía que la encerrona de Bonnie le hubiera afectado demasiado, en el fondo se lo merecía por haber sido tan impertinente con la coreana. Esa pobre tenía más agujeros que un queso gruyere, y no se escaparía otra vez del hospital. Las enfermeras no le quitaban ojo.

—No lo sabe nadie. En este país nunca pasa nada. Y claro, estos acontecimientos nos han superado un poco. Se estranguló con las sábanas dentro de su celda. Como entenderéis, entre nosotros, eso no se lo cree ni Dios.

—¿Lo han asesinado?

—No puedo asegurarlo, pero todo apunta a que sabía demasiado. Y quizás ese tal Ursu sabe lo que le espera también, y por eso anda escondido. Sabe que si lo cogemos, los que le contrataron se desharán de él, como lo han hecho con Halfdan.

—Ya no va a poder tirar de la manta.

—No. Pero al final de nuestra conversación comenzó a delirar un poco, por lo que igual sí que fue un suicidio.

—¿Por qué dices que deliraba? —Ingimar entró en la conversación, intrigado por los últimos momentos del único personaje que podría acabar con gran parte de las dudas.

—Dijo que esa organización terrorista tramaba algo gordo. Cuando le pregunté que era eso gordo que tramaba, pareció asustado de sus propias palabras. Creo que le entendí algo así como «el fin de la sociedad occidental tal y como la conocemos». Cuando le pregunté cómo lo harían, me pareció de lo más paranoico.

—¿Qué dijo?

—Querían cambiar la humanidad. Tal cual. Sustituir la actual por una mejor. Dijo algo de un virus.

Varios de los presentes no pudieron evitar sonreír ante semejante *conspiranoia*.

—Suena a los designios de una secta.

Celeste, que parecía la más incrédula de todos, preguntó:

—Y ¿cómo se salvarían ellos?

—Halfdan dijo que ellos tenían un vector capaz de insertarse en el genoma humano de forma segura y expresar una serie de proteínas que harían inmunes a los portadores. Las sonrisas de todos se borraron, y sus miradas se dirigieron hacia Ria, que permanecía callada en una esquina de la sala. Osk también pensó en Bonnie. Ambas se habían inoculado algo biológico, un tatuaje vivo.

Nueva York
Finales de octubre de 2019

Steve ya podía contar en meses el tiempo que le quedaba en aquella estúpida prisión. Le habían concedido una rebaja de condena por buen comportamiento. Hoy era un día especial también para su compañero de celda. Se lo habían llevado tarde, después de la hora de la cena, pero el nórdico no había probado bocado. Cuando lo vio salir, creyó atisbar un aura de felicidad en su expresión facial. Era la primera vez que veía una expresión diferente es su rostro desde que compartían habitación. Lo bueno que tenía aquel tipo era que no se comunicaba. No era el típico tío que podría meterle en un lío que terminara por aumentar su condena. Ya eran casi las 12 y no había regresado, lo cual resultaba extraño. Claro que él no tenía ni la más remota idea de lo que había podido ir a hacer, ni le importaba. Tan solo pensaba en ver la luz del sol pronto. Steve leía un libro tumbado en la cama, le gustaban los cómics japoneses, pero allí lo más parecido que había encontrado había sido una novela sobre un samurái. Creía que así podría ganarse el respeto de un tipo que parecía enamorado hasta los huesos de una asiática. Entonces escuchó los pasos pesados de los guardias. Eran tres y llevaban a la bestia albina a rastras. Este parecía seguir luchando, pero sin fuerzas. Abrieron la puerta de la celda y metieron a Erik, pero antes de que pudieran cerrarla, el albino agarró como a un saco a Steve y lo lanzó contra los guardias. Steve se llevó por delante a uno cayendo encima de él, mientras un segundo guardia se lanzó sobre el propio Steve descargándole porrazos en la espalda. Él intentaba argumentar algo, pero sus sonidos eran tapados por los gruñidos guturales de la bestia albina, que ya había derribado al segundo guardia que trataba de cerrar la puerta. Steve sintió la descarga como si un rayo lo hubiera atravesado dejándolo paralizado. Desde el suelo pudo ver como el policía al que le había hecho el placaje descargaba su pistola eléctrica contra Erik, que ya estaba dando cuenta del tercer guardia. Al perder el control muscular lo soltó, y este se unió con su propia arma a dar descargas eléctricas hasta que consiguieron tumbarlo. Una vez en el suelo los dos, los guardias los metieron en la celda. Ambos yacían tirados en el suelo, cara a cara. Steve veía al guerrero vikingo salivar. Cuando Steve recobró el control sobre sus músculos vocales, habló:

—Sea lo que sea que te haya pasado, lo siento. —Sabía que aquel hijo de su madre acababa de joderle la condena, lo acusarían de agresión a un policía, allí no valían las chorradas de «es que Erik me ha empujado». Y cuando recuperara las fuerzas, no quería convertirse en el puchimbol de aquel animal herido.

Erik rebobinó sus pensamientos a unas horas atrás. Sus últimos actos, *ligeramente* violentos, habían hecho que sus posibilidades de salir de aquella prisión se difuminaran. Ni siquiera para una boda. Pero los chicos de HeroLeaks habían montado un evento único. Bonnie estaba decidida a casarse y no se lo iban a quitar de la cabeza tan fácilmente. Además, como aquel que convive con un tigre sabiendo que este nunca le comería, Bonnie se sinceró sobre su situación con Osk. Erik no se lo tomó mal y quería conocer a Osk en persona. Eso no pudo ser porque no le habían levantado el castigo que imponía la restricción de visitas. Pero eso era una razón más que le hacía entender que la vida seguía fuera de aquellos muros y no quería que Bonnie se condenara a vivir encerrada con él. La idea había sido una locura que salió de la mente retorcida de Dawa. Alguien que parecía que vivía más tiempo en el mundo digital que en el mundo real. Primero se la contó a Osk, y esta se mostró algo reticente. Pero era verdad que después del estrés al que habían sido sometidos algo tenían que hacer, y una celebración podía ser bien recibida. Bonnie se negó al principio, pero cuando se lo contó a Erik por teléfono, este la animó a hacerlo. No sería por capacidades técnicas. Decidieron montar una boda virtual de un trío. Nada más innovador. No tendría validez alguna en el mundo jurídico, pero a ellos les apetecía romper con todas las reglas. Si se querían tres personas, porque no estar todas unidas. Erik aparecería como un holograma de última generación. Hiperrealista. Lo más complicado fue convencer a la prisión de que les dejaran montar semejante tinglado. Silfa ayudó en todo lo que pudo, aunque esos estadounidenses eran duros de roer. Ingimar consiguió tocarles la fibra, una boda virtual entre un presidiario y su mujer como método para la reinserción sería un gran titular de prensa. No tanto que fuera a través de HeroLeaks. Su fama en Estados Unidos seguía siendo la de cualquier *whistleblower* o chivato. Consiguieron que les dejaran el barracón más grande de todos para permitir que Erik tuviera la máxima movilidad.

La alegría se transportó miles de kilómetros hasta Erik, que veía la fiesta a través de unas gafas 3D. Aunque podía ver el ánimo y la diversión en los miembros de HeroLeaks, no disfrutaba tanto de la fiesta por no estar allí físicamente. Al principio entabló conversaciones incluso con algunos de los que le felicitaban, y otros que le daban ánimos para sobrellevar la condena. Bonnie no se separaba de su holograma, pero a quién realmente estaba agarrada era a Osk. No es que a Erik le molestara, pero habría preferido estar él a su lado. Tampoco es que le gustara ser el centro de atención, al menos no si no era agarrado a las cuerdas de su bajo. Habría unas 60 personas en la fiesta. Sigfredur disfrutaba al lado de su esposa, mientras Ria contaba historias desternillantes, al menos para la mujer, ajena a los turbios designios de cupido. JJ bailaba con Celeste sin saber dónde poner las manos, hasta que Cel lo agarró con firmeza y lo colocó en una posición que le sacó los colores. Mientras, Dawa y Ozú reían sobre los chistes que ambos iban entrelazando sin parar, con Eyla siempre agarrada a su brazo y con dolor de mandíbula de tanto reír. Palmar coqueteaba con Tanya, que aún tenía que usar una silla de ruedas, pero también disfrutaba como nunca. Ingimar y Olgeir tomaban sus *cocktails* en la barra improvisada de aquel restaurante selvático en medio del helado continente. Lo habían decorado como si de una selva de bambús se tratara, con todo tipo de adornos que pudieran representar la Corea natal de Bonnie. La primera detonación se confundió con la apertura de una botella de champán, al menos hasta que se vio caer a la primera de las víctimas. Ingimar fue el siguiente y recibió dos impactos de bala. El primero en el pecho, que lo desplazó hacia el sitio sobre el que se había formado un corro en torno a la primera víctima. Pero no llegó a ver quién era porque el segundo impacto le dio de lleno en la cabeza sin que Olgeir pudiera hacer nada. Él mismo fue el siguiente y la fiesta terminó en ese mismo momento. Si no hubiera sido por el ángel del infierno, aquella fiesta habría generado muchos millones de euros para el tirador parapetado entre los bambús.

Dos minutos antes, Ozú notó como su teléfono vibraba. «Joder. Hoy no. Estaban de celebración». Decidió encenderlo y vio que era un mensaje de La Sombra de Clyde, y por un momento pensó, ¿será el verdadero, o el falso? Aquello le puso la carne de gallina, y Eyla lo notó. Extrañada de verle leyendo un mensaje justo entre baile y baile, se acercó y le preguntó.

—¿Qué hay tan importante que no pueda esperar?

Ambos miraron el reloj.

TERCER MENSAJE

Son las seis de la tarde y el bullicio es atronador. Esta celebración promete. Lástima que no haya podido ir hasta un lugar tan lejano y exótico de vacaciones. La verdad, nunca he estado en Corea, tal vez deba ir de visita. A la real, ya me entiendes. Apenas he salido de Europa en un par de ocasiones, siempre al norte de África y a países asiáticos, y siempre en tiempos de guerra. Anteriormente trabajé como guardia de seguridad privada de selectos personajes. No he sido siempre tan malo. Después de Irak lo dejé, pero mi fama entre empresarios de alto nivel y hombres poderosos de toda índole me arrastró a una nueva forma de ganarme la vida. Al final, cuando uno tiene la habilidad que tiene no piensa más que en el mejor pagador. Pero ¿y si os dijera que yo trabajo para los buenos y vosotros sois los malos? Los desestabilizadores. Mis clientes me contrataron para asustaros, no querían sangre, al menos no por el momento. Al parecer, os necesitaban vivos, pero, ya ves, las vueltas que da la vida. Los poderosos deben de tener un grupo de Whatsapp. Una tarde hace unos días mis planes cambiaron. En ese momento entendí que la mierda que me pagaban estos multimillonarios era calderilla al lado de lo que me ofreció de verdad el tipo que vino a verme. No me inspiraba mucha confianza, pero no porque no me fuera a pagar, de eso no me cabía duda, si no porque parecía que no se tomaría muy bien si yo fallaba. Y la verdad es que nunca he fallado. El tipo de nariz aguileña me ingresó un montante que hacían de la oferta aquella en la web falsa una miseria. Y me necesitaba porque yo tenía acceso a vuestro paradero en todo momento. Es lo que tiene trabajar para los buenos, ya sabes, los que tienen toda la información de todo el mundo. Sabría localizar hasta vuestros animales de compañía si los tuvierais, claro que con la mierda de vida que lleváis... ¿No creéis que os hago un favor? Nunca había visto tanto dinero junto a mi alcance. Lo que no sé es por quién empezar. La coreana sería una buena pieza, pero la blanquita de al lado, esa creo que no está aún valorada. ¡Oh! La de la melena larga y negra, esa si me suena. Bien, ¿hacemos una apuesta? No sé por qué tengo predilección por empezar con las mujeres, total, el resultado final será el mismo. Yo digo que me cargo a los ocho de la foto.

Atentamente,

El verdadero Sombra de Clyde.

QUINTA PARTE

La foto era la de la web con el precio sobre sus cabezas. A Ozú no le dio tiempo de gritar. El primer disparo derribó a alguien que cayó al suelo mientras la gente gritaba a su alrededor. Ozú tiró de Eyla hacia el suelo. Luego se arrastró y escuchó tres detonaciones más hasta que vio moverse una luz brillante. Y él decidió ir hacia la luz.

La boda parecía muy animada, pero Erik estaba empezando a aburrirse de no poder estar allí, sintiendo la piel de su amada. No le ponía celoso Osk. Le habían enviado a la prisión una botella de champán sin alcohol y unos canapés que no había tocado. Veía a todo el mundo sonreír y disfrutar hasta que vio un relámpago salir desde uno de los arbustos del jardín que rodeaba el restaurante. Después vio a Celeste caer y no tardó mucho en ligarlo todo. De nuevo, varios relámpagos más desde la misma posición. Erik echó a correr hacia el arbusto. Llegó a ver dos relámpagos más antes de tirarse encima. Aunque, lo que hizo en realidad, fue atravesar una de las paredes del barracón mientras sus gafas de realidad virtual volaban por los aires. Se vio rodeado de guardias, pero no veía ya al tirador. Cabreado, se arrancó contra los guardias, que tuvieron que emplearse a fondo para reducirlo.

El tirador, Ursu, vio como el energúmeno virtual se lanzaba a por él e, instintivamente, disparó dos veces al aire atravesando el holograma. «¡Qué estupidez!», Pensó. Pero, por un momento, llegó a pensar que el tipo se le echaba encima de verdad. Intentó recomponerse y seguir con su tarea, pero alguien se abalanzó sobre él hecho una furia. Ursu estaba bien entrenado, pero le costó reducir al chico enrabietado que le había abordado, hasta que vio que se trataba de Ozú. Este también estaba en la lista. Le crujiría el cuello. Antes de llegar a hacerlo, otros se abalanzaban sobre él, entre guardias de seguridad e invitados a la boda consiguieron reducirle. En especial dos chicas vestidas de novia que clavaban sus tacones de aguja como posesas en la cara del asesino. Ozú también estaba fuera de sí. Recordaba la frase que JJ le dijo el día de la bomba: «Tú y yo. Esta vez le vamos a pillar antes de que nos pille a nosotros». Ozú no sabía pegar, pero en cuanto pudo soltarse del agarre del soldado le mordió la oreja con tanta fuerza que acabó por arrancársela. Nadie los separó. Solo la resistencia de un exmilitar curtido en mil batallas le ayudó a

El entierro terminó, y todos regresaban por el camino que llevaba a la entrada del cementerio. Silfa se puso al lado de Olgeir. Había vivido los últimos años en contacto directo con Ingimar, le había visto sufrir, le había visto envejecer, y la idolatría que sentía por él desde joven se había convertido en pesadumbre. Realmente había temido por su vida, más allá de la amenaza de que fuera asesinado. Sin embargo, apenas había hablado con el hermano.

—Tu hermano era una persona que sabía dejar huella allá donde pisara.

Olgeir apenas podía hablar. No solo porque era su hermano el que estaba muerto, sino porque había recibido un disparo que le rozó parte del lateral de su cara y no podía mover bien la boca.

—Lo vamos a echar de menos. No sé qué vamos a hacer sin él. Creo que debemos cerrar HeroLeaks.

—No podéis parar. No puedes dejar su legado.

—No me veo con fuerzas. Da igual lo que hagamos. Siempre ganan los mismos.

—No siempre. A veces los pillamos. A Halfdan, a Ursu y, gracias a vosotros, cogeremos a más. Te lo aseguro, les va a salir caro.

—¿Tú crees? Yo creo que los de arriba siempre terminan por salirse con la suya. Los que pagan son los más pringados.

—Aún está abierta la investigación, si conseguimos que Ursu hable.

—¿Y que te cuente historias del fin de la humanidad? ¿De soltar armas biológicas? Venga. Al final se inventarán cualquier historia que nos distraiga de lo que importa.

Bonnie y Osk andaban detrás de la pareja. Bonnie se sentía muy mal por el final tan dramático que había tenido Celeste. Y por lo borde que fue con ella. No se merecía morir. Y menos ahora que había rehecho su vida. Aún la recordaba, contenta, bailando con ellas dos, como loca, como si fuera su propia boda. Y eso que no había bebido ni una gota de alcohol. Ella vivió en directo el impacto en su cabeza. La estaba mirando justo en ese instante. Gracias a eso pudo salvarse a sí misma y a Osk. Ambas cayeron al lado de Cel. Ella debió de morir en el acto. No habría sido capaz ni de enterarse de qué había pasado. Osk no se separaba de Bonnie, en un abrazo que más que buscar amor buscaba protección.

—¿Te lo has puesto?

Osk giró la cabeza y le enseño las incisiones en el lóbulo de la oreja. Ahora sabían quién estaba en el lado bueno. El gen fluorescente que acababan de insertar en su ADN no solo les proporcionaba una llave única de acceso a determinados sistemas biométricos controlados por NFNC, además, sospechaban que escondía algo. Quizá confería algún tipo de inmunidad.

EPÍLOGO

Noviembre de 2019

Jordi se frotaba las manos sudorosas. El hombre que acababa de ver le había dejado un sobre. Al parecer ya no se fiaban de la red, y habían vuelto a usar el viejo procedimiento de tinta y papel. Después del primer fracaso en la operación de su pequeña, su relación con Lola había dejado de ser lo que era. Sobre todo porque les habían quitado la patria potestad. No se habían separado, pero la distancia había crecido. Él tenía que solucionarlo, él conseguía todo lo que se proponía. No iba a fallarles ni a Lola ni a Martina. Gracias a Pere había conseguido que esta decisión no fuese irrevocable. Podrían recuperar la patria potestad pronto. La organización en la que le introdujo Pere tenía más influencia de lo que parecía. Sin embargo, le habían pedido un favor a cambio de que su hija volviera con ellos. En uno de sus viajes de trabajo tendría que ejecutar una misión. El catalán siguió las indicaciones y encontró el maletín donde esperaba. Aquel país era un caos y no tuvo ningún problema en ejecutar la tarea encomendada. Sin embargo, no había sido muy habilidoso. Aquello que debía soltar en un mercado de aquella ciudad comercial oriental, también se lo llevó encima, de vuelta en su avión con destino Milán y, finalmente, Barcelona.

Nervioso, abrió el sobre. Antes de sacar la carta se tocó el lóbulo de la oreja, notaba cierta molestia. Sacó la carta y encontró los documentos con los que conseguiría la custodia de Martina. Y debajo, una localización. Allí donde debería llevar a la pequeña para, esta vez, curarla definitivamente.

A todos aquellos que han participado de alguna manera en que este libro vea la luz, a Aida por su paciente corrección, a Victor por sus clases de orientación en ciberdelincuencia, y a todos los lectores de la primera parte, en especial a aquellos que me animaron a seguir, a sus sabios consejos y a sus críticas constructivas.

Este libro no está basado en hechos reales pero plantea situaciones similares a hechos ocurridos. Todos los personajes, sus nombres, localizaciones y hechos descritos son inventados.

Espero de todo corazón que hayas disfrutado de la lectura de este libro. Si es así, te agradezco que te tomes unos minutos para comentarlo en Amazon o en tu plataforma favorita y así darle más visibilidad. Si no has leído la primera novela de la saga HeroLeaks, puedes encontrarla en Amazon "La Filtración del Sicario". También puedes contactar con el autor por Twitt a @hdemendoza o por email a hdemendoza17@gmail.com, y ver actualizaciones sobre los personajes de la serie en el blog de https://www.amazon.com/~/e/B0788R65VK. Puedes suscribirte a la *newsletter* y te mantendremos al tanto de futuras promociones, sorteos y publicaciones.